즐거운 인생,
보람 있는 삶

즐거운 인생,
보람 있는 삶

김기훈 지음

한림출판사

차례

제3부 삶의 슬기

제4부 삶의 요철(凹凸)

우리네 삶에는 즐거움, 노여움, 슬픔, 기쁨이 반복되고 있다. 현실에서 적극과 소극, 행복과 불행, 만족과 불만, 낙관과 비관, 이해와 오해, 소망과 실망이 쌍곡선을 이룬다. 이들은 단지 글자만 다를 뿐이다. 우리는 신년에 서로 "새해 복 많이 받으십시오."라는 인사를 나눈다. 편지의 끝맺음에는 '건강'을, 결혼식에서는 신랑 신부에게 '행복'을, 문병을 가면 속히 '회복'되기를 각각 기원한다. 출산, 백일, 첫돌과 그 후의 생일, 입학, 졸업, 결혼, 취직, 승진, 퇴직, 개업, 회갑, 고희와 팔순 등 100세 시대에 축하할 일이 많아졌다.

'인간은 목석이 아니다'라는 말은 우리에게 감정과 이성이 있고 '사회적 동물'이라는 존재임을 인식하게 한다. 인간은 정서와 기분을 조절하고 예의범절을 지킨다. 따라서 서로가 '건강, 행복, 성공, 축하'는 계속되기를 바라며, 배려와 감사가 항상 뒤따른다.

이와 같은 적극적인 대인관계가 인간의 도리요, 본분이며 아름다운 마음씨까지 담겨 있다. 누구나 잘 알고 있듯 '기쁨은 더하고 슬픔은 빼며 사랑은 곱하고 행복은 나눌 수 있는' 가르침을 실천하게 된다.

미국의 제3대 대통령이자 독립선언서를 초안했던 토머스 제퍼슨이 "인간은 모두가 평등하며, 행복을 추구할 권리가 있다."고 명시했다. 제16대 대통령 링컨은 남북전쟁 중이던 1863년 민주주의의 기본이 된 게티즈버그 연설에서 "모든 인간은 평등하게 창조되었다."고 거듭 강조했다. 뿐만 아니라 역사에 남은 노예 해방을 감행한 용단도 내렸다.

따라서 아무도 다른 사람을 못생겼다고 판단할 권리가 없다. 일본에서는 퇴직한 남편을 '누레오치바(젖은 낙엽)'라고 칭한다. 매일 하는 일 없이 집에서 밥만 먹고 잔소리를 하며 남에게 짓밟히는 존재라는 뜻이다. 하지만 비록 쓸모없는 낙엽이라도 가위로 잘라서 고성능 현미경으로 보면 모든 세포가 질서 정연하고 아름답게 배열되어 있다. 세상에 추한 것은 없다. 남이 못생겼다고 한들 개의치 말고 '나도 인간이다'라는 자부심을 갖고 과감히 전진하는 것이 우리의 사명이 아닌가!

비록 어려운 삶일지라도 어느 방향으로 가야 할지 선택의 자유가 주어진 것은 하늘이 준 축복이 아닐 수 없다. 사르트르는 인생은 B^{birth, 출생}와 D^{death, 죽음} 사이에 C^{choice, 선택}라고 했다. 선과 악이 공존하지만 선을 택하는 것은 우리에게 이성과 양심과 도덕성이 있기 때문이다. 모든 일은 반드시 바른길로 돌아간다는 사필귀정의 교훈을 선조들이 남겨 주었다. 여생을 즐기며 자타가 공인하는 값진 결과를 얻기 위해 최선을 다하는 것이 우리가 맡은 임무가 아닐까. 얼마나 인류에게 유익한 유산을 남기고 갈 것인가는 각자가 목표로 하는 인생관이라고 믿는다.

땅에 누워 있는 수박과 덩굴에 매달린 포도는 생길 때부터, 하늘에는 보름달과 태양이 두루 온 인류에게 원만을 가르쳐 준다. 고인 물에 빗방울이 떨어지면 예외 없이 원을 그리면서 합류한다. 해변의 돌은 오랜 세월 동안 온갖 풍파에 시달리고 단련되어 원만한 모양새로 바뀌었다. 조개 속에 생긴 탄산칼슘 등으로 생성된 진주도 완벽하고 둥근 구슬이다.

우리의 생애 역시 고생 끝에 낙을 만끽하는 기회를 찾을 수 있다. 나는 이것을 고생과 대조되는 낙생^{樂生}이라고 부른다. 둥글둥글 원만하고 지혜와 덕망이 충만한 인격자가 된다. 나아가서 몸담아 살고 있는 사회에도 가진 것을 베풀고 공헌하여 만인의 존경까지 받는 존재가 되는 것이 삶의 슬기이다.

인생은 언제나 오르막과 내리막의 연속이다. 마치 책을 읽거나 영화나 드라마를 보는 것처럼 스스로가 심판이 되어 좋은 점을 택하고 값진 삶이 되기를 바라는 마음이 내재한다. 아무리 힘들고 난관에 부딪히더라도 굳세게 일어나서 전진하는 것이 우리의 인생철학이다. '하늘이 무너져도 솟아날 구멍이 있다'고 선조들은 격려해 준다. 뚜렷한 목표, 성실한 대인관계와 배려가 삶의 보람을 안겨 주는 기초석이다. 부, 명예, 지위, 학벌 등으로 스트레스를 받는 것보다 마음의 평안이 더욱 중요하다. "누가 뭐라고 하든 인생은 즐겁다."라고 괴테는 언명했다. 피천득 시인도 "신록을 바라보면 내가 살아 있다는 사실이 참으로 즐겁다."라고 읊었다.

80여 년 인생을 체험한 나는 낙관적이요, 적극적인 태도로 여생을 즐기는 길을 택했다고 고백한다. 전문가들의 연구에 따르면 낙천적으로 사는 사람들은 비관자들보다 수명이 8년이나 길고 면역 체계가 튼튼해져서 질병에 잘 걸리지 않는다고 한다. 100년을 즐겁게 살다가 작고한 미국의 희극 배우 조지 번즈는 팔순을 넘겼을 때 "이제 내 혈압을 높이는 상대가 거의 모두 세상을 떠났기 때문에 나는 절로 낙관적인 삶을 즐기고 있다."라고 소신을 밝혔다. 동감이다. 피아니스트 빅터 보르게는 "웃음은 두 사람 사이의 최단 거리."라고 했다. "밝게 웃으세요, 슬플 때에도!"라는 가르침도 의의가 깊다.

테레사 수녀는 소외되고 천대받은 인도의 최하층 빈곤자들을 위해 평생을 헌신하고 최선을 다해서 돌봐 주어 1979년 노벨 평화상을 받았다. 2016년 9월 성인聖人, saint이 된 테레사 수녀가 남긴 교훈을 잊을 수가 없다.

"폭탄과 총 대신에 사랑과 자선으로 세계를 정복하기 바랍니다. 평화는 웃음으로 시작합니다. 웃고 싶지 않는 사람이 있을지라도 하루에 최소 다섯 번씩 웃으십시오. 평화를 위하여!"

김수환 추기경은 "웃는 연습을 하십시오. 웃음은 만병의 예방이요, 치료 약이며, 노인을 젊게 하고, 젊은이를 동자로 만들어 줍니다."라고 권했다. 웃음은 심신이 젊어지고 쾌활하며, 노래가 뒤따르고, 미움이 차지할 곳이 없어진다.

어느 건달이 석가모니에게 욕을 했지만 그저 빙그레 웃고 지나갔다. 제자들이 그 모습을 보고 석가모니에게 "욕을 듣고도 웃음이 나옵니까?"라고 물었다. 석가모니는 "누가 금덩이를 준다고 받으면 내 것이지만 기절하면 준 사람의 것이 아니냐. 저 사람이 나에게 욕을 했지만 내가 안 받으면 원래 말한 자에게 돌아가느니라."하고 태연히 답했다.

푸치니가 작곡한 오페라 〈나비 부인〉의 서곡에 '웃음은 우울증으로 얽힌 마음의 타래를 멋지게 풀어 주는 단서'라고 노래한다. 성경에도 '항상 기뻐하라. 쉬지 말고 기도하라. 범사에 감사하라.'는 말씀이 있다(영어 성경에는 '범사'를 '어떠한 형편에 처해 있던지'라고 표기한다).

이 책의 제목을 『즐거운 인생, 보람 있는 삶』이라고 정한 것은 독자 여러분의 삶에 조금이나마 도움이 되었으면 하는 염원이 담겼다. 단 한 가지라도 도움이 된다면 그 이상 바랄 것이 없겠다. 혹시 도움이 될까 하여 필자가 살고 있는 미국에 관한 상식도 약간 더했다.

책의 내용은 미주한국일보에 게재된 글과 여주영 주필의 격려, 미동부한인문인협회에서 연간 발행하는 〈뉴욕문학〉과 재미서울대학교 동창 회보에 실린 글 등을 수정 및 보완해서 추가했다. 많은 자료를 구해 준 콜로라도주에 있는 파이크스 피크 커뮤니티 대학Pikes Peak Community College의 김수일金守一 교수, 내조의 공이 큰 나의 아내 최수화, 고국에서 좋은 자료를 보내 준 동생 김기환에게 두루 감사한다. 특히 졸고의 출판을 쾌히 승낙해 준 한림출판사의 임상백 사장과 시종을 꾸준히 수고해 준 임송희 이사, 박미나 과장에게 감사를 표하는 바이다. 물론 부족과 미비한 점은 오로지 필자만의 책임이다.

마지막으로 이 졸저를 2013년 4월에 소천하신 어머님(은덕, 권하향 권사)에게 바친다.

심리학에서 웃음이 우리의 정신 건강에 얼마나 유효한가를 연구한 것이 흥미롭다. 누구나 알고 있지만 웃음은 하품처럼 함께 있는 사람들에게 전염된다는 연구도 있다.

세계적 희극 배우 찰리 채플린은 "우리 인생에서 삶을 가장 낭비한 날은 웃음이 없었던 때이다."라고 강조했다.

제1부
빙그레 얼굴

삶의 길잡이

먼저 삶의 지침을 찾기 위해 졸저『인생은 비빔밥, 맛있게 드세요』에 소개한 에드워시의『스트레스 해소법Managing Stress』에서 비관주의자와 낙관주의자를 멋지게 비교했기에 참고로 인용했다.

- 비관주의자의 특성

1. 모든 상황에서 언제나 최악의 결과를 기대한다.

2. 자신도 믿지 못하며, 자신감이 없다.

3. 좋지 않는 일이 생기려니 하고 걱정하면서 시간을 낭비한다.

4. 비꼬는 말과 함께 항상 얼굴을 찌푸리고 남을 대한다.

5. 자신의 의견에 반대하는 생각은 틀렸고, 받아들일 수가 없다고 주장한다.

6. 자신의 소극적 의견이 맞았을 때 기쁨을 느낀다.

7. 남을 사귀기도 전에 편견이나 선입감을 갖는다.

8. 머피의 법칙 그대로 만사가 잘못되며, 최악의 순간에 그런 결과가 생긴다고 믿는다.

9. 자기 일에는 항상 장애가 있다고 믿으며, 그 장애도 스스로 만들어 낸다.

10. 아무런 이유도 없이 불행하다.

11. 언제나 소극적인 일에만 신경을 쓴다.

12. 현실주의자라고 하지만 남이 보기엔 아무런 설득력이 없다.

13. 구름을 보면 언제나 자신의 생각을 반영하여 폭우나 습기만 생각하고, 구름 테두리의 빛나는 부분은 볼 줄 모른다.

14. 평생 소극적으로 삶을 보기 때문에 기대하는 것이 별로 없고, 실망도 예사라고 생각한다.

15. 남에게 아무런 기대를 할 수 없다고 생각하므로 남을 위하여 해 주는 일이 거의 없다.

16. 낙관주의자를 보면 현실과 너무나 거리가 멀다고 단정한다.

- 낙관주의자의 특성

1. 상황이 나쁘더라도 모든 일을 적극적으로 볼 줄 안다.

2. 아무 거리낌 없이 삶을 즐긴다.

3. 성장 과정에서 실패가 있어도 좌절하지 않고 전진한다.

4. 누구를 만나도 항상 결점을 보완해 주는 장점을 찾는다.

5. 하늘에 먹구름이 떠 있어도 날씨가 개었다고 본다.

6. 절벽을 만나도 잠시 불편할 따름이라고 넘겨 버린다.

7. 불행한 일보다 축복받은 일을 헤아린다.

8. 일터를 잃어도 더 좋은 직업을 구하게 된다고 믿는다.

9. 목표를 달성하지 못해도 침체하지 않으며, 자기가 세운 기대를 다시 검토해 보는 성격의 소유자이다.

10. 누구를 만나도 친해지기를 원하는 아량이 있다.

11. 어떤 난관에 부딪히더라도 최선을 다해서 해결하고, 모든 상황에 잘 적응한다.

12. 사물을 옳게 보고 그대로 받아들이며, 변화시킬 수 없는 일에는 시간 낭비를 하지 않는다.

13. 비관주의자는 아무런 잠재력이 없다고 해석한다.

14. 삶의 새로운 분야를 계속 개척하면서 자기가 만나는 사람마다 모두가 훌륭한 존재라고 받아들인다.

15. 언제나 자신감을 갖고 여러 위기를 잘 타개해 나간다.

16. "이 세상을 떠날 때 아무런 후회가 없다."라고 말할 수 있는 인생관을 갖고 있다.

17. 눈에는 빛이 있고, 마음속에는 항상 노래가 있다.

우리에게 주어진 선택의 자유에 따라 비관과 낙관 중 어느 것을 택해야 할지 너무나 뚜렷하다. 아래 요약이 참고가 되길 바란다.

1. 적극적이요 낙관적인 삶의 목표와 비전을 세워 날마다 삶에 기쁨을 더하는 일.
2. 아침마다 해야 할 일이 구체적으로 잘 계획되어 있는 삶의 소유자.
3. 의심과 자신, 미움과 사랑, 절망과 소망, 비난과 칭찬, 오해와 이해 중 선택은?
4. 원만한 대인관계를 유지하여 하루의 생활을 값있게 마무리 하여 잠자리에 드는 일.
5. 관대한 마음으로 남에게 베푼 것을 오늘 일기에 기록.
6. 남을 존중하며, 항상 단점보다 좋은 성격을 칭찬하고 누구나 벗 삼는 아량의 인격.
7. 인생을 즐겁게 매일 일과를 '빙그레 얼굴'과 즐거움으로 성취하여 만족하는 슬기.
8. 오늘 할 수 있는 일은 내일로 미루지 않고 완수하는 실천의 용단.
9. 내일도 더 좋은 봉사와 맡은 바 책임을 다하여 전진하는 하루가 되기를 기도.
10. 삶을 마칠 때 후회 없이 보람 있게 살았다는 결론을 내릴 수 있는 여생이 되기를.

빙그레 얼굴

"아무도 모르게 나에게만 빙그레 웃어 보이던 그 아리따운
웃음, 황량한 사막에 외롭게 피어난 한 떨기 꽃송이처럼 온 세
상의 아름다움을 한 몸에 차지한 듯이 거룩하고도 아름답던
그 웃음은 깊이 잠들었던 나의 영혼을 황홀하게 뒤흔들어 깨
워 주는 것만 같다."

정비석, 『애정무한愛情無限』

· 빙그레 얼굴은 즐거운 인생의 으뜸이요, 삶의 보람과 아름다움
  을 안겨 준다.
· 홍시를 잡수시는 할머니의 웃음은 진정한 빙그레 얼굴이다.
· 웃음은 음악과 함께 누구나 이해할 수 있는 만국 공통 언어이다.
· 하루를 빙그레 얼굴로 시작하는 사람은 남에게까지 행복과 기

뺨을 나눠 준다.

- 낙관자는 웃을 일만 찾고, 비관자는 웃는 것을 잊은 사람이다.
- 웃음은 처방이 필요 없는 최고의 약이며, 부작용이나 대가 없이 즐길 수 있다.
- 순진한 어린이들이 사람 얼굴을 그리면 입술 양끝이 하늘을 향해 웃는 모습이다.
- 젖먹이의 웃음처럼 귀엽고, 아름답고, 사랑스럽고, 멋진 것이 없다.
- 미소는 잠시일지언정 그 인상은 오래 지속된다.
- 유머가 있는 곳에 웃음과 행복이 빛난다. 웃음은 성숙한 낙관자의 본질이다.
- 지구는 꽃을 통하여 우리에게 웃음을 보여 준다.
- 우리의 선조들은 '한 번 웃으면 한 번 더 젊어진다一笑一少'와 '웃는 집안에는 많은 복이 깃든다笑門萬福來'라는 교훈을 남겼다. '걱정이 태산 같으나 한 번 소리쳐 웃으면 그만인 것'이라는 교훈은 웬만한 일은 너털웃음으로 넘어가는 아량을 내포한다. 소용笑容, 소안笑顔, 가가대소呵呵大笑도 참고가 되겠다.
- 웃음거리, 웃음기, 웃음꽃, 웃음꾼, 웃음바다, 웃음보, 웃음보따리, 웃음빛, 웃음엣말, 웃음엣소리, 웃음엣짓, 웃음판 등 우리의 웃음은 너무나 다양하고 축복이 충만하다. 웃음은 삶을 즐기는 낙관자의 특징이며, '실실' 웃는 것과는 뉘앙스가 전혀 다르다.

웃음이 안겨 주는 효과

심리학에서 웃음이 우리의 정신 건강에 얼마나 유효한가를 연구한 것이 흥미롭다. 웃는 것이 정신 건강에 효과가 있다는 사실은 우선 경험을 통해 이미 잘 알려진 사실이다. 이에 더하여 신경계, 내분비계, 면역계에도 도움이 된다는 검증도 있다. 또한 웃음은 혈압과 스트레스 호르몬의 분비까지 낮추며, 면역 세포를 활성화시킨다고 한다. 누구나 알고 있지만 웃음과 울음은 하품처럼 함께 있는 사람들에게 전염된다는 연구도 있다. 당뇨병 환자가 만담이나 희극 영화를 보고 웃으면 혈당치가 낮아진다는 연구도 있다. 웃음은 얼굴 근육을 원활하게 해 주고 나아가서는 전신 운동 효과도 있다고 한다. 세계적 희극 배우 찰리 채플린은 "우리 인생에서 삶을 가장 낭비한 날은 웃음이 없었던 때이다."라고 강조했다.

성숙한 인간은 세 가지 특징을 가졌다는 정설이 있다.

첫째, 남이 보듯 자신을 객관화하여 대인관계가 원만하다. 둘째, 맡은 바 임무는 비록 불리한 조건하에서도 책임지고 완수하여 남이 신뢰할 수 있게 한다. 셋째, 유머 감각이 뛰어나서 심각한 상황에서도 잘 처세한다. 유머 감각이 탁월하다는 것은 웃음이 충만한 인품으로 난관을 잘 타개해 나가는 소질의 소유자라는 증거이다.

제2차 세계대전 중 미국에서는 알코올 중독을 치료받은 노동조합원이 자신의 경험을 토대로 다른 조합원을 상담하고 도와주었다. 그리고 이런 사례를 바탕으로 '종업원 지원 프로그램Employee Assistance Program, EAP'을 만들어서 정신질환 치료에 이용했다. 요즘에는 직장과 가정생활 전반에 걸쳐 이용되고 있으며, 일본에서도 적용하고 있다. 심신의 건강으로 웃음이 파생되어 낙관적이고 적극적인 자세로 생산성도 향상되는 이중 효과가 있다는 사실에서 우리도 배울 바가 크다.

큰 회사에서는 스트레스 관리가 심신의 활성화와 더불어 인간관계를 위해서 필요하다고 강조한다. 오래전 주간지 〈타임TIME〉에서 일본의 대기업 지하실에 있는 독특한 시설을 소개한 적이 있다. 운동을 장려하는 운동 기구와 짚과 나무로 만든 허수아비를 여러 개 세워 두었다고 한다. 왜일까? 근무 중 상사에게 억울한 꾸지람을 듣고 분한 직원이 그 상사의 이름을 써서 허수아비의 목에 걸어 놓고 대나무 검으로 마음껏 두드려 패고 울분을 푼다고 했다. 분노와 스트레스를 발산하여 미움에 찬 감정이 해소되기 때문에 대인관계가 원활해진다. 이처럼 심리학을 잘 응용한 방법이 다양함을 알 수 있다. 혼자서 빙그레 웃음도 음미하리라. 분풀이를 했기 때문에 퇴근 후 죄 없는 아내와 자식들에게도 큰 도움이 되리라고 믿는다.

우정

아주 친한 친구 부부의 초대로 며칠 동안 친구 집에서 즐겁게 지내고 와서 '우리 집에도 언제든지 와서 같이 지내도록'이라는 감사 편지를 보냈다. 그러자 우리의 제안을 반복한 회답이 왔다. 친구 부부가 매일 최선을 다해 준 후대에 고마움과 함께 송구한 마음도 컸다. 그래서 '집 손님과 생선은 사흘이 지나면 냄새가 나기 시작한다'라는 벤저민 프랭클린의 명언을 인용하여 답장을 보냈다.

이에 대해 "아마 프랭클린의 손님은 목욕을 자주 하지 않는 사람일 테니 조금도 염려할 것 없어."라는 따사하고 유머가 담뿍 담긴 서신을 받았다. 절로 빙그레 웃음을 자아내는 순수한 우정에 감동하지 않을 수가 없었다. 이런 마음씨의 교환이 인생의 즐거움과 삶의 보람을 실감하게 해 준다. 그리움, 만남, 상부상조가 둥근 무대를 삼등분하여 시간에 따라 원만히 계속 잘 돌아가며 보람을 만끽하게 해 준다.

자고로 손님 되는 것도 힘들지만 손님 대접하는 일은 더욱 신경이 쓰이는 일이다. 셰익스피어는 "불청객은 떠나고 난 후에 환영받는다."라고 했다. '손님은 뒤통수를 볼 때가 가장 즐겁다'라는 우리말과 상통한다. 하지만 앞에서 말한 친구는 무엇이든 베풀었고 상호 이해심도 깊다. 1913년 노벨 문학상을 받은 인도의 라빈드라나트 타고르는 "이해는 사랑의 별명이다."라고 강조했다.

얼마 후 친구가 또 문안 편지를 보내왔다. 언제 다시 놀러 오냐며 "고희가 지난 지도 10여 년이 넘었지만 여전히 확삭鑠鑠, 늙어도 기력이 정정하고 원기가 왕성한 부부이니 건강할 동안 자주 여행을 하여 인생을 즐겁게 보내는 것이 어떠냐?"라는 초대였다. 내가 모르는 새로운 단어도 알게 되어 인생은 즐겁기만 하다. 친구 부부의 '빙그레 얼굴'이 항상 우리를 격려해 주고 행복을 안겨 준다.

'가는 말이 고와야 오는 말이 곱다'는 교훈처럼 서로를 초대하고 친목을 지속할 수 있는 참친구가 있다는 사실이 정말 자랑스럽다. 좋은 친구는 늙어도 서로 힘이 되고 담소談笑가 끊이지 않고 상호 의존의 아름다움을 확인하며 외로움도 잘 극복하는 힘이 된다. 어느 심리학자는 "서로 믿고 의지할 수 있는 친구가 100리 이내에 살고 있으면 진정 행복한 사람이다."라고 격려한다. 지금은 국제화 시대라 거리의 원근을 초월하니 행복한 사람이 더욱 많아진다.

한글

태어나면서 익힌 우리말은 별 어려움 없이 사용하지만 외국인이 한글에 대해 질문하면 답을 할 수 없는 경우가 많다.

첫째, 시간의 표시 문제로 12:15로 되어 있으면 '열두 시 십오 분'으로 자연스럽게 읽지만 우리말을 배우는 외국인은 "왜 열두 시 열다섯 분, 또는 십이 시 십오 분이 아니냐?"라는 질문을 한다. 왜 시간은 우리말로, 분은 한자로 되어 있을까? 그리고 물건의 개수나 시간을 표시할 경우 1, 2, 3, 4는 한, 두, 세, 네로 생략된다. 예컨대 열한 시, 스물두 살, 마흔세 개, 일흔네 개 등이다.

둘째, 우리 몸에 걸치는 것을 영어로는 단순히 'Put on'이라고 하는데 우리말과 일본어에는 쓰다(모자), 끼다(장갑, 반지, 안경. 단, 안경은 일본어에서 '걸친다'라고 표현), 입다(내의, 잠바, 옷, 우의, 코트), 신다(신발, 양말, 운동화, 짚신, 구두, 슬리퍼), 매다(넥타이, 옷고름, 허리끈), 차다(시계, 권총, 수갑) 등 너무나 복잡 다양하다. '매다'는 '풀다'라는 반대어가 있고 나머지 모든 행동의 반대는 '벗다'로 단순화된다.

셋째, 영어는 명사에 s를 붙여 복수화한다. 예외도 있지만 y로 끝나는 명사는 ie로 변형되어 s가 뒤따른다. 한글에는 복수와 단수의 구별이 엄격하지 않다. "여기 책이 있습니다."라고 하면 한 권인지 여러 권인지 번역하기가 힘들다.

나도 유학 초기에 복수를 배운 경험이 있다. 어느 날 저녁 식사 후 미국 친구와 강연에 같이 가기로 했다. 기숙사를 떠나기 전에 "I have to brush my tooth."라고 했더니 그가 불쑥 "Which one?" 하고 묻는 것이 아닌가. 그는 치아 32개 중 하나로 이해했다. 나는 곧바로 "My whole teeth!" 하고 정정했다. 그리고 외국인이 한국말은 부사에도 '들'을 붙이냐고 묻는다. "이서들 오십시오." "많이들 잡수십시오." "잘들 잤니?" 등이 그것이다(독자 여러분의 시원한 설명을 고대합니다).

영어의 2인칭 you만큼 편리한 단어도 없다. 영어에서는 하나님, 대통령, 부모, 형제자매, 친척, 처음 만나는 사람 등 모두가 이 단어로 통한다. 하지만 한글이나 일본어는 장유유서를 존중하는 유교의 전통을 이어받아 가족을 비롯하여 나이, 직위, 친분, 인척 관계 등에 따라서 고유 대명사가 다양하다. 때로는 직위로 부르기도 한다. 일상에서는 높임말, 낮춤말, 보통말로 처세해야 된다. "너는 아이냐, 아니면 당신은 어른입니까?"라는 외국인의 질문도 있다.

또한 남편은 아내에게 반말이지만, 아내는 높임말을 쓰는 경우도 있다. 더러는 아내에게 '어이'라고도 한다. 결혼 후에 인척 관계는 영어에서 'in-law'로 단순한데 우리말에는 상대에 따라 각각 명칭이 다르다. 한때 가친이 아는 분에게 편지를 보내면서 나를 '돈아豚兒'라고 지칭한 사실을 보고 언짢은 적이 있었다. 이렇듯 자기나 가족을 낮추는 습성이 몸에 배어 있다(심심하신 분은 이런 점을 상세히 다룬 『척독대방尺牘大方』이라는 책의 '편지 쓰는 법'을 참고하시는 것도 흥미롭겠다).

미국에서 태어났고 한글을 배우지 않았던 딸아이에게 유치원에 갈 무렵 한글로 이름을 쓰도록 가르쳐 주었다. 다음 날 성인 '김'을 써 보겠다면서 "아빠, 칠십일(기) 아래 네모(ㅁ)이지요?"라고 표현했다.

미국인에게 우리 한글의 우수성을 자랑하면서 "영어의 자모는 26자인데 한글은 24자이다."라고 했더니 "어느 두 글자를 안 쓰느냐?"고 반문했다. 그의 생각에는 한글이 알파벳에서 두 글자를 사용하지 않는 것으로 이해한 듯하다. 그리고 키보드 자판에서 모음은 오른손, 자음은 왼손으로 배열이 되어 편리하다고 추가했다. 한글을 쓸 때마다 세종대왕의 탁월한 선견과 공적에 진심으로 감사하지 않을 수 없다. 비록 최만리, 정창손 등의 반대가 있었지만 이를 무릅쓰고 세종대왕이 집현전 학사들과 한글을 창제한 위업은 우리나라 역사뿐만 아니라 세계 문화사에도 자랑할 만큼 길이 남을 업적이다.

영어

'영어는 웃음으로 시작하여 울음으로 끝나고, 독일어는 울음으로 시작하여 웃음으로 끝난다'라고 한다. 잠꼬대를 영어로 하고, yes와 no, come과 go를 옳게 구분할 정도면 어지간히 능숙하다는 평이다. 영어를 우리말로 옮기는 것도 민민치가 않다. 우선 커피가 오래되어 'dark'하다는 것을 '커피가 어둡다'라고 한다든지, 'This machine is not working'을 '이 기계는 실업이 되었어', 'This rice is old'는 '이 밥은 늙었어' 등이 있다.

서울에 가서 한글을 배우기 시작한 친구 딸이 처음으로 어머니께 "나 살랑(=사랑)해. 당신, 엄마."라고 편지를 보내왔다고 했다. 어순이 영어식이었다. 그래도 대견스럽다는 어머니의 사랑이 담긴 소감을 들었다. 회화할 때 "Why?" 대신에 "How come?"이라고 질문하기도 한다. 한 외국 학생은 늘 "By plane."이라고 대답했다. 왜가 아니고 어떻게 미국에 왔느냐라고 해석했기 때문이다.

미국에 사는 아들 가족을 보러 두 달 계획으로 방문한 어머니가 한 달도 채 되기 전에 바로 귀국했다고 한다. 듣자하니 아들이 손자 때문에 상당한 빚을 지고 있는 듯하여 더 이상 머물기가 민망스러웠다는 후일담이었다. 평일 오후가 되면 며느리가 나가면서 "아들 빚 갚으러." 간다는 인사를 했다는 것이다! 교포들이 보통 학교에 아이들을 데리러 가며 "Pick up." 하러 간다고 말하는데 시어머니는 '빚 갚으러' 가는 줄 잘못 이해한 것이 그 이유였다.

나이 든 일본 사람들의 영어 발음이 신통하지가 않다. 이런 일본인 교수에게 영어를 배운 옛날 우리나라 교수님들도 발음이 어색했다. 약 반세기 전 미국에 파견된 일본 직원을 위해 통역을 맡은 적이 있다. 분명히 영어일 텐데 '호태이호'라고 자주 반복하는데 알아듣지 못해서 물어보았더니 '44'라고 써 주었다! 과연 f 발음이 어려운 것을 실감했다. 미국에서 흔히 t를 r처럼 발음(Water를 '워라'라고 하듯)한다고 설명했더니 그 후부터 '호태이호'가 '호래이호'로 바뀌었다.

한때 일본 정치인 다나카 가쿠에이가 방미 중 딱 한 번 꼭 영어로 연설을 해야 했다. 일본어는 모든 글자가 모음으로 끝나기 때문에 자음으로 끝나는 외국어 단어에도 모음을 붙인다. Boy and girl을 '보이 안도 갸루' 같이 발음하는 식이다. 내 성도 일본에 가면 '김'이 아니고 '기무'가 된다. 이런 이유 때문인지 총리의 연설이 끝난 후 한 청중이 "난 일본어가 영어와 비슷한 것을 처음 알았다."라며 평했다고 한다. 예전에 일본인들은 미국에 오면 호텔은 9층을 원했다. 숫자 중 발음이 가장 쉽다는 이유였다.

미국의 대선을 보도하기 위해 일본의 대표 일간지 특파원이 미국에 왔다. 중년 이상의 일본 사람들은 대부분 r와 l 발음을 잘 구별 못했다. 사람들이 가득한 선거 본부에 들어가서 미국인에게 큰 목소리로 "How is his election?"이라는 뜻으로 질문을 했지만 'erection'이라고 발음해 버렸다고 한다. 한글의 ㄹ은 소리 내어 발음할 때 r와 l이 구별된다. 딸기(l)와 따로(r), 할머니(l)와 할아버지(r)의 예가 적합하겠다.

동양의 언어에는 관사 a, the가 없어서 영어에서 쓸 때 상당히 어려움을 겪게 된다. 어느 유학생이 관사를 붙이면 미국 교수님이 지우고, 안 쓰면 붙이는 것이 일상이 되어 버렸다고 푸념했다.

내 나이가 칠십이 되었을 때 가족이 고희古稀를 축하해 주었다. 한국 유학생들도 초청하여 식사를 같이 했는데 한 학생이 "일본 사람들이 coffee를 고희라고 발음하잖아요?"라는 주석을 달아 준 적이 있다. 일본어와 한글에는 f와 th 음이 없어서 미국에서 자기 아내를 "마이 와이푸."라고 소개하는 것이 어쩐지 듣기가 거북하고 침도 튄다. 개나리의 영어인 forsythia 발음을 옳게 하는 것도 쉬운 일이 아니다.

미국

- 고속도로

아이젠하워 대통령 때 미국의 연방고속도로^{Interstate Highways}를 건설하기 시작했다. I-12, I-23 등의 번호를 방패 모양(좁은 위쪽은 빨간색, 반달 모양의 아래쪽은 청색으로 도로 번호가 표시됨)으로 통일이 되어 있다. 서부에서 시작된 도로 번호는 동부로 갈수록 커진다. 보통 한 자리 또는 두 자리 숫자인데 큰 도시에 가까울수록 I-123, I-234처럼 세 자리 숫자도 있다. 첫 자리 숫자가 홀수이면 고속도로가 시내를 지나가며, 짝수이면 도시 주위를 둘러간다는 의미이다. 모든 고속도로의 번호는 남북이 홀수, 동서는 짝수가 원칙인데 약간의 예외도 있다.

고속도로는 교통의 발전과 여객 및 물자 수송에 많은 편리를 제공하고 있다. 미국의 고속도로는 예외도 있지만 일반적으로 통행세가 없다. 최소 4차선에서 보통은 6차선으로 서행과 추월을 구별하는 것은 우리나라와 동일하다. 8킬로미터마다 1.6킬로미터씩 비상시에 비행기의 이착륙을 가능케 하는 직선 차선도 있다. 하지만 너무 긴 직선 차선은 피한다. 단조로운 차선을 오래 운전하면 졸음이 오기 때문이다. 포장은 주에 따라서 아스팔트 또는 콘크리트를 택하고 있다. 각 주에 따라서 통행세를 직접 지불하지 않고 그대로 지나가면 번호판을 촬영하여 우편으로 청구한다. 휘발유와 시간, 그리고 신경질이 절약되겠다.

- 지폐

모든 지폐는 미국의 중앙은행인 연방준비제도The Federal Reserve System, FRS하의 12개 연방준비은행이 주관하기 때문에 열두 가지 표시로 구분되어 있다.

2003년 10월 9일부터 5달러 이상의 지폐는 위조를 방지하기 위해 새로운 도안을 채택했고 20달러짜리부터 우선 적용했다. 다만 1달러와 2달러짜리만 예전 디자인 그대로 초상화 왼쪽에 A에서 L까지 소재지를 명시하고 1에서 12까지 숫자 중 하나의 번호가 사방 네 곳에 각각 인쇄되어 있다. 초록색으로 된 일련번호는 알파벳의 열두 글자 중의 하나이며, 소재지 표시와 동일하다. 다시 말해서 보스턴은 A로 1번, 뉴욕는 B로 2번, 샌프란시스코가 L로 12번이다. 5달러 이상의 새 지폐는 A1, B2, C3… L12 등으로 바뀌었다.

그동안 1, 2, 5, 10, 20, 50, 100, 500, 1천, 5천, 1만 달러의 열한 가지 액면 지폐를 유통했는데 1967년 이후로 100달러 이상은 발행을 중지했다(미국 정부는 1934년 10만 달러를 발행했지만 이 것은 연방준비은행 간의 공적 결재를 위한 목적이었다). 별로 쓰이지 않았던 2달러를 1976년에 부활시켰지만 여전히 통용이 잘 안 되고 있다. 1864년에 발행한 3센트 지폐가 역사상 가장 낮은 액수였다. 그리고 $(달러)는 $10처럼 숫자 앞에, ¢(센트)는 45¢와 같이 숫자 뒤에 붙인다.

1929년 7월 10일부터 모든 지폐는 액수와 상관없이 크기를 가로 15.6센티미터, 세로는 6.6센티미터로 통일했다. 인쇄할 때에는 가로 4장, 세로는 8장으로 한꺼번에 32장씩 나온다. 워싱턴의 연방조폐국을 방문하면 자르지 않은 1달러짜리 16장 또는 32장을 기념으로 살 수 있다. 참고로 16장짜리(16달러)는 33달러에 살 수 있다. 캐나다도 크기를 통일했지만 미국의 지폐와 크기가 약간 다르다.

약 반세기 전 연방준비은행 뉴욕지점을 방문했을 때 1달러 지폐는 수명이 보통 약 4년 정도, 20달러는 평균 6년 쯤이라고 했다. 그간 물가 상승과 신용카드의 사용으로 지금은 1달러의 평균 수명이 5년으로 늘었다. 혹시 불이 나서 지폐가 탔을 경우 그 재를 모아서 연방준비은행에 가져가면 새 지폐로 바꿔 준다. 낡은 돈은 연방준비제도에서 폐기 처분하고 새로운 지폐를 발행한다.

같은 부대 속에서 마지막 길로 가는 헌 지폐 1달러와 20달러가 대화를 나누는 일화가 있다. 1달러가 20달러에게 "당신은 지금까지 어디에 다녀왔습니까?"라고 질문하자 "난 여태껏 고급 식당, 여행사, 보석상 등 두루 다녔어."라고 대답했다. 이번에는 20달러가 1달러에게 같은 질문을 했더니 "저는 한평생 주로 장로교회, 감리교회, 성당 등만 다녔답니다."라고 대답했다. 이것은 교회에 바치는 헌금액이 별로 많지 않다는 풍자이다.

또 한 가지 특기할 점은 영국을 비롯하여 많은 나라가 지폐나 우표에 생존하는 인물의 초상도 사용하지만 미국에서는 작고한 인물만 사용하게 정해져 있다. 10달러에는 미국의 초대 재무장관이던 알렉산더 해밀턴의 초상이 있는데 그동안 다른 인사로 대체하자는 의견도 있었다. 하시만 그사이에 해밀턴 장관의 인기가 상승하여 미국 재무부에서는 당초의 발표를 번복했다. 그리고 20달러에 쓰였던 제7대 대통령 앤드류 잭슨 대신 2016년 4월에 흑인 여성이자 노예 해방 운동가인 해리엇 터브먼을 발표했다.

미국 우표에는 액수의 표시가 없고 Forever라는 단어로 발행하여 구입 당시의 액수로 언제든지 계속 사용할 수 있다. 내가 도미했던 1957년에는 제1종 편지의 우푯값이 3센트였는데 2019년에는 55센트가 되었다. 조만간 또 인상될 기미이다. 하나 추가할 점은 편지를 발송했는데 받는 사람이 이사를 했을 경우 30일 이내에 신청 카드를 제출하면 미국 우체국에서 새 주소로 보내 준다. 이 기간이 지나면 발송인에게 돌려보내는데 옛 주소를 지우고 새 주소를 적어서 'Please forward'라고 써서 그대로 우체통에 넣으면 추가로 우표를 붙이지 않아도 배달해 준다.

- 동전

미국을 방문하면 동전 크기에 대해서 질문이 생긴다. 동전 종류는 1, 5, 10, 25, 50센트 그리고 1달러까지 여섯 가지가 있다. 다른 나라에서는 액수에 따라 동전 크기가 비례하는데 미국에서는 5센트가 10센트짜리보다 크다. 왜일까?

1962년까지 10센트 이상의 동전에는 90퍼센트의 은이 들어 있었다. 그런데 그해부터 은 값이 몹시 올라 은 대신에 싼 금속으로 대체하고 겉만 은색으로 도금했다. 그리고 재무부에서는 5센트짜리가 10센트보다 컸기 때문에 동전 크기를 바꾸기로 발표했었다. 하지만 수백만 대가 넘는 자판기를 생산하는 업자들의 엄청난 반대로 은이 없는 10센트짜리를 그대로 사용하게 되어 외국인을 혼동시킨다. 뿐만 아니라 1달러 동전 외의 모든 동전에는 숫자 표시가 없고 각각 Penny(1센트), Nickel(5센트), One Dime(10센트), Quarter Dollar(25센트), Half Dollar(50센트)로 되어 있다.

우리나라를 비롯하여 일본, 중국 등 많은 나라가 10원에 해당하는 동전은 알루미늄으로 발행하고 있다. 그동안 미국도 동銅 값도 상당히 상승하여 1980년대 초기에 구리로 된 1센트를 알루미늄으로 대체한다는 방침을 공표했지만 시행하지 않았다. 왜 미국에서는 발표한 정책을 시행하지 않았을까? 이번에는 미국 소아과 의사협회에서 진정을 했기 때문이다. 만약 알루미늄으로 된 동전을 어린이들이 삼키면 엑스레이 사진에 나타나지 않기 때문에 귀중한 생명을 잃을 수 있다는 것이 이유였다. 따라서 1984년부터 저렴한 금속을 사용하여 겉만 구리색으로 도금한 1센트 동전이 탄생하게 되었다. 개성과 생명을 존중하는 미국의 한 면을 볼 수가 있다.

- 물건값

미국에서는 집, 자동차 등을 비롯하여 상점에서 팔고 있는 물건값의 끝자리 숫자가 5나 9 홀수로 되어 있다. 100달러에서 1달러를 뺀 $99 또는 1센트를 줄인 $99.99 때로는 $99.95로 표시한다. 값이 약간 저렴하다는 심리 작전이다. 미국의 한인 상점에서도 같은 가격 상술이다. 하지만 무엇을 사더라도 소비세가 추가되어 결국은 값이 비싸진다. 예컨대 주유소에서 한 갤런gallon 당 $2.89로 되어 있어도 9 다음에는 반드시 작은 숫자로 9/10이 따라다닌다. 반면 옷 사이즈는 거의 대부분 28, 30, 32 등으로 짝수가 많다. 미국 대학이 주최한 세미나에 참석한 우리나라 학자들이 수강료가 $999.90로 되어 있어서 혼동스럽다고 $1,000로 고친 적도 있다.

- 교통 규칙

미국에서 운전할 때 반드시 지켜야 하는 규칙 한 가지를 소개하려 한다.

소방차, 경찰차 그리고 구급차가 사이렌 소리를 내면서 지나가면 비록 청신호라도 긴급을 요하는 차들이 먼저 지나가도록 멈추거나 갓길에 정지해야 된다. 그리고 스쿨버스에서 노란불이 깜박이면 양방향으로 가던 차들은 모두 멈출 준비를 하고, 버스에서 빨간불이 깜빡이면 학생들이 길을 건너갈 동안 정차하고 기다려야 한다. 만약 그대로 지나가면 경찰에 보고되어 벌금을 낸다. 스쿨버스가 달리기 시작하면 다시 운행을 계속한다. 이 외에도 각주에 따라 상세한 교통 규칙이 다를 수가 있기 때문에 이사를 하면 그 주의 교통 규범을 잘 익혀야 한다.

- 토스트

친구 집에 모여 모두가 아침 식사를 하고 있었다. 달걀프라이와 알맞게 구운 토스트를 먹고 있는 어머니에게 어린 아들이 "엄마는 새카맣게 탄 토스트를 먹어야 하잖아요?"라고 물었다.

이 아이도 나이와 철이 들면 왜 엄마가 언제나 탄 토스트를 먹었는가 알게 될 테지.

- 천국 가는 길

2018년 2월 21일 99세로 소천한, 세계적으로 유명한 복음 전도 사이자 설교자인 빌리 그레이엄 목사가 생전에 미국 대도시에서 집회를 인도하고 있을 때의 일화이다.

지나가는 소년에게 "우체국이 어디 있느냐?"고 물었더니 친절하게 잘 가르쳐 주었다. 목사는 고맙다는 인사를 하면서 "오늘 밤 내가 설교하는 교회에 오면 천국에 가는 길을 알려 주겠다."라고 말했다. 그랬더니 소년의 반응이 의외였다.

"우체국에 가는 길도 모르시는 분이 천국 가는 길을 알 수 있을까요?"

- 기도(1)

기도에 관한 그레이엄 목사의 일화도 있다.

"하나님께서는 나의 모든 기도에 응답하여 주셨지만 골프장에서는 들어주지 않았다."라고 고백했다.

- 기도(2)

뉴욕 도심에 위치한 신학교에서 기도에 관한 교수님의 강의를 듣던 학생 하나가 질문을 했다.

"기도는 조용하고 생각에 방해가 없는 곳에서 해야 하는데 뉴욕에서는 수시로 비행기, 소방차, 경찰차, 구급차와 버스가 지나가기 때문에 시끄러워서 도무지 기도를 할 수가 없습니다. 좋은 해결책이 있습니까?"

교수는 학생들의 머릿속에 오랫동안 남을 대답을 했다.

"기도 중에 비행기 소리가 들리면 조종사와 승무원들을 비롯하여 모든 승객들이 목적지에 무사히 도착하도록, 그리고 소방차와 구급차, 경찰차가 사이렌 소리를 내면서 지나가면 그들이 맡은 임무를 무사히 완수하도록 기도해 주는 것을 권하고 싶습니다."

- 기도(3)

주번 사관이 밤중에 영내 초소를 순찰하고 있었다. 뒷문 쪽에 있는 초소에 왔을 때 보초병이 서서 졸고 있었다.

주번 사관이 "근무 중에 조는 놈이 어디 있어!" 하고 호통을 쳤다. 그때 보초병은 정신을 차려 서서히 고개를 들면서 "아멘."이라고 말했다. 보초병은 아무런 벌도 받지 않았다고 한다.

- 목사(1)

어느 목사가 편지 한 통을 받았다. 봉투 속에는 흰 종이 한 장이 들어 있었고 중간에 큰 글씨로 '바보'라는 단어 하나만 써 있었다. 다음 주일 목사가 설교 시간에 "나는 주로 내용은 쓰면서 자기 이름을 밝히지 않는 편지를 종종 받습니다. 그런데 그저께 받은 편지는 보낸 사람의 이름만 있고 내용이 없었습니다."라고 말했다.

- 목사(2)

그날은 교인들의 예상과 달리 목사님 설교가 짧았다. 목사님은 "우리 집 개가 설교 원고의 반을 찢어 버렸습니다."라고 변명을 했다. 예배 후에 다른 교회에서 방문한 교인이 "혹시 다음에 목사님의 개가 새끼를 낳으면 부디 우리 교회 목사님께 꼭 한 마리 주시기 바랍니다."라고 부탁했다.

- 목사(3)

먼저 교회에 나가 세례를 받은 며느리가 오랫동안 최선을 다하여 전도한 결과 시어머니도 교인이 되기로 결심했다. 시어머니가 정식 교인이 되기 위해 교회의 목사님과 장로님 앞에서 '입교문답'을 하기 전날 며느리는 몇 가지 질문을 가르쳐 주었다.

반드시 묻는 질문 중 하나가 "예수님은 누구를 위해 돌아가셨습니까?"라고 알려 주었다. 며느리는 정답을 말하며 "나를 위해 돌아가셨습니다." 하면서 손으로 자신을 가리켰다.

다음 날 시어머니는 목사님에게 그 질문을 받았을 때 옳다구나 하고 자신 있게 대답했다.

"그야 우리 며느리를 위해서 돌아가셨지요."

- 목사(4)

미국에 처음 이민 올 때 지역 한인 교회에 연락하면 공항에 교인이나 목사님이 마중 나와 안내해 준다. 아파트 구하는 일(미국에서는 사지 않고 빌린다)과 학교, 은행, 상점 등의 이용 방법을 알려 준다. 그리고 몇 달 동안은 그 목사님의 교회에 다닌다. 하지만 약 반년쯤 지나면 발걸음이 뚝 끊어진다. 그래서 목사님이 방문해서 "왜 교회에 안 나오느냐?"라고 묻자, "그간 폐를 끼쳤고 수고가 많았습니다. 반년이나 교회에 다녀 주었으면 되지 않았습니까?"라고 대답을 했다고 한다.

수학

일본인 수학 교수가 기차로 뉴욕에서 보스턴으로 가고 있었다. 차장에게 보스턴까지 거리가 얼마인가 묻자 대충 "약 321킬로미터입니다."라고 대답했다.

잠시 후 다시 같은 차장에게 이번에는 보스턴에서 뉴욕까지 거리는 얼마인가 물었다. "조금 전에 말씀드린 것처럼 321킬로미터입니다."라고 대답했다.

그랬더니 이 수학자가 "그럴 수가 있으랴. 크리스마스에서 새해 첫날까지는 일주일밖에 안 되지만 새해 첫날부터 크리스마스까지는 거의 1년 가까이 되는데 어찌 거리가 똑같단 말인가!"

*

통계학 교수가 강의를 하며 "숫자는 속이지 않는다. 만약 1명이 집을 지을 때 보름이 걸린다면 15명이 같이 일하면 하루 만에 짓는다."라고 설명했다. 그랬더니 학생 하나가 "그럼 360명의 목수가 1시간 만에, 그리고 2만 1,600명의 목수는 1분 만에 집을 지을 수 있다는 말씀입니까?"라고 물었다.

그 학생은 거기서 그치지 않고 "기선 한 척이 대서양을 6일 만에 건너갈 수 있다면 여섯 척의 기선은 하루 만에 항해를 마친다는 계산입니까?"라고 물었다.

*

쓸쓸한 여자와 외로운 남자가 서로 만나면 수학자는 고독한 사람이 둘이라고 설명하겠지만 나는 한쌍의 행복한 부부가 될 수도 있다고 본다.

한 사람이 한쪽 발은 뜨거운 스토브 위에 얹고, 다른 발은 얼음장에 얹었다면 통계학자는 평균하여 대체로 따사한 자리에 있다고 설명하리라.

*

고등학교 때 같은 반에 우등생이라고 불리는 학생과 바보라고 따돌림을 당한 학생이 있었다. 그 후 졸업 10주년 기념 동창회에서 우등생의 월급은 평균 정도였는데 바보 왕따는 갑부가 되었다. 모두가 호기심에서 비결을 물었다.

"나는 식당을 운영하면서 스테이크를 10달러에 사서 손님에게는 40달러에 팔거든. 따라서 언제든지 300퍼센트의 수익을 올린다."라고 대답했다.

*

퇴직한 친구에게 요즘 어떻게 지내느냐고 물었다. 친구는 "난 아침 식사를 절약하기 위해 점심때쯤 일어나서 첫 식사를 한다네."라고 대답했다. 퇴직 후에 친구는 하루에 두 끼만 먹는 습관이 들었다고 한다.

인류의 앞날

미국 작가인 윌리엄 포크너가 1949년에 노벨 문학상을 받았을 때 인류의 앞날을 다음과 같이 예언했다.

"나는 인류의 종말을 믿지 않습니다. 인류는 존속할 뿐만 아니라 모든 것을 인내로 이겨 낼 것입니다. 왜냐하면 모든 사람들은 영혼을 가졌고 남을 사랑할 수 있는 인류애와 희생, 그리고 관용을 소유하고 있기 때문입니다."

우리 모두에게 이와 같은 목표와 소망이 있고, 소망을 토대로 즐거운 인생을 보람 있게 살면서 행복을 누리리라고 확신한다.

비관자는 뚜렷한 목적이 없고 자기가 해야 할 일을 억지로 하기 때문에 적극성이 없고 수동적이다. 낙관자는 하는 일에 '시간 가는 줄도 모르고' 기쁨으로 몰두하기 때문에 삶을 즐기며 보람을 갖는다. 피곤함도 느끼지 않고 하나하나 큰 공을 세우는 것같이 가벼운 마음으로 최선을 다한다.

제2부
인생은 어디나 교실

손

어머니의 손보다 더 귀한 것이 있으랴. 어릴 적 온갖 상처를 어머니의 손이 어루만져 주면 아픔이 사라졌다. 어떤 먹거리든 그 손을 거치면 천하일품 요리가 되었다. 어머니의 손은 불청객이 월급 바로 전날 들이닥쳐도 살 수습하셨다. 한식은 여자들의 수고가 너무 많다. 제사, 명절, 잔치, 생일, 각종 행사뿐만 아니라, 타진 옷을 늘 기워 주시고, 세탁기가 없던 시절에 더러운 옷은 손수 빨아 주셨다. 대가족 살림을 비롯하여 자식들의 성가신 일까지 원만히 잘 처리하셨다. 고부 간의 알력은 인내로 해결하셨으며, 세월이 지나도 늙지 않는 것은 어머니의 사랑이다.

'어머니의 손이 처녀 시절과 같이 부드럽고 아름답게 지속되려면 아버지의 두 손이 설거지물에 들어가면 된다'라는 가르침이 있다. 옛날에 더운물이 없었을 때의 물일은 '손이 빠지는 것 같다'라는 하소연을 자주 들었다. 김장 때 그 많은 마늘을 까서 고춧가루 등을 섞어 양념을 만드는 과정은 손톱 아래가 따가운 형편이었다. 수돗물이 얼면 어머니는 먼 곳에 있는 강에서 물을 퍼다가 끓여서 가족이 쓰게 해 주셨다.

우리는 자기 등에 손이 닿지 않는 부분이 있다. 혼자 있을 때 등이 가려우면 30센티미터 자로 긁어도 별로이다. 소나 말은 가까이 있는 나무에 기대어 아래위로 몸을 움직이면서 해결한다. 우리는 남의 손을 빌려 도움을 받고 시원한 결과를 체험한다. 서로 만나 거나 헤어질 때는 손바닥을 보여 주면서 인사를 하고 악수도 한다. 손은 애인이나 어린이의 뺨도 어루만져 준다. 가위바위보까지 할 수 있다. 맹아자들은 수화법으로 조용한 대화를 나눈다. 장님들은 점자點字를 손가락 끝으로 더듬어 책을 읽는다. 갑자기 정전이 되면 손으로 벽이나 가구를 더듬어서 원하는 곳에 간다.

손에 관한 여러 나라의 속담도 흥미롭다. '한 손으로는 박수를 칠 수 없다'라는 표현이 여러 나라에서 통용된다. '만약 입이 말하는 대로 손이 행한다면 빈곤이 없다'라는 말은 '바쁘게 일하는 손은 구걸하지 않는다'와 상통한다. 남을 돕는 일을 장려하는 뜻으로 '남에게 베푸는 손은 더 많은 것을 받게 된다'라는 가르침도 있다.

우리들의 의식주를 위한 생활필수품은 모두 인간의 손과 기계로 생산된다. 각종 건물과 사회간접자본, 탈것, 먹거리, 옷, 의약품과 수술에 필요한 기계, 비행기, 우주항공기 등등 끝이 없다. IT시대에는 모든 것이 컴퓨터로 해결된다. 인터넷으로 세계 어느 곳에서나 통신이 되고, 스마트폰이 모든 기능을 대체하고 있다. 드라마를 보면 휴대폰 없이는 이야기 진행이 되지 않는다. 인간의 손이 얼마나 중요하고 우리 삶에 기쁨을 주는지 두말할 나위도 없다. 감사할 뿐이다.

어머니 손보다 더 귀한 것은 없다. 평생토록 늙지 않는 사랑이 깃들어 있기 때문이다.

두 손

미국 배우이자 가수였던 지미 듀란테가 전하는 일화가 있다. 그는 일선 부대에서 위문 공연을 마치고 곧바로 다른 곳으로 가야 했다. 하지만 이런 빠듯한 일정에도 차마 뿌리치고 떠나지 못한 사정이 있었다. 맨 앞줄에 앉은 두 명의 상이용사 때문이었다. 오른쪽 군인은 왼팔을, 왼쪽 군인은 오른팔을 잃었지만 공연이 끝나고 앙코르로 두 병사는 각각 남은 손으로 협력하여 박수를 힘차게 쳤다.

이처럼 두 손이 협력하는 예는 박수를 치는 경우가 으뜸이다. 멋진 음악회, 서커스, 연극, 강연, 전시, 요리 강습, 시범, 어린이들의 공연, 선거 연설 등에서 박수를 친다. 미국의 자연 시인 프로스트는 "두 눈이 한 곳을 더욱 뚜렷하게 볼 수 있다."라고 읊었다. 우리의 손, 눈, 발, 귀는 항상 서로 협력할 때 그 효과가 더 크다.

두 손을 조용히 합한 모습은 고상한 상징도 된다. 인도나 파키

스탄에서는 두 손을 모아 인사한다. 교회 특히 가톨릭에서는 두 손이 기도와 기원, 존경, 경배, 감사, 친근함의 표시도 된다. 독일 르네상스 화가인 뒤러가 그린 〈기도하는 손〉은 우리 모두가 잘 아는 명화이다.

죄를 지었거나 일을 잘못했을 때 용서를 구하며 우리는 두 손을 모아 상대방에게 싹싹 빈다. 일본의 화가이자 문인이었던 고바야시 잇사는 동물 보호에도 전력을 다했다. 이것은 그가 남긴 하이쿠俳句. 5-7-5의 17자로 된 시에도 반영이 되었다. 한 예로 "치지 마시오 / 파리가 손과 발로 / 빌고 있으니"라고 표현했다.

세계대전이 끝난 직후 나라를 위해 일선에서 목숨까지 바치며 위태로움을 겪은 군인들이 제대하여 고향으로 돌아왔을 때 가족들은 쌍수로 환영한다. 그들은 전쟁의 영웅으로 이웃을 비롯하여 온 국민도 다 같이 환영한다. 특히 적국의 포로로 오랫동안 고생을 하다가 돌아온 용사들은 더욱 대환영이다. 6·25 때 이북에서 오랜 포로 생활로 고초를 겪은 미군은 결혼 후 아내에게 김치 담는 법을 배우라고 했다. 매일 먹은 잡곡밥과 김치의 맛을 잊지 못했기 때문이다.

애인끼리 만나면 가장 먼저 서로의 손을 잡는다. 겨울에는 따사한 두 손으로 사랑하는 이의 뺨을 쓰다듬어 준다. 서로가 돕고 고락을 같이 할 때 손이 주는 공헌도 크다. 살림을 사는 동안 손이 크나큰 역할을 다한다. 사랑은 협력과 격려에서 더욱 보람을 느낀다. 두 손이 좋은 본을 보여 준다.

◇

두 손은 협조, 겸허, 사랑, 사죄, 인사, 존경, 경배, 기도, 감사, 환영, 화평의 상징이다.

알브레히트 뒤러 <기도하는 손>, 1508년

디딤돌과 걸림돌

쌀통에 쌀이 반쯤 차 있으면 비관자는 없어진 쪽을 보면서 "반이 비어 있다."고 하지만, 낙관자는 "아직 반이나 남아 있다."라고 한다. 같은 돌이라도 좌절하거나 뛰어넘을 수 없다는 소극적 관념으로 해석하면 걸림돌이 된다. 하지만 모든 것을 적극적으로 대하면 위기를 기회로 바꾸어 디딤돌로 활용해서 목표를 성취할 수 있다.

비관자는 언제나 소극적인 면을 따른다. 아침에 일어나서 거울에 비친 자기 얼굴을 보면 화가 난 표정이다. 특히 주말에 과음을 하면 월요일 아침이 더욱 두드러진다. 속도 쓰리다. 하루 일과를 짜증과 불만으로 시작한다. 고집불통과 배타적인 사고방식이 지배적이다. 고립을 선호하기에 마치 고치 속에 들어 있는 누에와 같다. 삶의 지평선이 너무나 좁다. 자기를 과소평가하고 남을 잘 믿지 않는다. 심하면 의처증이나 의부증 증세를 보인다.

남과 대화를 해도 비꼬거나 빈정대는 말이 버릇이 되어 있다. 자기 의견에 반대하는 사람을 싫어하고 수용성이 없다. 좀처럼 타협이 안 된다. 남을 처음 만나면 소외감을 앞세운다. 만사를 장애물로 보기에 지쳐서 기운이 빠지고, 이것도 자기가 만든 것인 줄 인식하지 못한다. 항상 어두운 쪽을 보는 습성이 있어서 얼굴 표정까지 침울하다. 가진 것을 남에게 베풀어 주는 성향이 드물다. 삶은 항상 걸림돌의 연속이다.

낙관자는 모든 일을 적극적인 태도로 대한다. 아침에 일어나서 거울에 비친 '빙그레 얼굴'을 보면서 하루 일과를 기쁨으로 시작한다. 남에게까지 즐거움을 전파한다. 즐거움과 감사가 있기에 일을 하며 보람을 느낀다. 지루하지 않고 진취적이며, 창조적이다. 자기뿐만 아니라 동료를 비롯하여 나아가서는 온 인류의 복지를 위한 노력도 아끼지 않는다. 남의 단점을 볼 시간적 여유도 없다. 대인관계가 둥글둥글 원만하다. 남에게 도움과 나눔, 그리고 친절을 아끼지 않는다.

고매한 성격이므로 불행한 일보다 축복받은 사실을 헤아리면서 만사에 만족할 줄 안다. 누구를 만나도 친근해진다. 사물을 객관적으로 해석하기 때문에 사실 그대로 받아들이며, 편견을 따르지 않고 남의 비난도 삼간다. 남을 위해 가진 것을 '기꺼이 바치는' 희사喜捨를 실천한다. 항상 눈에는 빛이 있고 마음속에는 노래와 감사가 있다.

요약하면 비관자는 실패나 좌절감에 직면하면 쉬이 포기해 버린다. 인색하기에 주기보다 받기를 좋아한다. 전형적인 이기주의 성격의 소유자이다. 낙관자는 항상 '나도 인간이다'라는 자부심과 함께 목표와 비전을 향해 용감히 나아간다. 앞에 가로놓인 모든 난관도 디딤돌로 보고 성공을 성취하기 위해 용맹히 계속 전진한다.

같은 돌이지만 비관자에게는 걸림돌이요, 낙관자에게는 성공으로 가는 디딤돌이 된다.

빛과 어둠

심리학자가 쥐를 사용하여 흥미로운 실험을 했다. 먼저 물통에 물을 90퍼센트쯤 채운 뒤에 쥐를 넣고 불을 껐다. 쥐가 어두움 속에서 몸부림치다가 밖으로 나올 줄 알았는데 불과 3분 만에 죽어 버렸다. 반면 같은 물통에 다른 쥐를 넣고 환하게 불을 켜 두었더니 놀랍게도 이 쥐는 무려 36시간이나 버텨 살아 나왔다고 한다.

고대 페르시아의 민족종교인 배화교拜火敎, Zoroastrianism는 불을 신의 상징으로 숭배했었다. 악에서 선, 어둠에서 빛, 그리고 도덕적 정의가 포함된 가르침이었다. 시각, 청각, 언어의 세 가지 장애를 극복하고 교육가이자 작가가 된 헬렌 켈러는 "태양을 향하면 자신의 그림자를 볼 수가 없을 것입니다."라는 말을 남겼다. 장편소설 『빙점』을 쓴 일본 작가 미우라 아야코는 "태양을 등지고 가는 사람은 자기 그림자밖에 보지 못한다."라고 같은 현상을 달리 표현했다. 단편소설로 유명한 오 헨리는 "불을 켜 주오. 나는 캄캄한 집에 가기가 싫습니다."라고 했다. 모두가 빛을 앙모하는 좋은 교훈이다.

인류를 비롯하여 모든 동물과 식물은 햇빛이 있어야 성장하고 생명을 유지한다. 햇빛은 농산물과 과일 등을 추수할 수 있게 해 준다. 천지 창조에서 가장 먼저 조물주가 지은 것도 빛이다. 우리가 살고 있는 지구는 공전을 반복하여 365일(실은 365.242일로 이 여분을 매년 모아서 4년에 한 번씩 2월이 29일로 윤년이 된다. 윤년은 올림픽 경기와 미국의 대선이 있는 해이다) 동안 태양을 중심으로 돌고 하루 24시간을 자전하여 북반부와 남반구가 골고루 햇빛을 나눠 가지고 사계절을 즐긴다. 물론 적도 근방은 언세나 여름, 남극과 북극은 추운 계절이 계속되지만.

그런데도 사람들 중에는 빛을 싫어하여 어두움을 택하는 부류가 있다. 남의 물건을 주인의 허락도 없이 훔쳐 가는 양상군자이다. 이들은 어두운 시간에 활동하며 결국에는 법의 심판을 받는다. 음모陰謀와 암살暗殺 등의 표현도 전자는 그림자 '음', 후자는 어두운 '암' 자를 쓴다. 물론 완전한 범죄는 없다고 형사들이 위로해 준다.

미국의 저명한 신학자 라인홀드 니버는 1944년에 펴낸 『빛의 자녀와 어두움의 자녀The Children of Light and the Children of Darkness』라는 책에서 '빛의 자녀는 인류의 복지와 후생을 위해 최선을 다하고 봉사하는 사람들이고, 어두움의 자녀는 범죄와 부도덕한 삶을 택하여 남에게 고통을 주는 이기적인 사람들이다.'라고 정의했다. 우리는 본질적으로 정의와 공평을 추구하기에 민주주의가 가능하고, 더러는 불의를 따르기 때문에 민주주의가 필요하다고 강조했다. 우리가 정의를 택하는 것은 분명 빛을 선호하는 것을 의미한다. 빛이 있기에 소망이 있고 인생도 빛나며 삶이 즐겁고 평화롭다. 시인 롱펠로는 "비록 소낙비가 쏟아지는 먹구름이라도 그 위에 오르면 언제나 빛나는 태양이 있다."라고 읊었다.

어두움의 자녀는 범죄자요, 빛의 자녀는 인류의 복지를 위해 최선을 다한다.

배꼽

지금부터 60여 년 전 여름, 서아프리카의 세 나라를 방문한 적이 있다. 이제는 없어졌지만 20세기 후반까지 미국 대학생들이 성금, 학용품, 책들을 모아 개발도상국 대학생들에게 국제 원조를 하는 세계대학봉사회World University Service가 있었다. 당시 나는 세계대학봉사회가 주최하는 국제총회에 한국 대표로 참석했다. 먼저 시에라리온에서 워크숍, 다시 가나로 건너가 워크캠프, 마지막으로 나이지리아에서 일주일 동안 국제총회가 있었다.

그때 많은 것을 배웠지만 특히 당시 세 나라 어린이의 배에 우리와 같은 배꼽이 아닌 달걀 크기의 혹이 중간에 달려 있는 것을 목격했다. 또한 다른 나라 사람들은 "얼굴이 창백한데 몸이 불편하십니까?"라고 판단할 수가 있지만 아프리카에서는 '창백'이라는 개념이 없다는 것도 알게 되었다.

그 후부터 배꼽에 관한 호기심을 계속 가졌다. 배꼽은 영어에서 네이블^{navel} 또는 배의 단추^{belly button}라고도 한다. 전자는 배꼽이라는 뜻이며 후자는 중앙 점, 방패 모양의 문장^{紋章}, 하단의 중간점이라는 의미도 내포한다. 배꼽은 척추동물에게 있으며 척추동물은 포유류에 속한다. 몸에 털이 나고 온혈이며 태생^{胎生}이다. 사견^{私見}을 추가한다면 인류의 첫 부부인 아담과 하와는 배꼽이 없으리라 짐작된다. 태생이 아니고 창조되었기에!

일본에서는 갓난아기의 탯줄이 떨어지면 오동나무로 만든 작은 상자에 넣어 보관하는 풍속이 있다. 일본어에 '배꼽으로 차를 끓인다'라는 것은 웃음을 참지 못하여 배를 움켜잡고 크게 웃는다는 뜻이며, 우리말의 '배꼽을 뺀다'는 것과 상통한다. 일본어에서 '배꼽을 굽힌다'는 기분을 잡치고 말도 안 한다는 뜻이요, '배꼽 조절'은 주부들이 살림을 하며 좋은 목적을 위해 몰래 모은 돈이다. '배꼽의 탯줄을 질질 끌고 다닌다'는 출생 이후 조금도 진보가 없다는 뜻이다. '배꼽을 문다'라고 하면 후회를 해도 해결이 안 되는 경우를 말한다.

우리말에 '배꼽에 어루쇠를 붙인 것 같다'는 말은 눈치가 빠르고 경우에 밝아 타인의 의도를 환히 안다는 표현이다. 어이가 없는 것은 '배꼽이 웃는다'라고 한다. '배꼽쟁이'는 배꼽이 유달리 큰 경우요, '배꼽점'은 바둑판 한가운데에 있는 점 또는 거기에 놓인 바둑돌이다. 배꼽을 내놓고 추는 춤은 '배꼽춤', 배꼽이 드러나도록 만든 티셔츠는 '배꼽티', 끼니때 배가 고픈 느낌을 갖는 것을

'배꼽시계'라고 한다.

영어에서 '웃음은 최고의 약'이라 했다. 우리는 언제나 '배꼽을 빼는 삶'을 즐긴다면 만족, 화목, 화평, 행복을 만끽하리라고 확신한다.

비록 어려운 삶일지라도 '배꼽을 빼는' 일이 계속되면 인생은 언제나 즐겁기만 하다.

'아직'과 '벌써'

친구 어머니가 미국에 사는 아들을 방문한 적이 있다. 시집간 딸이 캐나다 국경 가까이 살고 있었는데 아들 집에서 차로 약 8시간이 걸리는 거리였다. 친구 어머니는 아들 집에서 일주일쯤 쉰 후 딸네 집까지 방문했다. 집을 떠난 지 불과 2시간쯤 되었을 때 어머니는 "아직 멀었나?"라고 운전하는 아들에게 물었다. "이제 겨우 4분의 1밖에 못 왔습니다."라는 대답에 무척 지루해하는 반응을 보여 주셨다고 한다. 가족끼리 자동차로 여행을 하면 아이들도 으레 "언제 도착해요?"라고 되풀이하여 묻는다.

대학 졸업 후 도미하기 위해 공군에 자원입대하여 대전에 있는 훈련소에 갔었다. 매일 '아직'이라는 시간의 연속이었다. 하루 속히 훈련소를 떠나 일등병으로 자대 배치를 고대했었다. 그때는 연병장 저 멀리 달리는 기차가 너무나 자유스럽게 보였다. 겨우 하루가 지나면 그날을 지우고 '아직'도 남은 날짜를 세어 보는 것이

취침 전의 일이었다. 교도소에서 독방에 감금당하면 날마다 '아직'의 연속이리라. 애인과 있으면 하루가 '벌써'라는 시간이지만!

비관자는 뚜렷한 목적이 없고 자기가 해야 할 일을 억지로 하기 때문에 적극성이 없고 수동적이다. 이렇게 지나가는 시간은 여전히 '아직'이라는 개념에 푹 빠져서 권태감도 갖는다. 낙관자는 하는 일에 '시간 가는 줄도 모르고' 기쁨으로 몰두하기 때문에 삶을 즐기며 보람을 갖는다. '벌써' 시간이 후딱 지나가 버린 느낌이다. 피곤함도 느끼지 않고 하나하나 큰 공을 세우는 것같이 가벼운 마음으로 최선을 다한다.

하버드대학교의 리처드 라이트 교수는 매년 신입생과 졸업생을 대상으로 꾸준히 인터뷰를 계속해서 한 가지 공통점을 발견했다. 졸업반 학생 중 대학 생활이 무척 지루하고 별 창의력도 발휘하지 못했다는 학생들은 이유가 있었다. 이들은 예외 없이 모두가 전공을 부모나 남이 택해 주었기 때문에 '마지못해' 공부를 해서 지루했다는 것이다. 반면 자신이 전공을 택한 학생들은 대학 생활이 재미있을 뿐만 아니라 여러 과외 활동과 각종 운동에 참여하여 성공으로 골인했다고 한다. 그들은 시간이 너무나 빨리 지나가서 '벌써'라는 느낌으로 삶을 즐겼다는 회답이었다.

남에게 일을 시키는 관리인은 부하 직원들에게 "아직 다 못했어?" 하고 따진다. 그럴수록 일을 하고 있는 사람들은 초조함을 느끼고 효율이나 생산성이 떨어진다. 자녀이건 남이건 모두가 최선을 다하고 최대의 노력을 한다면 "벌써 다했어!" 하고 칭찬을 해 주는 것이 현명한 지도자이다. 이런 인물은 침대에 까는 담요에 비유가 되겠다. 지도자는 뒤에서 밀어서는 일이 안 되며, 언제나 앞에서 당겨 줘야 목적을 달성한다는 교훈을 준다. 육군사관학교를 졸업하고 소위 임관을 받으면 "나를 따르라!" 하고 구호를 외치는 보병 장교가 되는 것도 우연의 일치가 아니다.

　소극적이고 비관적인 사람의 시간은 '아직'이지만, 적극적이고 낙관적인 사람의 시간은 '벌써'가 된다.

'밖에'와 '이나'

같은 액수라도 돈을 받는 사람의 마음씨에 따라 반응이 다르다. 가령 만 원을 주면 불만족한 때에는 만 원'밖에' 안 준다고 하지만, 만족하는 경우엔 만 원'이나' 받았다고 한다.

미국에 이민 와서 고국에 계시는 부모님께 매달 생활비를 송금하는 날이면 으레 부부가 다투기 마련이다. 남편은 500불'밖에' 보내 드리지 못했다고 주장하지만 아내는 500불'이나' 송금했다고 불평이다. 이런 일 때문에 오래전에는 처녀들이 장남이나 독자에게 시집가기를 싫어했다. 예전에는 대가족으로 5~6남매가 보통이었고 주로 장남이 부모님을 부양했기 때문이다. 이런 세대에 속한 나는 최근 유학 온 여학생에게 지금도 처녀들이 장남이나 독자를 피하느냐고 물었다. 그런데 그 학생이 "선택이 없잖아요."라고 대답하여 그 말을 이해하는 데 약간의 시간이 걸렸다. 요즘은 보통 자녀가 둘이거나 아들과 딸이 각각 하나만 있는 현실이다.

따라서 거의 모두가 장남이요, 독자이다.

남편이 골프를 시작해도 역시 부부가 '밖에'와 '이나'로 알력이 생긴다. 남편이 골프채 우드 1번 하나에 400불'밖에' 안 한다고 말하면 아내는 무슨 골프채가 400불'이나' 하느냐고 바가지를 긁는다. 짜증이요, 비난이다. 아내는 집안 살림도 어려운데 그렇게 비싼 돈을 지불하는 운동은 당장 집어치우라고 최후통첩도 선포한다. 이에 대해 남편은 건강에 투자한다 생각하면 결코 비싼 것이 아니라고 반격한다. 냉전이 계속된다. 이러한 늪에서 빠져나오는 최상의 방법은 아내에게 열심히 골프를 가르쳐서 성공하면 '밖에'와 '이나'의 언쟁이 사라지고 건강을 위해서도 특효약이라고 단언한다.

동시에 '이나'는 '까지' 또는 '까지도'와 연결이 된다. 여기에는 '뿐만 아니라'는 전제가 선행한다. 예를 들면 올림픽 경기에서 뛰어난 수영 선수가 배구'까지' 멋지게 하는 경우를 말한다. 모두의 예상외로 잘하는 것을 내포하고 있다. 낙관적인 사고방식을 따르고 있음이 뚜렷하다. 부모가 자식을 남에게 소개할 때 공부뿐만 아니라 운동'까지' 탁월하게 잘한다고 할 때도 엿볼 수 있다. 여러 가지 점에서 멋진 소질을 발휘할 때 칭찬하는 의미도 있다. 특히 회사에서 상사가 이런 마음의 소유자라면 부하 직원은 매일같이 일하는 기쁨을 느끼며 생산성도 높아진다.

요는 우리가 택한 것이 낙관적일 때 삶의 행로가 즐겁다. '밖에'

라는 입장을 고집한다면 삶이 지루하고 소극적이며, 수동적 태도'밖에' 안 된다. '이나' 또는 '까지'라는 삶의 지혜로 전진을 계속한다면 시간 가는 줄도 모를 만큼 보람을 느끼면서 밝고 관대한 세계관의 소유자가 되어 하루하루가 즐겁고 행복하다. 비록 난관에 부딪혀도 극복하는 방도를 모색하고 상대방의 장점을 보고 칭찬하며 행복한 일을 헤아리는 빛의 자녀가 된다. 눈은 빛나고 입술에는 미소가 담겨 있어 남까지 복되게 해 주며 후회가 없는 삶을 만끽한다. 항상 자신이 있고 새로운 사랑이 넘친다.

'밖에'를 수상하면 불만과 불평의 연속이요, '이나'는 감사와 만족과 축복을 가져온다.

용서

두 언니는 20대인 막내가 암으로 불과 몇 달밖에 살지 못한다는 이야기를 듣는다. 하지만 언니들은 문병을 하지 않는다. 원한에 찬 동생이 언니들에게 "내 장례식에는 절대로 오지 말라!"는 유언을 남겼다. 장의사는 유언을 따르기로 했지만 찾아온 두 언니를 막지 못했다. 급기야는 경찰이 동원되어 그들을 막았다고 한다. 정신과 전문의는 "남에게 원수를 갚는 것처럼 자기 자신을 해치는 것이 없다."라고 했다. 용서가 없었기 때문에 평생토록 남까지 해치는 결과가 되어 버렸다.

예수님의 교훈이 누구에게나 적용되리라고 믿는다. 수제자 베드로가 남을 몇 번이나 용서해야 하느냐 물었을 때 "일흔 번씩 일곱 번이라도 하라."고 가르쳐 주셨다. 이는 무제한 용서를 하라는 뜻이다. 동시에 주기도문에도 하나님께 우리 죄의 용서를 빌겠지만 한 가지 조건을 명시했다. 즉 '우리가 우리에게 죄지은 자를 사하여 준 것같이' 우리 죄를 사함 받으라는 말씀이다.

이 교훈을 실천한 손양원 목사님을 잊을 수가 없다. 1948년 여순사건 당시 목사님의 두 아들이 반란군에게 체포되었다. 단지 기독교 신자라는 것이 죄목이었다. 형은 두목에게 "나를 죽이고 제 동생을 살려 주십시오."라고 탄원했다. 동생은 "아닙니다. 저를 죽이고 형을 살려 주시기 바랍니다."라고 서로 빌었다. 하지만 두목은 무자비하게 둘 다 죽였다.

후일 국군이 반란군을 제압하고 두목도 잡혀서 재판을 받게 되었다. 손 목사는 사람을 보내어 비록 살인자이지만 두목의 용서를 간청했고, 군사 재판에서 이 청을 수락했다. 뿐만 아니라 아들을 죽인 사람을 입양까지 했다! 그 후 손양원 목사님은 나환자를 돌보며 전남 여천군 율촌면에 있는 애양원교회에서 목회를 하다가 48세의 젊은 나이에 두 아들을 따라 순교했다. 이 사실을 바탕으로 안용준 목사는 『사랑의 원자탄』을 썼다. 손양원 목사님은 원수도 사랑하라는 교훈을 실천했다. 이런 위대한 용서에 만인이 감동했다.

한 갑부가 마음에 드는 꽃병을 비싸게 사서 거실에 귀중한 가보로 놓았다. 어느 날 어린 아들이 25센트짜리 동전을 꽃병 속에 빠뜨려 버렸다. 아들이 손을 넣어 동전을 찾았는데 어찌된 일인지 손이 빠지질 않았다. 갑부를 비롯하여 식구 모두가 온갖 방법을 다했지만 도저히 나오질 않았다. 비록 값비싼 꽃병이었지만 아들의 손이 더 중요하기에 갑부는 하는 수 없이 망치로 꽃병을 부수고 손을 꺼내 주었다. 그런데 알고 보니 아들이 동전을 불끈 쥐고 놓지 않아서 손을 뺄 수가 없었던 것이었다. 동전을 놓았더라면 거액의 대가를 지불하지 않아도 될 것을! 우리도 남이 저지른 과오를 용서해 주고 내 손에서 놓아 버린다면 값진 마음의 평안을 얻게 될진저!

용서는 남이 가로놓은 걸림돌을 용감히 디딤돌로 바꿔 주는 보람 있는 삶의 지혜이다.

자유

아주 오래전에 〈필사의 도망자The Desperate Hours〉라는 영화를 본 적이 있다. 감옥에서 탈출한 3명의 죄수가 평화롭게 사는 가정에 침입하여 위협하다가 가족들이 구출되는 내용이다. 험프리 보가트의 능숙한 연기가 인상적이었고 지금도 기억에 선명히 남이 있는 명화이다.

이 영화는 꽤 오래전 펜실베이니아주의 루이스버그에 있는 교도소에서 실제로 죄수가 탈출한 사건을 토대로 제작되었다고 한다. 이 교도소는 징역 1년 이상에서 종신형까지 선고받은 죄수가 복역하는 곳이다. 6·25 당시 한국에서 군 복무를 했던 미군과 함께 목사님의 주선으로 루이스버그에 있는 교도소를 방문했었다. 여기서 '방문'이라는 사실을 다시 강조하는 바이다. 미국 대학생들에게 같은 얘기를 했더니 강의 후에 나더러 "교수님은 교도소에 있었습니까?"라고 질문한 학생이 있었기 때문이다.

우선 교도소 입구부터 비행기 탑승 검사보다 더 엄격한 몸수색을 했고 미세한 금속 탐지기를 지나가야 했다. 쇠를 깎을 수 있는 얇은 톱을 숨기고 교도소 안에 들어오는 것을 막기 위함이다. 높은 담과 그 위에 둥글게 설치된 가시 철조망, 철문, 무장한 교도관 등이 감옥이라는 것을 여실히 증명해 주었다.

교도소를 방문하고 느낀 점 몇 가지를 나누고자 한다. 우선 교목이 안내해 준 곳은 예배 장소였다. 설교대 주위는 둥글게 삼등분하여 개신교, 유대교, 가톨릭의 세 종파가 예배를 드릴 수가 있었다. 무대를 회중의 종파에 맞도록 돌리면 된다. 예배를 위한 피아노 반주자는 종신형을 선고받은 사람이었다.

한 가지 특기할 사항은 교도소에서는 종파를 막론하고 목사, 랍비, 신부 모두가 검은 가운 대신 평복을 입고 예배를 인도한다는 점이었다. 엄숙하고 권위가 있게 분위기를 조성하는 가운은 마치 죄수들에게 유죄 판결을 선고한 판사를 연상케하기 때문이란다. 교도소에서는 이만큼 죄수들을 존중해 주고 있었다. 입소자와 가족 간의 서신 내왕도 당사자들만 알 수 있게 P.O.Box 1000을 사용하여 주소에도 교도소 이름을 피하고 있었다.

루이스버그에 있는 버크넬대학교의 사회학, 범죄학, 심리학 전공 학생과 교수는 교도소를 방문하여 복역자들과 직접 대화를 나누며 이론과 실제 사건들을 공부하고 있었다. 죄를 미워하지 죄수를 미워하지 말라는 교훈도 새롭다. 무엇보다도 교도소 방문 후에 자유가 얼마나 중요한 가를 절실히 느꼈다.

죗값은 사망이라는 교훈을 명심한다면 죄 없는 자유가 얼마나 중요한 가 통감하게 된다.

사해와 야구

사해死海는 이스라엘과 요르단 사이에 있는 호수이다. 요르단강의 종착이고 남쪽은 수심이 얕아서 1~10미터 정도인데 전체 평균 수심은 300미터이다. 지중해보다 390미터나 낮은 위치에 있고 물이 잘 증발된다. 한 가지 특징은 강물이 흘러 들어가기는 하지만 빠져나가질 않기 때문에 오랜 세월 동안 소금이 누적되어 생물이 살지 못한다. 수영을 할 줄 모르는 사람이라도 물에 절로 뜬다. 한 여자가 수영을 시도하여 성공했지만 머리카락에 스며든 소금을 씻어 내는 데 2~3일이나 걸렸다고 한다.

미국에서 창시된 야구, 농구, 미식축구는 지금 전 세계에 보급되었다. 야구팀은 1876년 출범한 내셔널리그National League와 1900년에 출범한 아메리칸리그American League 두 그룹이 있다. 매년 각 리그에서 우승한 두 팀이 여름에 챔피언 결정전인 월드시리즈 경기를 한다. 1967년에 시작된 미식축구 '슈퍼볼', 농구와 야구의 마지막 시합은 수많은 팬들이 즐겨 보는 경기요, 텔레비전 광고료도 어마어마하다. 이외에 고교와 대학의 야구, 농구, 미식축구 시합도 상당한 인기이다.

전술한 바와 같이 사해는 '받기만 하고 줄 줄은 모르는 실정'을 우리에게 보여 준다. 우리네 삶에서도 받기만 하고 남에게 베풀지 않는 사람들이 있다. 사해처럼 인생을 잘 지탱하지 못하는 '죽은' 인격자이다. 인색하기 짝이 없는 구두쇠요, 이기적이다. 자선이나 동정을 발휘하지 못하는 좁고 소극적인 인생관을 가진 사람이다. 누가 보아도 답답하고 남과 타협이 안 된다. 앞뒤가 꽉 막힌 성격으로 융통성도 없고 주위의 현실에 무관심하다.

반면 야구는 우리에게 멋진 교훈을 준다. 야구 선수들은 한 손으로 공을 받고 다른 손으로 던진다. 받기도 하고 남에게 주는 적극성을 보여 준다. 남에게 줄수록 그 결과는 곱절의 만족과 보람을 안겨 준다. 새들은 먹이를 마음대로 먹지만 대신 우리에게 즐거운 노래를 들려주지 않는가! 우리나라에서도 개인이나 기업이 소득과 이윤을 사회에 환원하면 마음까지 훈훈해진다.

'희사'는 기꺼이 기부하는 행위를 의미한다. 신자들이 자유의사로 교회나 사찰에 바치는 헌금, 불우한 인류를 위해 기부하는 일, 졸업생들이 모교의 후학들을 위해 장학금을 내놓는 일, 무숙자와 고아들을 위한 원조도 포함된다. 다른 나라에 지진, 수재, 대화재 등 불행한 일에 정성을 다해 원조하는 것은 인류애의 발로이

다. 삶의 의의와 보람을 갖고 인생을 값있게 사는 멋진 체험이 아
닐 수 없다.

구두쇠의 삶은 '사해'요, 야구 선수들은 받는 것과 베푸는 미덕의
적극성을 교훈해 준다.

감사

'감사는 마음속에 간직하게 되는 좋은 추억이다'라는 교훈이 있다. 미국에 이민 오면 'Thank you'를 가장 먼저 배운다. 미국에서는 1863년부터 매년 11월 넷째 주 목요일(캐나다에서는 10월 둘째 주 월요일)을 추수감사절로 지정하여 온 국민이 감사의 의미를 나눈다.

1. 지난밤에도 편히 잘 수 있는 보금자리를 주신 것에 감사합니다.
하루의 피로를 풀고 가족과 함께 안식할 처소에 대한 감사가 절로 나온다.

2. 우리에게 일용할 양식을 주신 것에 감사합니다.
일제시대에는 식량이 너무나 부족하여 배가 몹시 고팠다. 6·25 때는 피란처에서 많은 고생도 경험했다. 하지만 지금은 계절을 초월한 온갖 식료품과 냉장고 덕분에 과식을 하고 많은 사람들이 다이어트와 수술로 몸무게를 줄이기까지 한다.

3. 이민 와서 일터를 허락하여 주신 것에 감사합니다.

정년퇴직하는 연령이 65세였다면 나는 오래전에 은퇴했어야 되는데 미국에서는 이 제도가 없어져서 10년이나 더 근무할 수가 있었다. 매일 젊은이들을 상대로 하는 직업이었기에 마음은 언제나 젊었다. 피카소는 "오랜 세월이 지나야 젊어질 수 있다."라고 격려해 주었다.

4. 아들과 딸을 주신 것에 감사합니다.

순조롭게 자라서 학위도 받고 각각 좋은 짝을 만나 가정을 이루어 행복하게 잘 살며, 손자 둘과 손녀 셋을 주신 것까지 감사하다. 핏줄이 이어지고 보람을 만끽하는 제2의 인생을 3대가 즐길 수 있는 사실에도 감사하다.

5. 이민 후 교회에 나가서 예배드리고 교우들과 함께 친교를 나눌 수 있는 종교의 자유에 감사합니다.

뿐만 아니라 교회를 통하여 불우 이웃 돕기, 무의탁자들을 구호, 문병, 위로, 축복하고 잘 되기를 기도하며 실천할 수 있는 것도 복된 삶의 증거이다.

6. 태평양을 수십 번이나 비행기로 건너서 여행을 했고 유럽, 아프리카까지 갈 수 있게 기회를 마련해 주신 것에 감사합니다.

1957년에 처음 미국에 왔을 때 프로펠러기로 왔지만 지금은 제트기 덕분에 더욱 평안하고 빠른 속도로 여행을 할 수 있는 사실에 감사하다.

7. 팔순이 지났어도 건강을 주신 것에 감사합니다.

지금껏 독서, 운동, 작문을 비롯한 취미를 즐기며, 흉금을 털어놓고 담소와 여행도 같이 할 수 있는 친구가 있다는 축복도 감사하다.

8. 자동차를 주셔서 가고 싶은 곳에는 언제, 어느 때나 갈 수 있는 것에 감사합니다.

자동차 시동을 걸 때 가는 곳마다 지켜 주시고 무사히 돌아오도록 기도하는 것이 버릇이 되었다.

9. 미국에 이민 와서 안정적으로 뿌리를 내린 것에 감사합니다.

고국을 떠난 지도 60년이 지났지만 동양과 서양의 두 문화권에서 좋은 점을 택하여 자유를 누리고 값있는 삶을 영위하도록 길을 열어 주신 은총에 무한히 감사하지 않을 수가 없다.

이토록 감사는 불평과 근심을 제거하는 만병통치약이며, 언제, 어디에서나 상대방을 기쁘게 해 주는 삶의 지혜이다. '말 한마디가 천 냥 빚을 갚는다'라는 선현의 교훈 속에 '감사'도 포함되어 있다는 것이 나의 소신이다.

우리네 삶에서 선택의 자유를 누리고, 감사하는 인생을 즐길 수 있는 사실에 감사!

감사하는 마음

우리는 대인관계에서 '예의가 바르다, 예의를 지킨다'라는 표현처럼 준수해야 할 범절이 있다. 예컨대 초대받아 다른 사람 집에 방문했을 때 빈손으로 가지 않는 것은 상식이다. 남에게 폐를 끼쳤거나 나를 위해 최선을 다한 수고에 감사하는 일도 이에 속한다. 마음에서 우러나는 진실성이 있기에 더욱 아름답다. 전문가들은 감사하는 것이 스트레스를 치유해 주고 마음의 평안을 안겨 주는 세로토닌의 분비를 증가시킨다고 한다.

미국에서는 어릴 때부터 가족을 비롯하여 친지, 친구, 때로는 남에게까지 물심양면의 혜택을 입으면 간단한 감사 편지를 보내도록 부모가 가르친다. 단 한 줄의 메시지도 좋다. 감사 편지는 받은 사람으로 하여금 보람을 느끼게 한다. 경우에 따라서는 전화나 컴퓨터로 답신을 보내기도 한다. 하지만 직접 쓴 정성 어린 감사장이 더욱 귀중하다.

대학에서 퇴직하기 전까지 해마다 3월쯤에는 단잠을 깨우는 국제전화를 몇 차례 받았다. 주로 곤히 잠든 시간, 새벽 3시경이다. "김 교수님이세요? 저는 서울 ○○회사 사장실 비서입니다. 사장님께서 교수님과 통화하시겠답니다. 잠시만요." 한다. 차가운 수화기를 들고 기다리면 하품만 나오고 춥기만 하다. 이윽고 본인이 "안녕하십니까? 저는 김 교수님이 잘 아시는 A 교수의 친구인데 이렇게 처음 인사드립니다. 실은 제 아들이……."

여기까지 들어 보면 나머지는 말하지 않아도 알 수 있다. 아들이 대학 입시에서 낙방하여 내가 가르치는 대학에 유학할 수 있도록 부탁하는 내용이다. 학부모님들께서는 제발 한국과 미국 간 시차를 고려해 주소서!

지금은 컴퓨터로 입학 지원을 할 수 있지만 옛날에는 종이 지원서를 사용했다. 필요한 서류를 대학의 입학 담당 부서에 수수료와 함께 '직접' 제출하시라고 신신부탁을 한다. 그런데도 원서를 나에게 보낸다. 그리고 나서 기회가 있을 때마다 문의와 감사 전화를 계속한다. 하지만 입학 허가가 나면 그 후부터는 깜깜무소식이다. 아이들에게 대학 등록금으로 5만 달러를 주어도 아무런 반응이 없지만 피자를 사 먹으라고 20달러를 주면 "아빠, 대단히 감사합니다!"라고 인사를 하는 것과 비슷하다.

우리는 세계화 시대에 살고 있다. 공무, 상업, 학술관계, 자매도시 간의 교류, 여행 등으로 외국인에게 도움을 받게 된다. 미국인들은 사적이건 공적이건 항상 귀국 후에 반드시 감사 편지를 보낸다. 때로는 문방구에서 파는 감사 카드를 사서 쓴다. 이민 와서 미국인들에게 들은 이야기 중의 하나가 우리나라를 비롯하여 일본, 중국 사람들이 미국에서 교류를 다하고 귀국 후에는 감사 편지를 보내지 않는다고 한다. 안타깝다. 국제화 시대에 최소한 문화인다운 처세가 얼마나 중요한가를 알면 그 결과는 기대 이상이 될진저.

세계화 시대에 폐를 끼친 분들은 특히 외국인에게 감사 편지를 보내는 것을 권하고 싶다.

사고

지방신문 일면에 29세의 카메론 클랩이 특수 병원에서 환자들에게 "불가능은 의견이지 사실이 아니다."라고 강의한 것이 실린 적이 있다. 이 특강은 미국에서 보철치료Prosthetic Care를 하는 대형 병원 그룹에서 주최했다.

왜 그의 사진까지 소개하면서 일면 기사로 보도했을까? 클랩은 15세 때 세 가지 실수를 했다. 첫째, 법이 금하고 있는 나이에 술을 마셨다. 둘째, 비틀거리면서 철길을 따라 집으로 걸어갔다. 셋째, 의식이 혼동된 상태에서 달려오는 기차를 피하지 못하여 사지四肢 중 두 다리와 오른팔을 잃는 사고를 당해서 불행을 겪었다. 신문 기사는 그의 의족義足과 오른팔 의수義手를 사진으로 보여 주었다.

이전에는 육상과 수영 선수였던 그는 특강을 계속했다.

"저는 횡포를 부렸고 무작정 살았습니다. 무모한 삶의 대가로

얻은 것은 바로 여러분이 지금 보시는 바와 같습니다. 사고 후 병원 침대에 누워 있을 때 제 앞날이 어떨까, 그저 좌절감과 원망, 후회, 비관적 생각뿐이었습니다. 너무나 비참하고 자포자기하는 신세였습니다. 걷잡을 수 없는 허무감과 밑바닥이 없는 암흑의 함정에 빠진 것만 같았습니다. 저는 혼돈스러웠고 사물의 분별 능력도 잊어버린 상태였습니다."

하지만 카메론 클랩은 모든 불행을 극복하고 같은 처지에 있는 환자들에게 성공할 수 있다는 본을 보여 주었다. 부디 포기하지 말고 굳센 결심, 강한 의지로 낙심하지 말고 전진하라고 강조했다. 물론 회복하는 과정에서 예기치 못한 시련을 겪었고 재건하기까지 결코 순탄하지 않았고 많은 어려움과 난관이 있었다. 앞에 가로놓인 여러 가지 곤경을 하나씩 제거하고 걸림돌을 디딤돌로 바꾸기까지 비장한 각오를 실천에 옮겼다. 그는 과정이 고통스러워도 끝내 정복할 수 있다는 소망을 가지라고 당부했다.

그는 확고한 신념으로 삶을 즐기려 했다. 주치의를 비롯한 의료 팀과 보조를 맡은 분들의 수고에 감사한 후 "휠체어에 의존하지 않겠다."는 것이 그의 각오였다고 고백했다. 사고 후 약 1년이 지나서 그는 이 목표를 시도했고 지팡이도 팽개쳤다. 이 광경을 그의 아버지가 카메라에 포착했지만 바로 직후에 넘어지고 말았다. 사고가 난 지 3년 후 '신체장애자의 인내 경기'에 참가했는데 여전히 보행은 완전하지 못했다. 골인 지점 직전에서 넘어졌지만 다시 일어나서 경기를 마친 동영상도 보여 주었다.

　그는 지금도 많은 학교와 병원 등을 방문하여 자신과 같은 실수와 사고를 겪지 말라고 특강을 계속한다. 소극적인 생각을 버리고 적극적인 인생관으로 삶을 즐기라는 격려를 아끼지 않는다. 그는 불행을 행복으로 바꿀 수 있다는 본을 보여 주고 있다.

　누구나 사고에 휘말리게 되지만 피할 수 있는 것을 분별한다면 삶의 보람을 갖는다.

옐로스톤 국립공원

얼마 전 일행 8명을 포함한 55명이 버스로 미국의 로키산맥 중심부에 있는 옐로스톤 국립공원을 방문했다. 이 여행은 단순한 관광에 그치지 않고 미국의 역사, 지리, 자연, 그리고 창세부터 면면히 이어져 내려온 지구의 생태계를 직접 관찰하고 공부할 수 있는 귀중한 기회였다. 옐로스톤 국립공원은 대부분 와이오밍주에 있고 아이다호주, 몬타나주에 걸쳐 있는 공원으로 경상도를 합친 것과 비슷한 면적이다. 이렇게 넓은 곳을 겉핥기식으로 둘러보았지만 경이로운 자연의 섭리가 아직도 뇌리에 남아 있다. 기념품점에서 산 그림 엽서책에 Printed in Korea로 되어 있어 무척 반가웠다.

미국은 남북전쟁이 끝나고 1869년 이후 주춤했던 국립공원 안건이 시민의 주도로 다시 활성화되었다. 몬태나주의 국유지 감독관이던 헨리 위시번 장군이 옐로스톤 지역을 답사하고 사람들의 의견을 모아서 정부에 보고했다. 드디어 1872년 봄에 그랜트 대통령이 서명하여 법으로 세계 최초의 국립공원이 탄생했다. 이분들의 선견과 과감한 실천에 깊이 감사하는 마음이 땅에서 솟아나는 온천물처럼 절로 우러나왔다.

불, 물, 돌, 나무, 산, 강, 폭포, 호수, 끊임없는 수증기, 아름다운 천연색의 분출구와 거대한 온천물은 너무나 고운 색깔을 띠고 흘러내렸다. 마치 기계로 깎은 듯한 계단식 석회암층, 300개의 간헐천geyser, 각종 온천과 분기공fumarole, 진흙 열탕mudpot 등의 장관은 직접 봐야 그 위용을 실감할 수 있다.

가장 잘 알려진 것은 '올드페이스풀Old Faithful'로 불리는 간헐천이다. 하루 평균 17~20회씩 약 40미터까지 공중으로 치솟는 뜨거운 물줄기와 수증기는 놀라운 신비감을 안겨 준다. 짧게는 45분에서 길게는 2시간 간격으로 분출한다. 이 장관을 보기 위해 시간에 맞춰 모인 관중이 매번 수천 명이나 되는 것 같았다.

국립공원으로 지정된 뒤 약육강식을 일삼는 사자를 모두 없앴다고 한다. 주로 초식을 하는 포유류, 특히 아메리카 들소bison, 말코손바닥사슴moose, 양, 곰, 여우 등이 안심하고 자유로이 서식하는 모습은 평화와 자연이 잘 조화된 풍경이었다. 자동차가 지나가도 유유히 길을 건너가는 동물들이 행복해 보였다.

하지만 불행히도 1988년에 옐로스톤 국립공원에 큰 산불이 나서 나무의 3분의 1이 타 버렸다. 당시 9천 명의 소방관과 1억 2천만 달러의 비용이 들었다고 한다. 도처에 타 버린 나무들을 멀리서 보노라면 마치 성냥개비들이 산재하고 있는 것 같았다. 그 후 새로 솟아난 나무들이 힘차게 자라고 있어 큰 희망이 되었다. 첫 날과 마지막 날에는 아이다호주의 라바Lava 온천장이 우리에게 안식을 안겨 주었다. 고국에서 모두들 왜 온천을 즐기는지 그 이유를 알 만했다.

대자연의 아름다움을 만끽하여 스트레스에 시달린 심신을 치유하는 기회를 가지소서.

새 학기: 선생

그리스의 철학자 아리스토텔레스는 "교육의 뿌리는 쓰지만, 그 열매는 달다."라고 했다. 우리는 모두가 유치원에서 대학(또는 대학원)에 이르기까지 선생님 또는 교수님의 수고로 많은 지식을 물려받았다. 이러한 교육의 결과로 '인간 자본'이 형성되었고 각자의 소질과 전공을 중심으로 맡은 분야에서 활동하고 봉사하는 즐거움을 체험하고 있다. 습득한 지식과 기술을 바탕으로 응용과 연구를 계속하여 인류의 복지와 사회 발전을 위해 힘쓰며 삶의 터전도 이룩한다.

내가 학위를 받고 대학에서 가르치기 시작했을 때 지도 교수였던 존 켄드릭 박사님이 나에게 "구름 위에 있지 말고 땅에 내려와서 가르쳐라." 하며 금과옥조와 같은 말을 남겨 주셨다. 내 평생에 그토록 크나큰 도움이 된 말이 없다. 흔히 박사 학위를 받으면 내로라하는 권위를 세우기 위해 학생들이 알아듣지 못하는 전문 용어로. 딱딱한 강의를 하기가 일쑤인데 박사님이 주신 통찰력 덕분에 감사히 배웠다. 어디까지나 학생들의 입장을 고려하여 되도록 쉬운 강의가 명강에 속한다는 것을 43년 동안 실천했다.

매번 시험 때가 되면 어김없이 "이번 학기에 배운 것을 모두 알아야 됩니까?"라고 묻는 학생이 있다. 되도록 공부를 덜하여 학점을 따겠다는 마음보를 엿볼 수가 있다. 나는 경제학을 가르치지만 "의과대학에서 공부하는 셈으로 공부하라."고 권한다. 사람의 생명을 다루는 의학에서는 배운 것을 모두 알아야 환자의 여러 가지 병환을 치유할 수가 있지 않느냐고 종용해 준다.

로마의 스토아학파 철학자인 세네카는 "가르치는 동안 자신이 배우게 된다."라고 했다. 내가 대학에서 가르치면서 우등생들을 전국 우등생협회의 회원으로 추천하고, 농시에 그들이 일주일에 1시간씩 다른 학생들을 가르치도록 40여 년 동안 주선했다. 학기가 끝나면 모두 이구동성으로 자원봉사하는 동안 자신들이 많은 것을 배웠다고 말했다. 세네카의 '빙그레 얼굴'을 엿보게 된다.

선생의 입장으로는 교육 방침에 따라서 맡은 임무를 수행하는 것은 물론, 학생들의 실력과 잠재력까지 통찰하여 격려와 조언해 주는 일이 크나큰 보람을 안겨 준다.

어느 고등학교 상급반에 모두가 '바보'라고 부르는 왕따가 있었다. 담임 선생은 그를 도와줄 수 있는 기회를 기다렸다. 하루는 그가 자전거를 교묘하게 타고 있는 것을 목격했다. 선생은 학생들에게 "내일 체육 시간에 멋진 시합을 할 터이니 모두 자전거를 가져오라."고 했다. 다음 날, 학급 전원이 운동장에 모였을 때 "오늘의 자전거 경기는 넘어지지 않고 천천히, 그리고 오랫동안 타고 있는 사람에게 일등 상을 주겠다."고 했다. 예상 대로 '바보'가 우승했다. 그 후 아무도 그를 바보라고 부르지 않았다.

어느 교육자가 다음과 같이 말했다.

"선생은 다리橋가 되어 학생들로 하여금 더 넓고 높은 곳으로 건너가게 해 주는 존재이다."

새 학기: 학생

배움은 평생의 과업이다. 인생은 어디나 교실이자 강의실이며 기회가 있을 때마다 배울 것이 너무나 많다. 미국 대법관이었던 홈즈는 "우리는 매일 새로운 것을 하나씩 배운다."라고 말했다. 삶을 영위하는 동안 '평생 교육'이라는 단어가 내포한 참뜻처럼 종신토록 '학생' 신분을 벗어날 수 없다. 더구나 빠른 속도로 전파傳播된 인터넷과 스마트폰의 보급으로 매일같이 수많은 정보와 지식을 접할 수 있다. 저장도 가능하다. 우리에게 선택의 자유가 있는 사실에도 감사할 일이다.

'진리를 알지니 진리가 너희를 자유케 하리라'는 교훈이 있다. 선생님을 통하여 객관적인 진리를 앎으로써 우리가 자유를 만끽하는 범위가 확대된다. 세계화 시대에 살고 있는 우리들은 인류가 힘을 합하여 복지와 평화를 위해서 최선을 다하는 임무도 수행한다. 진정 '아는 것이 힘'이다.

아리스토텔레스와 허버트는 "우리가 실천할 때 더 배우게 된다."고 격려했다. 베이컨은 "배움과 지혜는 항상 병행한다."라고 관찰했다. 세네카는 "무식한 사람의 평생보다 배운 사람의 하루가 더욱 길다."라는 말로 학생들에게 언제나 배울 것을 권장했다.

익숙한 고국의 생활 양식을 버리고 미국에 이민 온 1세들은 언제나 학생이다. 1세들의 고충 중 하나는 배울수록 어려운 영어이다. 거기에 생활 양식, 습관, 풍속, 제도, 문화와 식생활의 차이도 있다. 그리고 동양은 주로 큰 것에서 작은 것으로 옮기는 연역법演繹法, deduction을 따르지만 미국은 이와 반대로 일상생활은 물론 대학에서 쓰는 학위 논문까지 귀납법歸納法, induction이 위주라서 어려움을 겪는다. 동양에서는 사용하지 않는 관사 사용법을 배우는 것도 힘이 든다. 반면에 2세들은 비교적 평안한 환경에서 별 고생 없이 자라서 공부에 열중할 수 있는 혜택을 받았다.

유학생을 비롯하여 이민 온 교포들은 한 걸음 더 열심히 공부를 해야 한다. 같은 점수라도 눈에 보이지 않는 인종 차별로(불법이지만) 탈락되는 경우가 있기 때문이다. 이것을 초월하기 위해서는 갑절의 노력이 필요하다. 따라서 학생이라는 좌표를 더욱 절실히 인식하고, 부모와 친지들이 기대하는 소기의 목적을 달성하여 사회에도 봉사하는 좋은 일꾼, 지도자가 되어야 한다. 이것이 배우는 사람의 사명이요, 본분이 아닐까?

다시 베이컨의 말을 빌리면 "나는 공부하기 위해서 살며, 살기 위해 공부하는 것은 아니다."라고 강조했다. 배움에는 너무 늦었다거나 너무 이르다는 말은 통하지 않는다. 계속 학생으로 배우는 것이 정신 건강과 나아가서는 치매 예방에도 좋다고 한다.

배움에는 지름길이나 나이의 구별이 없다. 평생 학생으로 배우면 장수와 성공이 있다.

백 투 스쿨(Back to School)

미국의 학제는 여름 방학이 길다. 대학은 6월부터 8월까지 쉰다. 초, 중, 고교도 대학 못지않게 긴 방학을 즐긴다. 어느 초등학교에서 교사 지망자에게 왜 선생님이 되려는지 이유를 물었더니 서슴지 않고 "방학 때문입니다."라고 대답했다고 한다.

미국에서는 9월 신학기를 앞두고 7월말부터 백화점을 비롯하여 상점마다 각종 학용품, 옷, 신발 등을 다양하게 판매하고 부모와 학생들로 붐빈다. 대학에서는 교과서를 사기 위해 학생들이 교내 서점 앞에서 긴 줄을 지어 기다리기도 한다.

내가 다니는 미국 교회에서는 새 학기에 어려운 가족을 돕는다. 특별 헌금을 모아 학용품 등을 사서 매년 평균 25명의 초, 중, 고교 학생들을 도와준다. 그리고 개학 직전 전체 교인들이 모여 축복의 기도를 올린다.

"지혜의 하나님, 새 학기를 허락하여 주셔서 감사합니다. 남녀

노소를 막론하고 우리 모두가 매일 새로운 것을 배우게 도와주소서. 이 어린 학생들을 돌봐 주시고 그들의 호기심을 충족시켜 주시기를 빕니다. 선히 인도하시고 지켜 주시사 새로운 이념, 친구, 방법으로 더 넓은 세계를 볼 수 있는 지식을 주옵소서. 배움을 위해 여러 가지 도구를 주셔서 감사합니다. 잘 깎은 연필, 새로운 크레용, 백지를 주셨기에 꽉 채우기를 원합니다. 지우개를 주셔서 우리들의 실수를 지우고 새로 시도할 수 있는 길을 열어 주신 것도 감사합니다. 책과 컴퓨터로 새로운 세계에 나아갈 수 있게 도와주소서. 가방까지 주시어 필요한 물건을 넣어서 집과 학교를 오갈 수 있게 마련하여 주신 것도 감사합니다. 주님이 늘 함께 하실 줄 믿습니다.

자녀들의 교육에 없어서는 안 될 좋은 가정 교사가 되는 학부모들을 위해 기도합니다. 집에서 숙제를 도울 때 인내로 가르칠 수 있게 비옵니다. 지혜를 주셔서 자녀들을 선도해 주며, 성공하고 성장하는 과정에서 기쁨을 나눌 수 있게 축복을 내려 주소서. 그리고 아이들이 미숙하고 부족하다는 사실을 언제나 인정하고 인식하게 도와주시옵소서.

여러 선생님들을 위해 기도합니다. 매일 학생들에게 새로운 배움의 기회를 주시니 감사합니다. 아이들이 진보했을 때 격려를 아끼지 않고, 도전에 직면하면 그들을 선도하시사 큰 힘과 존중으로 지탱할 수 있게 이끌어 주시옵소서. 배우겠다는 열정이 모두에게 전파되도록 협조하여 주소서. 그리하여 모든 선생님들이 어린이들의 생애에 크나큰 영향을 미치게 해 주었다는 자부심과 보람을 갖게 도와주소서. 아멘."

배움의 열정이 가득 찬 인재들을 훌륭한 인물이 되게 선도하고 격려와 칭찬으로 양육하여 주소서.

대학 졸업 제60주년

대학 졸업 50주년인 2006년에 서울에서 열린 기념 모임에 다녀왔다. 동창회의 간사(지금은 회장) 일을 맡은 농눈이 미국에 있는 내게도 "제10회 졸업생 중 지금 살아 있는 동문들의 참가를 바랍니다."라는 공식 초대장을 보내왔다. 끝에 친필로 "지금 만나지 못하면 앞으로는 더욱 만나기가 힘듭니다."라고 추기한 것을 보고 참석을 결심했다. 곧이어 보내온 '졸업 50주년 기념사진 회원 명부'에는 그 당시 살아 있던 회원들의 사진과 주소 등이 실려 있어 반가웠다. 하지만 명부 뒤쪽의 많은 부분에 앞서 간 벗들의 사진과 명단이 있어 절로 눈시울이 뜨거워졌다. 그리고 그 사이에 더 많은 동문들이 우리와 유명을 달리했다.

졸업 이후 반세기 만에 처음으로 만났기에 못 알아보는 동문도 있었다. 모두가 공적, 사적으로 고국의 발전에 최선을 다한 유공자들이었다. 그때 두 사람이 심장 수술을 한 뒤에 참석했고 꽤 많은 친구들이 당뇨, 고혈압을 앓았고 귀와 눈이 어두워졌고, 이에 더하여 자동차에 빈 병까지 갖고 다닌다는 공통점도 있었다. 밤중에 자다가 일어나서 한두 번은 화장실에 가야 하는 신세였다.

4년 선배 중에 오랜만에 대학 동창회에 다녀온 동료가 있었다. 그는 당뇨병으로 고생하며 처지를 한탄했지만 서울에서 만난 동문들 역시 다수가 같은 병으로 고생하고 있는 사실을 알고 약간의 위로가 되었다는 고백도 들었다.

우리가 대학을 졸업한 것은 1956년이다. 어느덧 2016년은 대학을 졸업한 지 60주년이 되었다. 모두가 예외 없이 일제시대에 초등학교를 다녔고 중학교에 입학했지만 일제는 제2차 세계대전 막바지에 이르러 보국대라는 명목 아래 공부는커녕 매일같이 중노동을 시켰다. 어쩌다가 우리말을 쓰면 일본 선생은 가차 없이 우리를 벌했다. 동창들은 아직도 구구단과 숫자 세기는 일본어로 한다. 또한 모두가 일본식 이름으로 바꿔야 했다. 매일 강제로 신사 참배를 했으며, 어긴 학생은 벌을 받았다. 어떻게 선생이 알았을까? 신사 바로 옆에 살던 급우가 매일 일본 담임 선생에게 보고했기 때문이었다. 해방이 되자마자 그 친구의 가족은 곧바로 이사를 가 버렸다.

해방 직후 중학교에서 수학 선생님이 한글을 가르쳤을 때 모두가 기뻤다. 신이 나서 큰 소리로 "가갸거겨."를 외치고 있는 우리에게 선생님은 "소리를 약간 낮추라."는 배려도 했었다. 학교 안에는 아직 일본 군인들이 대기 중이었기에! 다만 그 당시 공책은 여전히 부족하여 종이에 연필로 쓰고, 그 위에 다시 썼다. 대학을 졸업하고 군복무 후 도미한 지도 60년이 넘었다. 개인적으로는 초등학교와 중학교 1학년까지는 일본어, 중학교 2학년부터 대학까지는 우리말, 도미 후에는 영어로 공부를 했다. 대학을 졸업한 지도 60년이 되었으니 감개무량하다. 동문들의 건승과 다복을 기원한다.

대학을 졸업한 지 60주년이 지나 모두 80대가 되었지만 많은 고초 속에서도 공헌을 남긴 자부심이 있다.

면접

평생을 좌우하는 취직 시험에서 면접이 차지하는 비중은 중대하다. 면접이 시작되면 떨리고 긴장이 되어 준비한 대답도 잘 떠오르지 않는 경우가 많다. 이름난 연사들도 자정쯤에 가장 멋진 연설을 한다는 말이 있다. 연설은 이미 끝났지만 스스로 냉정해지고 긴장이 풀리면 '내가 왜 이 말을 안 했던가.' 하는 생각이 든다. 면접도 끝난 뒤에 정답이 떠오른다. 특히 미국에서의 면접 시에 조금이나마 도움이 될까 하여 펜을 들었다.

1. 장점을 내세우는 응답

동양에서 이민 왔거나 유학생으로 졸업하고 취직할 경우 부디 자기를 비하하고 겸손한 태도는 삼가라고 권한다. 물론 교만하거나 예의에 벗어난 방식을 따르라는 뜻은 결코 아니다. 미국 학생들은 어디까지나 개성 중심이기에 동양 학생들보다 적극적인 태도로 면접에 응한다. 자기의 장점, 낙관적인 인생관, 회사를 위해 열심으로 공헌할 수 있다는 점을 강조한다. 면접자가 "제가 아는 것이 별로 없지만 시키면 최선을 다하겠습니다."라고 한다면 너무 소극적이요, 창의력이 없다고 생각할 수 있다. 최근 대학원이나 회사의 추천 양식에 "지망자는 남과 잘 융합하여 화평하게 공부 또는 일 할 수 있는가? 유머 감각이 풍부한가?"라는 항목이 추가된 것을 강조하고 싶다.

2. 실력과 방식

비록 말은 잘 하더라도 저력이나 실력 부족을 엿보이는 답은 피하는 것이 좋다. 더러는 박사 학위를 받았더라도 어떻게 가르쳐야 되는지 모르는 사람도 산혹 있다. 사진 연구가 필요하다. 선배나 지도 교수를 찾아가서 조언을 구하는 것이 도움이 된다.

3. 맡은 책임을 다하는 태도

비록 여건이 불리하고 힘든 사정이라도 맡은 바 임무를 끝까지 완수하는 것이 성숙한 인격자의 특징이다(나라를 다스리는 정치인들이 책임 전가를 일삼는 예는 늘 보는 바이지만). 자신이 직접 겪은 체험을 예로 들어 설명하는 것도 좋겠다. 대인관계는 신뢰이다. 모든 일에는 신용이 으뜸이요, 책임성과 믿을 수 있는 성격이 성공으로 이어진다.

4. 정서적 안정과 잘못의 인정

취직 후 좋은 상사를 만나는 것도 복이며, 금세 웃다가 곧이어 화를 내는 성격은 고생이요, 불안과 처세가 힘들다. 자신이 여기에 속하지 않는지 반성이 필요하다.

부서를 바꾸어도 때로는 '노루를 피하려다가 범을 만나는 경우'도 있다. 심사숙고하기를! 동시에 잘못을 솔직히 인정하는 태도가 바람직하다. 가끔 퇴직자면접Exit Interview을 하여 왜 회사를 그만두는지 묻는다. 상사가 싫다는 답을 자주 듣게 되면 퇴사자를 대신하여 회사가 문제를 해결하기도 한다.

부디 면접을 잘 치러 성공하기를 기원하여 마지않는다.

중대한 면접에서 침착하고 조리 있는 응답을 하여 각종 문화에 맞는 처세로 성공하기를!

소극과 적극

어느 시골에 남편은 군복무 중인 며느리와 홀시어머니 둘만 살고 있었다. 집을 지키기 위해서 교대로 교회에 출석했는데 그날은 시어머니 차례였다. 궁금해하며 기다리던 며느리가 "오늘 설교는 무슨 말씀이었습니까?" 하고 물었다. 그러자 시어머니가 "서울에서 온 젊은 목사님이 노상 소꼭지, 젖꼭지라는 말만 되풀이하여 도무지 알아듣지 못했다."라고 대답했다. 목사는 철학적인 용어로 '소극적, 적극적'이라는 단어를 자주 사용했겠지만 시골 교인들의 수준에 맞지 않았던 내용이었으리라. 땅에 내려오지 않고 구름 위에서 설교한 셈이다.

소극과 적극은 불과 글자 하나 차이지만 그 뜻은 정반대이다. 소극은 비관적 인생관, 적극은 낙관적 인생관을 내포하고 있다(앞에 소개한 '삶의 길잡이' 참조). 현대그룹을 설립한 고^故 정주영 명예 회장은 누구든지 '불가능'이라는 소극적 의견을 말하면

"해 보았어?" 하고 반문했다는 일화가 있다. 포기하지 말라는 격려이다. 역사에서 성공한 위인들은 실패를 거듭하고도 계속 노력한 결과 소기의 목적을 달성한 개척자들이다.

소극적인 인생관의 소유자는 항시 원망, 비난, 배타적 대인관계, 책임 전가, 불평, 무관심, 우울증, 자신감의 상실, 자아 중심적 사고방식 등을 일삼는다. 자신이 없는 사람은 방금 했던 말을 되풀이하고, 남을 믿지 못하기에 잔소리가 많다. 부부 싸움에서 주로 잘못한 편의 목소리가 높다고 한다. 자폐성 성격이라 독불장군으로 남의 의견은 안중에도 없다. 타협이 잘 안 된다. 고집도 세다.

둥글둥글 즐겁게 삶을 즐기는 사람은 모든 면에서 적극적이다. 언제나 소망이 있고 아침부터 '빙그레 얼굴'로 남까지 즐겁게 해 준다. 어떠한 악조건이 있더라도 맡은 바 책임을 끝까지 완수하기 때문에 존경의 대상이 된다. 남들이 지도자의 자질을 인정하여 기꺼이 추종하며, 장점을 들어 칭찬을 아끼지 않는다. 비난이나 중상을 하지 않는다. 항상 부지런하며 남이 보지 않아도 열심히 일한다. 삶의 보람을 느끼기 때문에 매일 하는 일에 즐거움을 만끽한다. 승리의 기쁨에 차 있지만 교만한 마음은 추호도 없다. 비록 패배의 쓴잔을 마시더라도 "요다음에는!" 하고 굳센 결심으로 포기하지 않고 새로운 혁신을 시도한다.

소극적 사고방식은 쇠로 된 공이다. 던져도 튀어 오르지 않고 오히려 땅속으로 파고들어 갈 뿐이다. 적극적 삶의 태도는 탁구공

과 같이 탄력이 있어 힘차게 잘 튀어 오르고 활기가 넘친다. 심신
이 강건한 상태를 보여 준다. 무한의 잠재력까지 발휘하여 자기
자신뿐만 아니라 사회와 인류의 복지를 위해 공헌한다. 감사와 만
족이 넘치며, 남까지 격려하여 목표를 달성하게 해 준다. 낙관자
의 적극성은 원대한 꿈이 있고, 꿈을 성취하기 위해 최선을 다한
다. 꿈이 이루어지면 등산가처럼 또 다시 더 높은 목표를 세워 꾸
준히 전진한다.

비관자는 만사에 쉬 포기하지만 낙관자는 항상 높은 꿈을 향하여
적극적으로 전진하며 성공한나.

어린이

영국의 계관 시인 워즈워스는 "어린이는 어른의 아버지."라는 멋진 시 구절을 읊었다. 예수도 "어린이들이 나에게 오는 것을 금하지 말라."고 교훈했다. 갓난아기나 어린이를 보면 귀엽고 사랑스럽다. 할아버지 할머니들은 자기 손주가 이 세상에서 가장 잘생겼고 소중하며, 모든 것을 아끼지 않는다. 남에게 자랑도 그칠 줄 모른다. 되풀이하고 또 되풀이한다!

이토록 귀중한 어린이 20명과 그들을 끝까지 지킨 6명의 선생님을 무참히도 학살한 총격 사건은 아직도 기억에 남아 있다. 2012년 12월 14일 내가 사는 도시에서 1시간 남짓 떨어진 코네티컷주 뉴타운시의 샌디훅 초등학교에서 20세의 아담 란자라는 흉한이 무차별로 총을 난사한 뒤에 자살한 끔찍한 참변이 일어났다. 그는 자기 집에 먼저 들러 친어머니를 죽인 후 초등학교를 찾아가서 이와 같은 범행을 저질렀다. 숨진 어린이들과 선생님들이 2012년

12월 31일자 주간지 〈피플People〉 특집호 표지에 실렸다. 47세의 돈 호치수프링 교장은 내가 있던 대학의 졸업생으로 모교에서 따로 추모식이 열렸다. 자기가 맡은 어린이들을 지키려 했던 희생정신에 존경과 애도가 그치지 않았다. 2012년부터 2018년까지 6년간 학교 내에서 180건의 총격 사건으로 356명의 젊은 학생들이 아까운 생명을 잃었다.

오바마 대통령이 "나는 대통령으로서가 아니라 부모로서 이처럼 비참한 사건을 접한 적이 없다."라며 백악관에서 눈물을 흘렸다. 그리고 사건 다음 날인 12월 15일에 어린이들을 위한 특별 담화를 발표했고, 유가족들을 직접 방문해 위로했다.

멀리는 고국에서, 가까이에서는 미국에 사는 친지들이 문안 전화로 우리까지 위로해 주었을 때 동포애의 고마움을 실감했다. 아까운 생명을 빼앗긴 어린이들에게 전 세계가 위로와 추모, 그리고 애도의 메시지를 보냈고 인류애를 체험했다. 미국 내외에서 보내온 위문품은 총 800명의 자원봉사자들이 수고할 만큼 분량이 방대했다. 국경을 초월한 사랑의 열매이다.

숨진 어린이는 모두가 2발 이상, 한 어린이는 무려 11발의 총탄을 맞았다고 하니 얼마나 고통을 당했으랴! 흉한의 잔인함에 부모이자 조부모의 입장으로 가슴이 매우 아팠다.

파키스탄에서는 15세 소녀 말랄라 유사프자이가 여자들도 평등하게 교육을 받아야 한다고 주장했다가 총탄에 맞았다. 다행히 영국에서 치료를 받아 살아났다. UN에서는 2013년 7월 12일을 '말랄라의 날'로 기념했고, 2014년에 노벨 평화상도 수상했다. 어른의 아버지인 어린이들의 귀한 생명을 우리 모두가 보호하고 안전한 분위기에서 양육해야 하는 책임을 새삼 느낀다.

우리는 어린이들은 물론 모든 인류를 보호하기 위해 총기 단속에 최선을 다해야겠다.

고등학생들

미국에서는 초등학교 총격 사건 이후에도 총기로 인한 참사는 여전히 발생하고 있어 선량한 사람들의 가슴을 아프게 한다. 2007년에는 버지니아 공과대학에서 한국 학생 조승희가 32명의 생명을 빼앗고 자살하여 교포들에게 수치심과 함께 분노를 금할 수 없게 했다. 이어서 50여 명의 사상자가 나온 찰턴 헤스턴 교회 사건, 600명이 넘는 사상자가 발생한 라스베이거스 총격 사건은 최악의 끔직한 사건이었다. 2016년에는 플로리다주 올랜도에 있는 나이트클럽에서 히스패닉계 사람들이 49명이나 사살되었고 텍사스주의 교회에서 26명이 숨진 사건 등등 참사를 모두 거론하기가 어려운 실정이다.

여태껏 이런 참사가 발생해도 미국 의회에서는 별다른 대책이나 법안을 마련하지 않고 미미한 반응이었다. 전미총기협회National Rifle Association, NRA의 정치적 영향력이 너무나 크기 때문이었다. 대선을 비롯하여 의원 선거에서 총기협회의 자금이 워낙 방대하여 좀처럼 의원들이 동요되지 않았다.

하지만 2018년 2월 14일에 일어난 사건은 달랐다. 플로리다주 파크랜드에 있는 마조리 스톤맨 더글라스 고등학교에서 17명의 학생들이 총탄에 맞아 희생되었다. 당시 14세의 딸을 잃은 아버지가 '총기 사고를 당장 멈출 수 있도록' 트럼프 대통령에게 울부짖었다. 이어서 친구들의 죽음을 목격한 학생들이 들고 일어나서 총기 단속을 외친 것을 시작으로 시위가 전국으로 확산되어 처참한 봄이 되었다.

헌법 수정안 제26조의 인준으로 만 18세에 투표권이 부여되었고 고등학생들이 막강한 정치적 영향을 행사하는 유권자임을 인식하지 않을 수가 없다. 그들의 절규는 '우리 생명을 위한 행진 March for Our Lives'이었다. 시사만화가 팻 베이글리는 시위에 참가한 고등학생들이 'ENOUGH'라는 단어 하나만 들고 있는 것을 그렸다. '더 이상 참을 수가 없다'라는 메시지였다.

2018년 4월 2일자 주간지 〈타임〉역시 표지에 ENOUGH라는 단어로 상기 고교의 참사를 목격한 학생 5명의 인터뷰가 실린 특집호를 발행했다. 2019년 8월 19일에 다시 ENOUGH와 함께 지난 1년간의 총기 난사 사건이 발생한 장소를 표지에 기록했다. 지금 미국에는 개인 소유의 총기가 2억 6천 5백만 개로 추산되며 1994~2015년 사이에 7천만 개가 증가했다. 미국인 중 67퍼센트가 총기 단속의 강화를 원한다. 매일 97명이 총으로 사망하며 선진국에서 15~24세의 젊은이들이 총에 맞아 죽을 확률이 49배나 높다고 보도했다. 총기 구입 허용 나이를 18세에서 21세로 올리는 주가 늘었고 총기 소유권을 인정하는 헌법 수정안 제2조의 폐지까지 거론된다. 모든 인류의 생명을 보호하고 평화를 만끽하는 세상이 되기를 기원하는 마음이 간절하다.

자연이 부여한 생명을 끝까지 다하고 세상을 떠날 수 있는 사회가 되도록 정부는 최선을 다하기를!

개성 존중

1968년 6월 2일 코네티컷주립대학원 졸업식 때 경험한 개성 존중의 인상 깊은 사례를 잊을 수가 없다. 동 대학 조갠슨 대강당에서 152명의 박사 학위 수여식이 거행되었다.

의의 깊은 행사는 식순에 따라 사회자가 이름을 부르면 무대 앞으로 나가고 졸업 논문의 제목을 공표하며, 총장이 주는 졸업장을 받았다. 곧이어 수여자가 대학원장 앞에 가서 청중을 향해 서면 학위 후드hood를 원장이 머리 위로 목에 걸쳐 주고 나머지 부분은 등 뒤에 펴서 허리까지 닿게 해 준다. 이때 무대 아래에서는 가족들이 기다리고 있다가 사진을 찍는다. 반세기 전이라 지금과 같은 디지털카메라나 스마트폰이 없었고 구식 카메라로 플래시를 맞추어 셔터를 눌러야 했다.

거의 반 정도의 새로운 박사님들이 지나갔고 내 앞에는 한 사람이 기다리고 있었다. 무대 아래에서 초등학교 5~6학년쯤 되는 소년이 아빠의 역사적 순간을 찍기 위해 대기하고 있었다. 그런데 기쁨에 가득 찬 아빠는 학위 후드를 쓴 직후 그대로 걸어갔다. 소년은 카메라를 미처 맞추지 못해서 그만 사진 찍을 찬스를 놓쳐 버렸다. 실망한 소년은 금세 울상이 되었다. 이것을 지켜보던 대학원장은 소년과 그 아빠를 무대 위로 불렀다.

놀란 아빠는 그제야 영문을 알았다. 원장님은 씌워 준 학위 후드를 다시 벗기고 아빠가 아들 앞에 와서 천천히 포즈를 취하여 사진을 찍게 해 주었다. 만약을 위해 두 장이나! 그제야 소년은 빙그레 웃는 얼굴로 아빠와 같이 대학원장에게 감사 인사를 했다.

약속이나 한 듯 장내에서는 모두가 기립 박수로 호응했다. 엄숙하고 의식에 따라 진행 중인 졸업식에서 뜻하지 않았던 개성 존중이었다! 이것을 무대 위에서 목격한 나도 감개무량했었다.

이미 말한 바와 같이 서양, 특히 미국에서는 귀납적 사고방식이 생활화되어 있어 언제나 구체적인 각각의 현상에서 확장하여 일반적 진리로 옮겨진다. 신문이나 잡지를 보아도 첫 단락은 반드시 육하원칙을 따른다. 두 번째 단락부터 기사 내용을 상세히 설명하고 분석한다. 따라서 언제든지 구체적인 일부터 시작하여 일반적 결론에 이른다. 개성 존중도 이러한 문화에서 나왔다고 볼 수 있다.

동시에 곰곰이 생각해 보았다. 과연 우리나라를 비롯하여 다른 나라에서 이와 같이 학위를 수여하는 엄숙한 졸업식에서 어린이

를 위해 모든 순서를 멈추고 사려 깊게 특별 배려를 해 주겠는
가 하고! 장유유서의 동양적 사회상에서 은근히 꿈을 꿔 봤다.

　참된 민주주의는 나이나 지위를 막론하고 언제나 개성을 존중해
주는 것을 배울 수 있다.

피라미드의 교훈

전 세계 7대 불가사의 중 하나인 이집트의 피라미드는 기원전 2700년에서 2500년 사이에 왕과 왕족의 묘로 건립되었다고 한다. 현대 장비도 없이 순수하게 인간과 동물의 힘으로 거대한 돌을 사막 중간에 옮긴 것도 대단하지만 정상까지 쌓아 올린 기술은 정말 놀랍다. 게다가 기하학적으로도 너무나 정확하다고 한다. 이 중에서 가장 큰 것은 기자Giza 지방에 있는데 기원전 2560년에 건립되었다. 밑바닥이 정사각형으로 한 변이 230미터, 높이는 150미터나 된다니 우리의 상상을 초월하는 건축이다. 하지만 네 모퉁이를 떠나서 정상에 오르면 모두가 한 점에 모인다.

아래 네 모퉁이를 조선시대에 조명해 보면 대립이 끊이지 않았던 사색당쟁의 전형적인 상징을 보여 준다. 노론老論과 소론少論, 남인南人과 북인北人으로 네 당파의 다툼이다. 박봉석이 지은『국사정해』(1957, 제16판)에는 사색당쟁의 치열한 분쟁은 선조宣祖, 1567~1608 시대를 시작으로 영조英祖, 1724~1776 대까지 무려 19회나 계속된 사실史實을 명시했다. 물론 조선시대 내내 분파적 알력도 지속되었다. 동시에 사농공상의 직업 계급, 신분제도, 남존여비, 지방색, 출생에 따른 차별 등 소수의 지배층이 세력 보존을 위해 다툰 현실을 비춰 봤을 때 피라미드의 네 모퉁이에 집착하여 벗어나지 못했음을 알 수 있다.

이에 더하여 제2차 세계대전이 끝난 직후 해방의 기쁨을 만끽할 겨를도 없이 한반도는 외세에 의하여 38선을 경계로 분단되었고, 5년 후엔 이북의 남침으로 동족상잔의 참혹한 전쟁을 겪었다. 휴전 후 남과 북은 아직도 분단되어 있다. 2018년 이후 남북 정상회담이 계속되어 한 줄기 희망을 안겨 준다. 이런 계기가 통일을 이룩하는 결과가 되기를 간절히 기원한다.

무엇보다도 통일이 되어 이산가족이 너무 늦기 전에 결합하는 평생소원이 이루어지면 얼마나 좋으랴. 일제강점기에 강제로 끌려가서 온갖 인권유린과 생명을 위협받고 꽃다운 청춘을 무참히 짓밟혀 꿈도 이루지 못한 위안부 문제도 조속히 해결이 되기를 계속 빌고 있다. 고령인 할머니들을 위로해 주고 소원 성취를 할 수 있는 날이 속히 오기를 바라는 마음은 비단 나만의 소원은 아닐 것이다.

우리는 너무 오랫동안 피라미드의 밑바닥을 고집하여 문제를 해결하지 못했다. 상호 양보로 모두가 정상에 올라가 하나 되어

'우리의 소원은 통일' 노래를 부르지 않아도 되는 날이 속히 오기를 바란다!

비록 밑바닥이 네 모퉁이로 된 피라미드도 양보하여 정상에 오르면 모두 하나가 되거늘!

원망과 소망

사전에는 '원망'을 '억울하게 또는 못마땅히 여겨 탓하거나 분하게 여겨 불평을 품고 미워함'이라고 정의한다. 나는 소망과 글자 하나만 다른 '원망'을 '때늦은 소망'이라고 해석한다. 두 가지 표현이 모두 이룰 수 없는 일을 탓하여 자기의 혈압만 높이고 부질없는 시간의 낭비가 아닐까? 원망하는 동안 긁어 부스럼 내는 결과밖에 안 된다. 왜냐하면 남을 헐뜯는 소극적이고 파괴적인 마음으로 성취 불가능한 과거 문제를 남의 잘못으로만 여기고 떠넘기기 때문이다. 따라서 더욱 수렁에 깊이 빠지고 있는 자신을 발견한다. 미운 마음으로 남을 대하기 때문에 무의식 중에 자기 자신을 학대하고 혐오해 소외시킨다는 사실을 인식하지 못하게 되어 버린다.

걱정, 근심, 비관, 분노, 불평, 비난, 책임 전가 등을 일삼는 성격은 원망에 사로잡힌 현실을 깨닫지 못하고 심장병에 걸리기 쉽다는 기사를 읽은 적이 있다. 이와 같은 심장병 후보자들인 선원들을 매일같이 달래고 격려와 소망으로 항해를 계속하여 마침내 1492년에 미 대륙을 발견한 콜럼버스의 심정은 가히 짐작하기도 어려운 현실이다. 그는 지구가 둥글고 대서양에서 서쪽으로 계속 항해하면 미지의 땅을 발견하리라는 신념과 소망이 있었기에 성공했다. 다행히 선원 중 심장 질환을 겪었다는 기록은 보지 못했다.

소망을 가진 사람은 항상 목표를 향해 용감히 전진하는 능력이 솟아난다. 최선을 다해 모든 난관을 극복하려는 용맹성이 있다. 뚜렷한 목적의식이 있기에 좌절하지 않는다. 끝내 일을 완성하면 그 성과를 기쁨으로 감사한다. 하지만 거기서 그치는 것이 아니라 더 높은 목표를 세운다. 남에게까지 소망과 자신을 안겨 준다. 반드시 성공하는 결과를 보여 주며, 문제 해결을 위헤 포기하지 않는다. 얼마 전 갑자기 운동 중에 숨진 유도 8단의 친구가 "남의 실수를 훔쳐 갖는 것은 승리가 아니다."라고 소신을 밝힌 적이 있다. 소망을 품고 정정당당히 경쟁하는 스포츠맨 정신이 확립된 사범이었다.

원망하는 사람들은 항상 입으로 일을 한다. 어려운 일, 까다로운 일, 더러운 일, 위험한 일 등은 교묘히 기피하는 기질이 있다. 일이 잘 되지 않았을 경우 비난과 불평을 가장 먼저 하여 쾌감을 느끼는 성격이다. 그리고 언제나 남에게 이기려 한다. 꾀가 있지만 현명하게 사용할 줄 모르며 특히 남을 도와주는 일이 없다. 인색하기 짝이 없다. 여러 사람이 모여 무슨 일을 위해 모금을 하면 꼬치꼬치 10원이라도 따지기를 일삼는다.

원망은 교만의 사촌이요, 소망은 겸손의 친척이다. 원망은 새 것이나 변화를 수용할 아량이 없다. '중년이란 넓은 마음과 좁은 허리가 장소를 바꾸는 시기'라는 교훈이 있다. 소망에 찬 인물은 늙어도 항상 넓은 마음으로 만사를 대하며 창조적이다. 더불어 삶의 기쁨까지 만끽한다.

원망 대신 소망, 미움 대신 사랑, 고집 대신 양보, 전쟁 대신 평화로 삶을 만끽하시기를 기원!

눈치

우리들이 자란 환경은 주로 대가족과 유교적 전통에 따라 어른을 공경하고 섬기는 마음으로 대하며, 수직적 인간관계가 지배적이었다. '시어머니란 자기가 며느리였던 것을 잊어버린 사람'이라는 표현이 있을 만큼 전통적으로 고부 관계가 엄격하여 드라마에도 자주 나온다. 재벌 남자와 가난한 여자의 사랑은 결혼 전부터 과도한 차별과 학대를 묘사한다. 예전에는 가족끼리 모여도 말조심과 눈치를 잘 차려야 했었다. 지금은 옛날과는 달리 핵가족화되고 국제화 시대가 되었지만 대인관계에서는 예절과 눈치가 여전히 존재한다.

현대 생활은 한마디로 눈치 여하에 따라 출세의 성공과 실패가 좌우된다. 하지만 우리에게 통하는 것이 외국인에게는 불통인 것도 있다. 문화, 전통, 언어, 식사를 포함한 일상생활, 관습 등이 다르기 때문이다. 간단한 예로 우리는 남 앞에서 재채기, 트림, 이 쑤

시기, 하품은 거의 허용하되 코 푸는 것은 금물이다. 미국 사람들은 이것이 정반대이다. 코 푸는 것은 언제, 어디에서나 허용되지만 다른 것들은 모두 안 된다.

말보다 행동, 몸가짐, 대응 방법, 눈꺼풀의 움직임에 따라 대화를 할 수 있을 만큼 모두의 눈치가 발달되었다. 하지만 개성이 강한 미국에서는 눈치보다 자기중심의 행동이 늘어나고 있다. 대학 교수가 빨간 바지를 입고 강의를 하건, 젊은이들이 무릎이 찢어진 청바지를 입고 다니건(이것은 우리나라에까지 파급!) 무관심하다. 세계적으로 이름난 조엘 오스틴 목사가 2014년에 출간한 『당신은 할 수 있고, 당신은 실천하리라You Can, You Will』에서 다음과 같이 말했다.

"만약 당신이 친구의 기대에 맞지 않는다고 친구가 화를 내어도 개의치 마십시오. 당신이 친구의 주장대로 호응하지 않는다고 친구가 배반한들 상관할 필요가 없습니다. 왜냐하면 그런 친구는 없어도 좋고 처음부터 옳은 친구가 아니었으니까요."

남의 눈치를 보는 것보다 자기 주장이 옳다면 그대로 추진하는 것을 권장하고 있다. 하지만 우리네 세상살이에서 눈치를 완전히 배제할 수는 없다. 눈치는 무언의 사회 규범이다. 눈치를 보다, 눈치를 살피다, 눈치가 다르다, 눈치가 보이다 등에 이어 눈치꾼, 눈치놀음, 눈치작전, 눈칫밥, 눈치코치 등 눈치는 다양한 모습으로 표현된다. '눈치가 빠르면 절에 가도 젓갈을 얻어먹는다'라는 표현은 눈치가 있으면 어디에 가도 군색하지 않게 지낼 수 있다는 뜻으로 처세에 도움이 되는 교훈이다. 눈치가 없고 매우 우둔하며, 분별력이나 주위를 잘 살피지 못하는 성격이라면 따돌림을 받게 마련이다.

우리가 자란 환경에서 눈치 보는 것이 몸에 스며 있지만 처세에 도움이 되었으면 좋겠다.

체면

눈치에 이어 우리네 삶에는 '체면'이라는 괴물이 병존한다. '양반은 자기 집에 불이 나도 달려가지 않는다', '굶어도 약떡은 해 먹는다', '체면이 사람 죽인다' 등 체면 유지와 관련한 말들이 많다.

체면이 가장 두두룩하게 드러나는 것이 결혼에 관련된 풍속이 아닌가 싶다. 자기 능력과 소득보다 넘치도록 과소비하는 실태를 항상 목격하는 바이다. 체면상 과중한 지출을 강요당하는 것이 안타까울 정도이다. 결혼반지에서도 다이아몬드 크기나, 사위에게 줄 손목시계가 명품인지도 체면이 먼저이다. 상견례 때 식사 대접을 비롯하여 결혼식장의 선택도 쉬운 일이 아니다.

함을 비롯하여 혼숫감, 신혼여행지 선택과 여행에서 돌아온 후 의식주 문제, 신부는 열쇠 3개를 준비해야 된다는 등의 풍설이 진담인지 아닌지는 당사자들만이 알 것이다. 오래전 사촌 형이 딸

다섯 중에 장녀와 차녀를 시집보내고 나더니 나에게 농담 아닌 제안을 한 적이 있다. 제발 남은 세 딸을 미국에 데려가서 결혼하도록 도와 달라는 부탁이었다. 체면을 유지하느라 장녀와 차녀 결혼에 상당한 비용을 쓰고 비명을 숨기지 못한 심정이리라.

사전에 보면 체면은 '남을 대하기에 떳떳한 도리나 얼굴'이라고 정의한다. 그럼 위에 인용한 '체면이 사람 죽인다'는 뜻이 무엇인가? 지나치게 체면을 치중한 나머지 자기가 할 일도 다 못하고 식사도 옳게 못하여 손해만 본다는 의미가 내포되어 있다. 하잘것 없는 사람에게 딱한 꼴을 당할 만큼 어려운 지경에 이르는 것을 '체면에 몰린다'라고 한다. '체면 사납다'고 하면 최선을 다해도 체면이 서지 않고 오히려 분하고 수치스러운 결과를 초래하는 경우를 말한다. '체면이 서다', '체면이 깎이다', '체면을 차리다' 등 나양하다.

동시에 '체통'은 대대로 내려오는 사회적 신분이나 지위, 지체에 알맞는 체면이다. 반면 '창피'는 체면 깎일 일이나 아니꼬움을 당하여 부끄러움을 느끼는 표현이다. 체통을 잃거나 체통 없이 굴거나 하는 것은 앞에서 말한 '눈치'와도 연관된다. 따라서 체통을 지키는 것이 상수이다. 점잖은 자리에 맞지 않는 옷차림으로 나타나거나 모양새가 사나운 경우에도 창피를 당한다. 상사가 부하 직원에게 창피를 당하는 예도 있다.

우리나라에서는 품위 유지와 체면 유지가 병행한다. 작은 차를 경원하는 것이 좋은 예이다. 우리는 타인을 항상 의식하면서 산다. 나는 경제학을 가르치면서 학생들에게 "모든 소비는 자기 자신을 위한 것이냐?"고 질문한다. 두루 생각해 볼 질문이다. 체면의 비중이 크다.

과소비와 과시를 위한 낭비는 스트레스와 적자를 증가시키므로 체통과 체면의 조절이 필요하다.

작심삼일

우여곡절이 계속되는 우리네 삶이지만 신년을 맞이하면 누구나 새로운 결심과 다짐을 한다. 주로 다이어트나 술과 담배를 끊겠다는 결심(섣달그믐에 '내일부터 금연'이라고 벽에 써 붙여 놓고는 새해 첫날에도 여전히 담배를 피우기에 아내가 결심한 것을 지적하면 '오늘'이 아니고 '내일'을 강조하는 고집쟁이 남편도 있다), 매일 좋은 책을 읽겠다는 계획, 날마다 운동을 하겠다는 결심, 물심양면으로 가진 것을 불우한 이웃에게 나눠 주겠다는 갸륵한 마음씨 등이다.

하지만 선현들이 남겨 준 '작심삼일'이라는 표현은 결심이 오래 지속되지 않는다는 가르침을 준다. 우선 새해부터 체중을 줄인다는 결심은 첫날부터 지키기 힘든 경우가 많다. 술과 맛있는 음식이 잔뜩 있는 망년회 모임은 정월 초하루의 신년 모임으로까지 계속되기 때문이다. '너무 많은 결심을 하는 대신 실천을 더하라'고 가르친다. '새해에서 며칠이 지나면 결심한 것을 얼마나 쉽게 포기하는지 직접 체험하게 마련이다'라고 선현들은 타일러 준다.

서양에서는 4월 1일을 만우절^{April Fool's Day}이라고 한다. 여기서 사견을 추가한다면 1월 1일에 많은 결심을 작심하고 실천에 옮기는 노력을 했지만 석달 동안 최선을 다해도 마침내는 실패로 끝나는 것을 한탄 또는 자위하는 것이 4월 첫날의 느낌이다. "대부분의 사람들에게 가장 멋진 새해 결심은 더 이상 실천하지 못하겠다고 고백하는 일이다."라고 위로해 준다. 따라서 올해 실패로 끝나더라도 1년 후에 다시 새 결심을 하라는 말도 있다. 모든 새해 작심은 시작할 때 가장 강하고 날이 지나갈수록 약해진다. 현명한 사람은 신년이 되어도 아무런 결심을 하지 않는다.

조령모개는 『사기史記』의 「평준서平準書」에 나오는 말인데 법령이나 명령이 자주 바뀐다는 뜻이다. 법이나 명령을 자주 고쳐서 갈피를 잡기가 어렵다는 해석이다. 그러니 각 개인이나 정부가 다 같이 변심하는 것은 매일반이다.

나이가 들면 완고해지고 같은 말을 반복하며 건망증을 실감한다. 잔소리도 늘어난다. 한 해를 마무리하는 망년회는 그 해를 잊는 것보다 '나이를 잊어버리는' 모임이라고도 해석이 된다. 나이가 들면 늙는 것이 아니라 포도주처럼 더 귀중한 존재가 된다고 위로해 준다. 작심삼일보다 굳센 결심으로 '겉사람은 썩어서 소용이 없으나 속사람은 날로 새로워지는' 우리네 삶이 바람직하다.

새해에 더 좋은 삶을 위해 여러 가지 결심을 하는데 실천하는 능력이
더욱 필요하다.

만델라 대통령

나는 만델라 대통령을 존경한다. 그가 별세한 직후에 주간지 〈타임〉과 〈라이프ᴸᴵᶠᴱ〉가 각각 고인을 추모하는 특별판을 발행했다. 20세기 위대한 인물로 처칠, 루스벨트, 간디, 그리고 만델라를 뽑았고 두 주간지 모두 인자하게 웃고 있는 백발의 만델라를 표지에 보여 주었다.

만델라 대통령의 생애는 특출한 삶의 연속이었다. 남아프리카공화국은 10퍼센트의 소수 백인이 아파르트헤이트ᵃᵖᵃʳᵗʰᵉⁱᵈ라는 민족 차별 정책을 시행했다. 백인들은 인구의 대다수인 80퍼센트의 흑인과 10퍼센트의 유색인종을 탄압했고 자유이동을 금지하고 감시했다. 차별 정책으로 공원, 극장, 식당, 버스, 도서관, 화장실 등을 따로 사용케 했고, 정치 참여를 금지하고 투표권도 박탈했다. 이것은 우리 민족이 일제강점기하에서 겪은 비참한 형편과 흡사하다.

클린턴 대통령은 만델라 대통령의 자서전 서문에 "그는 동족의 자유 회복을 위해서 항거한 결과 잇따른 체포, 고립, 투옥을 체험한 혁명가이다. 자신을 희생하여 오로지 조국과 전 세계를 위하여 사명을 끝까지 완수한 비상한 지도자이다."라고 칭찬했다.

만델라 대통령은 인종 차별 반대 운동으로 95년 동안 살면서 자그마치 27년 반, 1만 일 동안 감옥에서 지냈다. 그는 수감 중 돌을 깨는 작업을 했기 때문에 건강을 유지할 수 있었다고 오히려 감사할 만큼 아량이 넓었다.

1990년에 석방된 후 긴 옥중 생활을 강요한 정부를 미워하지 않느냐라는 질문에 "물론 미워했지요. 수감 기간 동안 아이들이 자란 것도 못 보았고, 결혼 생활과 나의 청춘도 빼앗아 갔습니다. 하지만 계속 그들을 미워했다면 다시 나를 감금했을 겁니다. 나는 자유를 만끽하기 위해 모든 증오를 깨끗이 잊었습니다. 전날의 원수들과 평화를 유지하려면 그들과 손잡고 일을 해야 되며, 그러기 위해서는 원수도 동반자가 되어야 합니다."라고 답했다. 그가 즐겨 사용하던 '우분투ubuntu'라는 말은 번역하면 '우리가 함께 있기에 내가 있다'라는 표현이다.

만델라 대통령은 별세 후에도 전 세계의 존경을 받고 있다. 나는 그가 남긴 두 가지 무언의 교훈을 강조하고 싶다. 첫째, 그는 긴 감옥 생활에서 자유의 몸이 되어 대통령 집무실로 갔다. 우리나라에서는 대통령의 임기가 끝나면 당사자나 가족과 측근들이 청와

대에서 교도소로 가는 사실과는 너무나 대조적이다. 둘째, 그는 재임 시 정적政敵에게 보복이나 간섭을 하지 않고 취임식 때 그들을 초청했다. 교도관에게는 식장 앞줄에 자리를 마련해 주었다.

반면에 우리나라에서는 자기의 상관이던 장군을 일등병으로 강등하고, 대선 때 정적이었던 경영자의 그룹에 금융 보복도 했었다.

우리나라에서도 대통령을 비롯하여 모든 지도자들이 퇴임 후 존경받기를 기원한다.

인간 자본의 중요성

교육의 필요성과 중요성은 두말할 나위도 없다. 세계 모든 나라에서는 최소한의 의무교육을 시행하고 있으며 경제 발전을 위한 인재 양성에는 교육이 필요 불가결이다. 1960년 12월 미국경제학회 연차 총회에서 시카고대학교의 슐츠 박사는 상연에서 획기적인 개념을 창시했다. '인간 자본에의 투자'라는 특강 제목을 보아도 알 수 있다. 이것을 분기점으로 유형 자본과 무형 자본(인간 자본)의 구별이 성립되어 지금에 이르렀다. 전자는 사용 시부터 감가소각이 되지만 후자는 평생 남는 지식이 된다.

경제학자들이 세운 투자의 정의는 '생산을 할 수 있는 모든 자본 시설과 재고의 증가, 그리고 미래의 수익을 위한 현재의 지출'로 유형 자본에만 적용되었다. 하지만 슐츠 박사는 교육과 훈련, 보건과 영양, 지식을 통한 생산성의 향상 등 무형 자본을 투자 정의에 추가했다. 결과적으로 무형 자본의 지출이 소비가 아니라 대부분 투자에 포함되고, 1961년부터 이 방면의 연구가 경제학에 지대한 영향을 미쳤다.

우연의 일치이지만 1961년 4월 12일 러시아의 유리 가가린이 인공위성 보스토크 제1호로 첫 우주비행사가 되었다. 미국에서도 뒤늦을세라 우주 연구를 활발히 진행하여 같은 해 5월 5일에 미국 우주비행사 앨런 셰퍼드가 첫 궤도에 올랐다. 케네디 대통령의 연설처럼 미국의 연구 개발이 눈부시게 성공하여 1969년 7월 20일 닐 암스트롱이 러시아를 앞질러 달에 착륙하는 개가凱歌를 올렸다. 인간 자본의 연구 효율성을 여실히 보여 주었다.

1960년대부터 소위 '두뇌 유출The Brain Drain'이라는 용어까지 생겼다. 미국을 비롯하여 선진국들은 개도국開途國에서 인간 자본을 유치하여 부족한 인재를 보충했지만 귀한 인간 자본을 빼앗긴 개도국은 이중의 고역을 겪었다. 학자들은 이것을 대외 원조의 역행이라고 평했다. 1960~1970년대에 미국이 외국 태생의 의사들을 유치誘致하며 12개에 해당하는 의과대학의 비용이 절약되었다는 보도가 있었다. 현재 미국의 제법 큰 병원에 근무 중인 의사나 간호사들을 보면 UN처럼 다국적이다. 뿐만 아니라 대학교수, 큰 회사의 직원도 같은 인상을 준다.

현재 미국의 고등학교뿐만 아니라 대학마다 소위 스템STEM. 과학. 기술. 공학. 수학 교육을 강조하는데 인재 양성 중 자연과학 분야를 장려하는 것을 알 수가 있다. 캘리포니아의 큰 대학교에서 이공계 수

강생들을 뒤에서 보면 머리 색깔이 검다는 평이다. 이는 동양 학생이 더 많다는 결론이다. 게다가 미국 학생들은 영어 외에 외국어 공부를 멀리하고 있는 실정이다. 국제화 시대에 적응할 수 있기를 바랄 뿐이다.

교육을 통한 인간 자본의 형성은 세계 각국이 강조하고 있는 정책이며, 국제화가 되었다.

대학생의 자질

이 항목을 설명하기 위해 '인간 자본'의 일부를 앞에서 언급했다. 우리는 IT시대에 살고 있으며 세계무역기구^{WTO}를 통하여 지적 소유권을 국제적으로 인정하게 되었다. 지능과 기술이 일상생활에까지 영향을 끼친다. 가까운 예로 항공회사의 컴퓨터가 다운되면 모든 기능이 마비되어 마치 원시시대로 돌아가는 느낌이다. 모두가 겪는 불편이 이만저만이 아니다. 인재 양성이 중요해지면서 대학생들의 임무와 자질이 우리의 관심을 환기한다.

따라서 대학생들의 사명이 중대하다는 것은 모두가 인정하는 바이다. 한때 IQ$^{지적 지능}$가 으뜸이었는데 1995년 다니엘 골먼 교수의 연구로 EQ$^{감성 지능}$가 더욱 중요하다는 연구가 나왔다. 전자는 '기억, 사고, 분석, 추리' 등을 맡고, 후자는 '책임감, 충동 조절, 배려, 연민' 등 정서적 측면을 담당한다. 즉 EQ는 '자신과 타인의 감정을 이해하고, 조절하여 주위 환경에 능률적으로 적응하고 소기의 목표를 달성하는 능력'이라고 정의한다.

2017년 하버드대학교에서 획기적인 결정을 하여 학계의 이목을 끌었다. 가을 학기에 입학 허가를 받은 고교생 중 10명이 입학 허가를 취소당한 일이 있었다. 대학에서 학생들에게 이미 충분히 경고했지만 젊은이들의 잘못된 사고방식과 행실이 대학신문에 보도된 것이 시작이었다. 여성에 대한 성적 폭행을 무시했고, 나치의 유대인 대학살, 그리고 총기 난사 사건 등을 업신여기어 사회에 물의를 일으킨 것이 페이스북에까지 오르게 된 사건이다.

물론 이런 처사에 반대 의견도 있었다. 특히 '언론의 자유'라는 명목하에 대학의 결정은 검열이라는 평도 있었다. 하지만 학교 당국은 분명히 "품행이 방정하다는 조건하에 입학을 허가했으며, 만약 정직성, 성숙성, 도덕성 등에 잘못이 있는 경우 입학을 취소할 수 있다는 조항이 명시되어 있다."라고 했다. 학생들은 자유의사에 따라서 행동을 해도 되지만 그 결과에 대한 책임이 따른다. 대학생이 IQ와 EQ가 균형 잡힌 인간 자본으로 성장하여 삶의 주인공이 되려면 먼저 대학의 방침과 기준을 잘 준수할 필요가 있다.

태극기는 항상 우리에게 음과 양의 조화를 가르쳐 준다. 서로 반대되는 일들이 상호 이해, 협조, 동참 등으로 이루어진 결합의 상징이며 둥근 모습이다. 잘 익은 과일은 둥글고 맛이 있으며 영양분도 풍부하다. 속에는 잘 만들어진 씨앗이 잔뜩 들어 있다. 씨앗은 후대에도 좋은 열매를 맺게 해 주는 역할을 담당한다. 뿌리를 통해 과일 속에 들어간 각종 수분은 잘 정화되어 세균이 없다.

우리들도 학생 시절부터 객관성과 책임성을 함양해서 자신과 사회에 두루 유익한 사회인으로 성장하여 공헌하는 것이 주어진 사명이 아닐까.

미래의 주인공인 대학생들이 성숙한 인격자가 되기 위해서는 책임성과 객관성, 신뢰성의 자질을 갖춰야 할 것이다.

모든 과정에서 상대의 언행에 따라 화를 내느냐 아니면 관대히 덮어 주고 용서해 주느냐 하는 쌍곡선이 우리 앞에 가로놓인다. 감정에 좌우되느냐, 아니면 이성에 입각해서 냉정히 사태를 잘 수습하느냐는 자신의 인격과 수양에 달려 있다. 낙관과 비관 중 어느 인생관으로 사느냐가 결정을 좌우한다.

제3부
삶의 슬기

노인의 독백 1

"고희가 지났으면 긴 사닥다리와 톱, 눈을 치우는 삽 등은 서슴지 말고 젊은이에게 양보하는 것이 상책."

바야흐로 100세 시대에 살고 있다. 회갑과 고희는 어느덧 뒷전에 갔고, 80세가 되어야 비로소 노인 칭호를 받는 세상이다. 나도 노인이 된 지 10년의 반이 지났다. 이것은 마치 자동차의 주행 거리 16만 킬로미터를 넘어서 덤으로 사는 느낌이다. 지난 팔순 이상 사는 동안 체험한 여러 가지 소감 중 몇몇을 골라서 참고로 피력하는 바이다.

2011년 10월, 아직도 단풍이 나무에 남아 있을 때였다. 불시의 삭풍과 함께 폭설이 내려 미국 동북부 지방은 때아닌 눈으로 제설 작업은 물론, 많은 나무들이 부러지고 넘어졌다. 당시 70대 중반

이던 친구는 집 뒷마당의 큰 나무가 쓰러져 2층 지붕을 덮고 있는 것을 보았다. 그는 부인이 말리는 것을 뿌리치고 긴 사닥다리로 지붕에 올라가 톱으로 가지를 자르기 시작했다.

친구는 나무를 붙들고 있었지만 다 잘린 가지와 함께 땅으로 추락하는 불상사를 겪었다. 골반뼈를 비롯해 발과 다리뼈가 부러졌고 더 불행은 뼈들이 부서지기까지 했다. 친구는 한평생 그토록 큰 통증을 겪은 적이 없었다고 했다.

나는 입원했다는 소식을 듣고 곧 병원으로 달려갔다. 다리는 멍이 심하게 들었고 부었으며, 꼼짝도 못하는 상태였다. 담당 의사는 수술이 그리 쉽지 않다는 말을 전했다. 단순한 골절이라면 몰라도 만사가 복잡하게 되어 버렸다. 강한 진통제에다가 심리적으로도 위축된 형편이라 위로할 도리가 없었다.

친구는 오랜 기간 입원하고 퇴원했지만 집에서도 병원용 침대를 빌려 누워 있어야만 했다. 부인의 수고도 이만저만이 아니었다. 친구는 화장실도 갈 수 없어서 내조의 공이 정말 컸다. 24시간 동안 간병이었다. 거의 반년 후에야 겨우 지팡이를 짚고 조금씩 나들이를 시작했는데 철사로 이은 골반뼈는 자유로이 행동할 정도가 아니어서 오랫동안 보행도 어려웠다. 지금은 일상생활이 정상화된 것이 감사할 따름이다.

노년에 눈을 치우는 작업은 젊은이들이나, 직업적으로 해 주는 사람들에게 맡기는 것이 상책이다. 겨울철 차가운 공기와 함께 두

꺼운 옷을 입고 제설하는 일은 위험이 수반된다. 눈 속에 물기가 있으면 더욱 무겁고 벅찬 압력이 심장으로 전달된다. 비록 돈이 들더라도 건강과 후생을 위해 노년에는 무리를 피하는 것이 가장 바람직하다. '부를 유지하기 위하여 건강을 희생하지 말라'는 충고가 있다. 그리고 노파심에서 추가하는 것은 바지를 벗거나 입을 때에 부디 앉아서 하시도록!

건강은 돈으로 살 수 없다. 고희가 지나면 높은 곳에 오르거나 제설은 되도록 피하는 것이 상책!

노인의 독백 2

"모든 일의 마감 날은 너무 빨리 다가오고, 월급날은 어찌 그리 더딜까?"

위와 비슷한 표현은 "휴가, 방학, 애인이나 친한 친구와 함께 지내는 시간은 항상 빨리 지나가지만, 신병 훈련소, 특히 교도소에서 보내는 시간은 너무나 지루하리라."가 있다.

학생, 회사원, 기자, 주부 등 만사에 '마감'을 앞둔 사람들은 자극과 스트레스를 동시에 체험한다. 초등학생부터 대학생에 이르기까지 숙제와 논문 마감은 빠르게 다가온다. 나도 긴 논문을 제출하고 구두시문을 마친 후 규정에 따라 도서관장 비서에게 학위 가운 값을 지불하러 갔었다. 정장 차림의 나를 보고 비서가 "당신은 기진맥진한 모습이 아니군요!"라는 반응이었다. 거의 모두가 논문 제출 때문에 잠도 잘 못 자고 며칠 동안 면도할 겨를도 없이 홀쭉하고 터부룩한 모습으로 청바지를 입고 나타난다는 설명이었다.

회사와 관공서는 월말과 각 분기별 보고에 이어 연말 보고 및 신년 계획서 등 스트레스가 가중된다. 때로는 할 일을 집에까지 가져와서 계속한다. 여기에 12월이 되면 크리스마스 선물과 카드, 연하장을 쓰는 일 때문에 더욱 바쁘고 피곤하다.

주부는 매일 여러 가지 마감이 추가된다. 학기 중에는 사친회 모임, 아이들 담임 선생이나 의사를 만나는 일, 자원봉사, 각종 행사들이 달력을 장식한다. 집에서는 아이들 숙제, 옷과 신발, 도시락 준비, 모든 통지서의 회답 작성이 만만치가 않다. 자녀들의 생일 파티도 준비해야 된다. 그 가운데 이웃과의 경쟁이 암암리에 존재한다.

미국에서는 매년 4월 15일이 개인 및 기업의 소득세 마감 날이다. 세계적인 천재 아인슈타인도 "미국의 세금 제도는 너무나 복잡해서 나도 잘 모르겠다."라고 말한 적이 있다. 기회가 있을 때마다 세금 제도의 간소화가 대두되지만 여전히 개정을 하지 않고 있다. 이는 회계사와 변호사의 일거리가 되기도 한다. 세금 보고를 도와주는 전문 업체도 허다하다. 물론 마감 날까지 제출을 못하면 연기 신청을 할 수가 있지만 이자가 부과된다. 이제는 종이 대신 대부분 컴퓨터로 제출한다. 그래도 마감은 엄연하다.

반면 월급날은 어찌 그리 더딜까! 앞에서 피력했지만 불청객은 항상 월급 전날에 들이닥친다. 모든 생활 양식이 빠른 속도로 돌아가고 있으며, 우리의 욕심이 지불 능력을 앞선다. 개인뿐만 아니라 각 시, 주, 연방정부 모두가 예산 적자에 시달리고 있다. 미국에서는 대금 지불을 수표로 내면 즉각 결제를 하기 때문에 수표 계좌에 충분한 잔고가 있어야 한다.

같은 시간이지만 즐거운 때는 너무나 빨리 지나가고, 월급날은 언제나 느리게 다가온다.

노인의 독백 3

"인격은 용서와 화 중에 어느 것을 먼저 하느냐로 측정할 수 있다."

인간은 사회적 동물이며, 대인관계는 국제화 시대에 더욱 중요하다. 이에 따르는 문화, 관습, 상식, 예절, 말조심, 눈치, 체면, 관례, 배려 등 인격자다운 처세가 필요하다. 때에 따라서는 자제하고 생각과 행동을 재치 있게 조율하는 능력도 필요하다. 혹자는 바둑을 두거나 골프를 같이 치면 상대방의 성격을 짐작할 수 있다고들 한다.

모든 과정에서 상대의 언행에 따라 화를 내느냐 아니면 관대히 덮어 주고 용서해 주느냐 하는 쌍곡선이 우리 앞에 가로놓인다. 이런 상황에 부딪치면 선택의 고민에 빠진다. 감정에 좌우되느냐, 아니면 이성에 입각해서 냉정히 사태를 잘 수습하느냐는 자신의 인격과 수양에 달려 있다. 각자의 교양, 인품, 성격, 상식, 개성을 반영하며, 낙관과 비관 중 어느 인생관으로 사느냐가 결정을 좌우한다.

한때 나는 살고 있는 도시의 시장 특별 고문으로 임명된 적이 있다(미국은 시장을 비롯하여 시, 주, 연방의회 하원의원을 2년마다 뽑는다). 재선에 입후보한 시장은 자기를 가르쳤던 선생님이 었던 시의 경찰서장에게 자문을 구했다. 직위로는 시장이 경찰서장의 상사였다.

시장 선거 본부에 나타난 경찰서장이 출마자에게 다음과 같이 조언했다. "공개 토론을 할 때 상대 후보자가 당신을 비난할지라도 제발 즉각 대응하지 말고 아랫입술을 꼭 깨물고 최소 15초 동안 아무 말도 하지 마시오."라고 알려 주었다. 그리고 성급한 반발로 상대방의 술책에 말려들어서는 안 되고 침착과 냉정한 태도가 바람직하다는 것을 추가했다. 어디까지나 인격자답게, 그리고 자신감 있는 입후보자라는 자질을 보여 주라고 했다. 인내로 인신공격을 삼가여 지혜롭고 능동적으로 사태를 잘 조절하라는 멋진 제안이었다. 언성을 높이지 말고 차근차근 소신을 발표하여 유권자들의 궁금증을 잘 풀어 주고 그들의 심금을 울리는 연설이 더욱 효과적이라고 강조했다. 그렇게 그는 재선되었다.

용서는 두 사람 사이의 벽을 허물어 버리는 고상한 용기를 말한다는 것이 나의 의견이다. 정신분석학자 토머스 사즈는 일찍

"미련한 사람은 남을 용서하지도 않을뿐더러 잊어버리지도 않는다. 순진한 사람은 남을 용서하고 잊어버리기까지 한다. 현명한 사람은 남의 잘못을 용서는 하되 잊어버리지는 않는다."라고 했다. 우리는 어느 쪽에 속하는지?

비관자는 남을 용서할 줄 모르지만, 야량이 있는 낙관자는 남을 용서하고 도움도 준다.

노인의 독백 4

"다람쥐는 도토리를 먹어도 두 손 모아 감사하고, 새들은 물을 마셔도 하늘을 우러러보면서 감사한다."

미국에서는 다람쥐가 사람을 무서워하지 않고 가까이 오기도 한다. 다람쥐는 도토리가 무르익으면 한 알씩 두 손을 모아 맛있게 먹는다. 감사하면서! 그러는 동안 참새처럼 항시 주위를 민감하게 살핀다. 자기를 해칠 사람이나 다른 동물이 가까이 오면 재빠르게 달아나거나 나무 위로 피신한다. 긴 꼬리가 우아스럽게 뒤를 따른다. 이것은 겨울철 백설이 대지를 덮고 있을 때 더욱 아름답게 보인다.

다람쥐는 유별나게 장래를 위해 도토리를 저장해 두는 본능이 있다. 뒷마당의 잔디를 파서 그 속에 묻어 두는데 때로는 잊어버려서 봄이 되면 순이 난다. 이것도 자연의 섭리인 것 같다. 조물주는 다람쥐를 이용하여 떡갈나무가 도처에서 자라도록 일꾼으로 쓰고 있는 사실을 알 수 있다.

네발 동물들은 혀로 물을 마시지만 예외로 코끼리는 긴 코를 이용해 물을 입으로 옮긴다. 이것은 강물이 동물의 식도를 통해 '위로 올라가며' 만유인력을 역행하는 셈이다. 새들이 물을 마시면 바로 위 속으로 흘러 들어가지 않는다. 목을 뻗어 하늘을 향해 삼킬 때 비로소 물이 제 곳으로 찾아 들어간다. 이 모습이 마치 하늘을 우러러보면서 감사하는 것만 같다.

6·25 때 일선에서 복무 중인 친구가 어느 날 아침 목이 몹시 말라 물을 찾았지만 부대 안에는 마실 물이 없었다. 생각 끝에 종이로 컵을 접어 이곳저곳 다니면서 풀잎에 맺힌 이슬을 끈질기게 훑어서 겨우 한 모금을 모았다. 마지 금으로 된 귀중한 음료수처럼 입에 넣고도 한참 동안 아끼다가 겨우 삼켰다고 한다. 물이 귀중하다는 진리를 새삼 깨달았다는 고백이었다. 그는 제대 후에도 물을 마실 때마다 항상 감사의 기도를 그치지 않았다.

월남전에 복무했던 미군이 제대하고 집에 도착하자, 어머니는 살아서 돌아온 아들과 그간의 밀린 이야기를 반가이 나누었다. 그때 갑자기 번개와 천둥이 치더니 소낙비가 시원스레 내리기 시작했다. 아들은 때를 놓치지 않겠다는 듯이 어머니와의 대화를 멈추고 수건과 비누를 들고 뒷마당에 가서 알몸으로 목욕을 했다. 열대지방인 월남에서는 미군들이 소낙비가 내리면 으레 모두 알몸으로 텐트 밖에 나가서 목욕을 했다고 한다. 우리 주변에는 추수 감사절 때뿐만 아니라 언제나 감사할 일들이 많이 있는 법이다.

도토리를 먹는 다람쥐와 물을 마시는 새들을 보면 절로 감사하는 마음이 솟아난다.

노인의 독백 5

"젊어 보이게 백발을 검은색으로 염색하는 것이 유행이다."

한 손에 막대 잡고 또 한 손에 가시 쥐고
늙는 길 가시로 막고 오는 백발 막대로 치렸더니
백발이 제 먼저 알고 지름길로 오더라.

우탁, 「탄로가嘆老歌」

고려시대의 학자요, 문과에 급제하여 종3품의 벼슬까지 지낸 우탁이 남긴 시조이다. 21세기는 100세 시대로 현실에서 백발과 염색이 나이에 따라 증가하고 있다.

중년 여자들이 처음으로 흰머리 하나를 발견하면 비명과 함께 골라서 뽑아 버린다. 낙관자는 자연의 섭리로 지혜가 늘어 가고 남이 존경해 주는 어른이 되는 상징이라 여기며 담담한 느낌으로 받아들이기도 한다. 나도 팔순이 지났지만 머리카락을 염색한 적이 없다. 한때 무성하던 머리털이 빠져서 반대머리가 되었다. 하지만 이발을 하면 이발사는 제값을 요구한다. 따라서 태양에 곱게 반사되는 여자들의 풍성한 머리카락을 볼 때마다 부러운 느낌뿐이다. '많은 나이에 비해 아주 젊어 보인다'라는 백발홍안의 표현도 그립다. 절로 빠진 백발은 검은색이 많은 겨울옷에서 유난히 눈에 잘 띈다.

이제는 백발을 검은색으로 염색하는 것이 유행이다. 어느 노인은 염색 후 지하철에서 무료승차권을 거절당했다는 실화도 있다. 그는 젊어 보인다는 뜻으로 기분이 좋아 요금을 지불했다고 한다. 염색은 당시에는 좋지만 며칠이 지나면 뿌리 부분에 백발이 자라서 두 가지 색깔이 된다.

물론 노인들만 머리털을 염색하는 것이 아니다. 젊은이들은 검은색이 아니고 금발을 비롯하여 이상야릇한 색깔로 검은 머리를 마치 외계에서 온 방문객과 같은 색깔로 염색한다. 일본 젊은이들도 마찬가지이다. 대학 졸업반 학생들은 취직을 앞두고 머리 색깔을 검은색으로 길러 면접에 지장이 없도록 변색한다고 한다.

이발소나 미용실에서 염색하는 것은 번거롭지 않지만 문제는 집에서의 염색이다. 이 과정에서 염색약은 머리털만 상대하는 것이 아니라 입은 옷을 비롯하여 화장실 바닥, 샤워 커튼, 수건 등도 염색이 된다. 욕실 벽까지 색깔이 묻는다. 염색약도 여러 가지가 있고 값도 다양하다. 때로는 가발로 모든 것을 해결해 버린다. 머리카락 손질도 보통 일이 아니다. 백발이 저 먼저 지름길로 오기 때문이리라.

젊게 보이기 위해 백발을 검은색으로 염색한들, 나이는 염색을 할 수가 없다.

노인의 독백 6

"상사가 출근하지 않으면 아무도 싫어하지 않지만, 말단 직원이 결근하면 벌집을 쑤신 것처럼 떠들썩하다."

어떤 회사든 상사가 출근하지 않으면 부하 직원들이 어깨를 펴는 것이 보통이다. 보이지 않는 감시와 압력이 없어져 안도감도 생긴다. 마치 고속도로에서 순찰차가 뒤에서 따라오면 잘못이 없어도 공연히 긴장과 불안감이 생기지만 순찰차를 뒤따라가면 마음이 평안해지는 것과 같다. '범 없는 골에는 토끼가 스승이다'라는 속담이 연상된다.

반면 말단 직원이 결근을 하면 모두가 벌집을 쑤신 것처럼 당황한다. 각종 서류, 사무용품, 심지어 커피나 차가 어디에 있는지 모를 때가 있다. 아내가 병석에 누워 있으면 남편이 주방에서 무엇이 어디에 있는지 모르는 심정과 흡사하다. 냉장고에 먹거리가 잔뜩 있어도 어떻게 요리를 해야 할지 한숨이 앞선다. 만약을 위해 남자들도 요리를 배워야겠다.

말단 직원이 결근을 하면 그들이 얼마나 고생하면서 임무를 수행하는지 상사들이 절실히 체험하는 좋은 기회가 된다. 임원의 비서가 결근하는 날은 속수무책이다. 고객이 찾아오면 재빨리 커피나 차를 내야 하고 상사의 사모님이 불시에 내방하면 비밀 서류를 잽싸게 숨기는 기지를 발휘해야 한다. 또한 최신 뉴스 및 주가의 변동을 두루 제공하고 전날의 스포츠 경기, 특히 골프 시합에서 누가 우승했는지, 일기예보 등 세상 돌아가는 모든 정보를 알려 주는 방송국 역할까지 수행한다. 몹시 바쁘다.

몸집이 크고 지위가 높은 상사를 모시던 비서가 하루는 쿵 하는 소리에 급히 상사의 방에 들어가 보았다. 상사가 뒤쪽에 있는 책상 위의 서류를 집으려다가 의자 바퀴가 양탄자에 걸려 그대로 넘어져 천장을 보고 바닥에 누워 있었다고 한다. 비서가 웃음을 꾹 참느라 최선을 다했다는 고충담이다. 가끔 그 상사는 퇴근 시간에 급한 편지라면서 우편실에 전하라는 부탁도 한다고 했다.

운전병이었던 병사는 중대장이 어찌나 까다롭게 부려 먹는지 참을 수가 없을 정도였다. 사모님을 태우고 운전할 때에도 중대장과 다름이 없었다. 하루는 발목이 물에 잠길 정도의 강을 건널 때 운전병이 꾀를 부렸다. 고장 난 것처럼 강 중간에서 갑자기 차를 멈춘 것이다. 그리고 뒤에서 밀어 주면 시동이 될 거라고 하며 운전병이 차가운 물속에 들어가서 지프차를 미는 시늉을 했다. 상관 도 하는 수 없이 물속에 들어가서 같이 차를 밀었다. 운전병은 상 사의 젖은 신발을 보면서 마음이 흐뭇했다고 한다 .

미움은 미움으로 받게 되고, 친절은 친절로 돌아오는 것이 우리 삶 이다.

노인의 독백 7

"돈은 받을수록 적어지고, 사랑은 줄수록 커진다."

이것은 내가 평생 체험하며 즐겨 하는 좌우명 중의 하나이다.
돈과 사랑이 물질과 정신의 대조를 보여 주는 좋은 예가 된다. 철
학에서는 형이하학形而下學 대 형이상학形而上學으로 표현되는 것을 볼
수가 있다.

6·25의 비참한 전쟁을 겪고 고국은 초토화되었지만 온 겨레의
비장한 결심으로 경제 부흥을 이루었고 자타가 공인하는 결과를
성취했다. 지금과 같은 경제 부흥에는 서독에 파견되었던 광부와
간호사들의 피눈물 나는 희생, 중동의 염천하에서 중노동을 인내
로 감수한 대한의 노동자들이 있었다. 월남전에 파병되어 생명까
지 바친 국군 용사들과 1962년에 시작된 경제 발전 5개년 계획에
적극 참여한 모든 노력가들, KBS1에서 연속으로 소개된 〈뿌리 깊

은 미래〉의 개척자들과 그들의 선견, 모든 헌신과 협력이 모여 한강의 기적을 이루었다.

하지만 소득이 급작스레 증가하자 창업자들의 후손들은 천문학적 액수의 돈 때문에 가족 간 상속 다툼을 한다. 또한 노사 간의 알력, 권력자의 부패 기사로 날마다 신문과 텔레비전을 장식한다. 도대체 돈은 얼마나 가져야 속이 후련할까. 비록 가난해도 화기애애한 가정이면 백만장자 부럽지 않게 행복을 만끽하는 것이 아닐까.

현대 문명은 어느새 배금주의拜金主義가 지배적이다. 대학생의 수강도 돈벌이 위주가 되어 문사철文史哲 과목은 뒷전으로 가 버렸다. 윤리와 도덕은 너무나 쇠퇴했다. 정신적, 영적靈的인 안식처가 되어야 하는 교회까지 이런 현상이 침투해 버렸다. "인간이 중심이지 돈이 중심이 아니다."라고 프란치스코 교황은 외치고 있다. '사람 나고 돈 났지 돈 나고 사람 났나'라는 속담과 상통한다.

단순하게 표현을 하자면 돈은 받을수록 적어진다. 구태여 경제학의 한계효용설을 들추지 않아도 충분히 이해가 되는 논리이다. 땀 흘려 번 돈은 귀중하게 쓰지만 불로소득, 특히 뇌물이나 횡령, 훔친 돈, 로또로 딴 돈은 낭비하기 일쑤이다. 더러는 파산하는 예도 있다. '정직과 수중에 들어오는 돈은 반비례한다'라는 것이 나의 신조이다.

우리네 삶에는 사랑이 절실하다. 정신과 의사들이 모든 정신질

환은 궁극적으로 사랑의 결핍이라고 분석했다. '남자가 첫사랑에 빠지면 마치 자기가 사랑을 발명한 것처럼 자랑한다'라는 선현들의 경험이 있다. 너무나 순수하고 낭만적이다. '행복한 사람은 사랑하는 여자와 결혼하지만, 결혼한 여자를 계속 사랑하는 사람은 더욱 행복하다'라고 교훈한다. 사랑은 맹목적이며 때로는 죽음까지 아끼지 않는다.

물질문명에 휩쓸려 돈과 쾌락만을 추구하는 타락에서 벗어날 수 있는 원동력은 사랑이다!

노인의 독백 8

"오직 김장 때 배추를 세는 데만 포기를 쓰는 사람은 반드시 성공한다."

역사 속에서 온갖 시련 끝에 발명과 발견, 연구를 통해 온 인류에게 지대한 공헌과 복지를 안겨 준 위인들의 생애를 보노라면 한 가지 공통점이 있다. 고상한 목표를 향해 최선을 다하고 포기하지 않았다는 사실이다. 물론 창의적이요, 남이 하지 않았던 분야에서 독창적인 이념과 실천력을 총동원하여 끝까지 인내로 목표를 달성한 노력도 배우게 된다. '거듭된 실패에도 포기하거나 낙담하지 아니하고 다시 일어나서 도전함'을 일컫는 칠전팔기를 체험한 멋진 교훈을 소개한다.

미국에서는 잭 캔필드의 성공담이 유명하다. 그는 『영혼을 위한 닭고기 수프Chicken Soup for the Soul』를 펴내기 위해서 수집한 많은 원고를 무려 144개에 달하는 출판사에서 거절당했다. 그는 신용 카드의 최고 한도액까지 쓸 만큼 동분서주했다. 마침내 헬스커뮤니케이션Health Communications에서 출간되어 뉴욕타임스의 베스트셀러에 몇 권이 동시에 오를 만큼 인기 도서가 되었다. 잭 캔필드는 삶의 다방면에 걸친 글을 모아 수십 권에 달하는 책을 출판하여 무려 5억 권이나 팔렸다. 홀로 또는 공저로 책을 펴냈고 오디오북도 출간했다.

11세의 브랜든 포스트는 백혈병으로 불과 2주밖에 못 산다는 선고를 받았다. 병원에서 집으로 가는 길에 무숙자들이 사는 천막촌을 지나며 '불우한 사람들에게 먹거리를 주면 얼마나 좋을까'라고 했다. 그의 말이 뉴스에 나오자 전국에서 무숙자들에게 먹을 것을 마련해 주었다고 한다. 브랜는 포스트는 인터뷰에서 가장 좋은 것은 "살아 있다는 사실."이라 했고, 가장 슬픈 일은 "누군가가 포기할 때."라고 대답했다. 그는 다음 날 엄마 품에 안겨 짧은 생애를 마감했다. 어린 나이에도 끝까지 착한 일을 포기하지 않았다.

모든 면에서 굳센 신념과 실천력이 있으면 포기를 모른다. 배움에는 지름길이 없다. 학사부터 박사 학위를 받은 학자들이 증언하리라. 올림픽 선수들은 매일 꾸준히 연습을 한다. 발명왕 에디슨은 최대의 노력을 강조했다. 이미 언급했지만 1492년 미 대륙을 발견한 콜럼버스도 신념을 포기하지 않았기 때문에 뜻을 이루었다. 모든 항해가, 탐험가, 발명가, 발견가, 사업가, 학자들과 우리 어머니들도 포기를 몰랐다. 자식을 위해 평생 동안 손과 발이 다 닳도록 온갖 희생을 감수하셨기에 오늘의 우리들이 있는 것이다. 김장 때가 되면 어머니들이 배추를 한 포기, 두 포기 세면서 고된 일도 책임지고 완수하셨다. 외국인이 알기 힘든 단어이지만 포기라는 단어는 배추를 셀 때 가장 적합하다.

삶의 목표를 확고히 세우고 최선의 노력과 심혈을 기울여 포기하지 않을 때 성공이 있다.

노인의 독백 9

"아름다운 담은 이웃과의 우정이나 신뢰를 더럽힌다."

도미한 지 19년 만인 1976년에 고국을 방문했을 때 눈부신 경제 발전에 경의로운 마음뿐이었다. 하지만 집집마다 쌓아 올린 높은 담과 담 위에 교도소를 방불케 하는 철조망과 뾰족한 유리를 보았을 때 부끄러운 심정이었다. 담이 거의 없는 미국에서 살다가 오랜만에 높은 담을 대하여 그런지 낯설었다. 일본에도 담은 있지만 미국과 한국의 중간 정도나 될까 싶다.

미국에 이민 온 교포들은 계속 담을 쌓는 사람과 담을 허물어 버리는 사람으로 나뉜다. 말, 음식, 습관, 풍속, 전통, 사고방식이나 생활 양식이 다른 나라에 와서 새롭게 뿌리를 내리는 과정이 각 개인에 따라 다를 수밖에 없다. 1980년대까지만 하더라도 미국에서의 생활이 '토스트에 고추장을 발라 먹는' 신토불이격인 사람이 있는가 하면, 양식에 잘 적응하는 이민자도 있다.

옛날 우리나라에서도 담이 없던 시절이 있었다. 특히 제주도에서는 집 앞에 세워진 낮은 기둥에 가로질러 놓은 3개의 나무 수에 따라서 집주인이 집에 있는지 없는지 다른 사람이 알 수 있게 했었다. 지금 이런 식으로 집에 아무도 없다는 표시를 한다면 누가 가장 먼저 방문할지 너무나 뚜렷하다. 담과 함께 21세기를 사는 우리들이 갖고 다니는 열쇠의 수를 보아도 남을 믿지 못하는 풍조를 잘 알 수 있다. 나는 각국의 예산 중 국방비에 할당되는 금액이 국가 간의 불신을 측정하는 척도라고 생각한다. 돈으로 계산되는 담이다.

〈로미오와 줄리엣〉에서 줄리엣은 자기 집 마당에 들어온 로미오를 보고 "그 높은 담을 어떻게 넘어왔나요?"라고 물었다. 로미오는 "사랑의 날개가 있으면 아무리 높은 담일지라도 가벼이 뛰어넘을 수가 있답니다."라고 답했다.

작게는 부부 사이에도 보이지 않는 담이 있고, 크게는 우주비행사도 볼 수 있는 중국의 만리장성이 있다. 1989년 베이징 근방의 장성에 올라서 본 경치는 장관이었다. 옛날 만리장성의 수비병이 북방의 침입자에게 뇌물을 받고 넘게 하여 만리장성을 무용지물로 만든 예도 있다고 한다. 냉전의 상징이었던 베를린 장벽이 1989년에 제거되었을 때 온 인류가 환영했다. 분단된 한반도의 경계선도 허물어지고 통일이 된다면 얼마나 좋으랴! 한때 일본을 방문한 테레사 수녀의 인상이 우리에게 교훈을 준다.

"일본은 길거리, 복장, 자동차 등등 너무나 깨끗합니다. 하지만 저 깨끗한 건물과 집에서 부부 사이, 가족 간의 즐거움이 없다면 비록 가난하더라도 따사함이 있는 인도 사람들이 더욱 행복하다고 생각합니다."

대인관계에서 담은 금물이다. 인격자는 있는 담도 허물어뜨리고 화평을 만끽한다.

노인의 독백 10

"웃음과 스트레스는 반비례요, 웃음과 건강은 정비례이다."

얼굴에서 웃음이 떠나지 않는 사람은 스트레스를 모르고 삶을 즐길 줄 안다. 더불어 남에게도 즐거움을 전해 준다. 반면 항상 화가 나 있고 언제나 책임을 남에게 전가하면서 사는 사람은 사시사철 스트레스를 받는 성격의 소유자이다. 이것은 얼굴 표정에도 반영이 되어 다른 사람도 충분히 분간할 수가 있다. 심리학자들이 말하는 미숙한 존재로, 더욱 객관적인 성장이 필요하다. 삶을 윤택하게 하는 요소로 유머 감각이 추가된다.

스트레스에서 탈피하여 인생을 즐겁게 살면 그만큼 낙관적이고 적극적인 삶을 스스로 개척할 수 있고 자기 자신에게 보람을 안겨 주는 인격자로 전환이 가능하다. 모든 사물을 옳게 보고 문제에 직면하더라도 좋은 결말을 기대하는 소망이 있기에 인내와 용기가 생긴다. 문제 해결을 위해 여러 난관을 극복하려는 마음이 있어 스트레스에 좌우되지 않는다. 웃음은 처방과 돈이 필요 없는 건강에 으뜸가는 좋은 약이다.

이처럼 스트레스를 없애는 것을 삶의 철학으로 삼으면 본인뿐만 아니라 배우자와 자녀, 이에 더하여 이웃을 비롯하여 친구와 직장 동료, 교회나 사회단체 등의 동료들과 마음을 합하여 우정이 두터워진다. 상호 신뢰가 증진되어 소극적 마음씨가 사라지고 더욱 적극적인 인생관이 쌓인다. 이렇게 누적된 원만한 인생 지침을 스스로 발견하고 실천하며, 남에게도 무언의 격려까지 한다. 스트레스가 스며들 틈이 없어지므로 순풍에 돛을 달고 바다를 미끄러지듯 달리는 쾌속선 같이 계속 전진한다. 따라서 웃음이 늘수록 스트레스가 줄어드는 반비례의 실상을 제험한다. 웃시 않았던 날처럼 시간 낭비가 없다는 표현이 무엇을 의미할까.

스트레스가 줄어든다는 것은 건강의 증진을 의미한다. 소망 대신 원망을 일삼는 성격은 남과의 타협이 어렵다. 그리고 모르는 사이에 담을 쌓아서 대화나 교류가 불가능하게 되어 버린다. 대인관계가 악화되면 삶의 보람을 상실하는 결과밖에 안 된다. 특히 노후에 가장 비극적인 결과는 고독과 고립이다. 젊어서 사귄 친구는 노후의 가장 큰 보배요, 없어서는 안 되는 존재이다.

요즘 고국에서 늘고 있는 황혼이혼은 당사자뿐만 아니라 가족을 비롯한 주위 사람들도 안타까워하는 현상이다. 부질없는 자존

심과 고집 때문에 이혼 당시는 홀가분한 마음이 있을지라도 후회가 뒤따른다는 사실을 충분히 목격하는 바이다. 비록 어려운 상태일지라도 고립을 방지하려는 마음과 상호 이해가 더욱 절실하다. 행복을 목표로 전진하는 우리가 간과해서는 안 된다.

웃음은 모든 스트레스를 용감히 제거해 주고, 실천하면 건강이 뒤따른다.

노인의 독백 11

"신병 훈련소에서처럼 시간이 지루한 적이 없다."

실제로 교도소 생활을 해 본 적은 없지만 죄수로 복역하는 시간이 지루하리라는 것은 능히 짐작이 간다. 특히 독방 감금은! 신병 훈련소에서의 생활도 너무나 지루했었다. 동기는 매일 자기 전에 갖고 있는 수첩 달력에 힘차게 X 자로 표시하여 지루함을 달랬다. 어쩌다가 하루 빨리 표시를 하여 더욱 지루함을 감추지 못한 것도 목격했었다. 비록 같은 시간이지만 휴가나 애인과 함께 지내는 시간은 너무나 빨리 지나간다. 회갑 이후 고희에서 팔순에 접어들면 이 또한 시간이 빠르게 지나가 버린다.

대학을 졸업하고 미국 유학을 위해 1956년 공군에 지원하여 대전에서 기초 훈련을 받았다. 입대 연령보다 반년이 지난 나이인데도 가을에 늦게 입대했다. 우선 긴 머리를 깎고 나니 자신의 머리는 못 보아도 동기생의 빡빡 삭발한 모습을 보고 서로가 한참이나 웃었다. 갖고 간 빗은 무용지물이 되었다. 매일 내무반에서 6명이 식당에 가서 알루미늄 식판에 각각 밥과 국을 담는 임무를 맡았다. 식사 당번을 맡은 6명의 밥그릇에는 미리 밥을 꾹꾹 눌러서 담았기 때문에 얼른 보기에는 같은 모양새였다. 국에 고기가 있으면 건져서 챙겨 놓았다. 소위 '황우도강탕'이라 남은 고기는 얼마 없었다. 한 가지 탈은 이렇게 욕심을 부려 더 많이 그것도 빨리 먹어 치우기 때문에 식사 당번을 하면 꼭 1~2명이 배탈을 겪었다. 내무반장의 기합에도 이런 일은 매일 계속되었다.

토요일 오후에는 연병장의 잡초를 뽑아 멀리 걸어가서 밖으로 내던지는 작업을 했다. 어쩌다가 시간이 맞으면 지나가는 경부선 기차를 볼 수도 있었다. 훈련 기간 동안 벼가 잘 자라서 추석 직후에는 쌀밥도 먹을 수 있었다. 그런 밥을 실컷 먹는 것이 소원이던 시절이었다. 그 당시에는 밥을 먹고 식당에서 나오면 금세 배가 고팠다. 훈련을 마치고 자대 배치 후에 3일간 휴가를 받아 집에 가서 햅쌀밥을 마음껏 먹은 경험이 있다.

일등병 계급장을 달고 소속 부대에 가서 신고를 마쳤다. 모두가 시어머니요, 그들의 명령에 절대 복종하라는 것이 첫째 교시였다. 겨울철 내무반의 난로에 땔감이 없었다. 고참들이 "영내에서 나무를 훔치는 것은 죄가 아니다."라며 난로에 불을 피우라고 명령했다. '복종'이라는 행동이 얼마나 힘든가 실감했다. "인마, 나는 중학교도 못 갔는데 그새 너는 대학을 졸업했어!" 하고 몹시 미움에 찬 병장의 기합도 받았다.

하루는 가까이 있는 공군 본부를 방문하여 소위로 임관한 대학 동기를 만났다. 옆에 있는 중사에게 의자를 가져오라고 하더니 그가 보는 앞에서 일등병인 나더러 앉으라고 권했다. 당시 나는 '귀휴제대' 덕분에 동기생 중 가장 먼저 제대하며 도미했다. 지루했지만 좋은 경험이었다.

명령이 기본인 수직적 군대 조직이 때로는 유익한 결과를 가져올 수 있다는 사실을 경험했다.

노인의 독백 12

"자정에 혼자 다시 반복하는 연설이 최상이다."

이름난 연사들도 최선을 다해 준비를 하고 당일 청중 앞에서 멋진 연설을 해도 막상 잠자리에 눕기 전 "왜 내가 이 말을 안 했을까!" 하고 자기 평가를 하기 마련이다. 혼자서 냉정히 스스로의 연설문을 다시 읽어 보노라면 수정했으면 하는 내용이나 어색한 부분을 발견하는 경우가 더러 있다. 물론 고위 관료들은 연설문 작성자speech writer가 있기에 문제가 없지만.

세계적인 역사가 아널드 토인비는 12권에 달하는 『역사의 연구 A Study of History』를 펴냈는데 마지막 저서의 제목이 『재고再考, Reconsiderations』였다. 역사의 대가大家도 출판된 자기 책을 다시 읽어 보면서 이곳저곳에 오류나 수정을 발견하여 교정과 재편집을 거쳐서 세상에 내놓았다.

이처럼 책임성이 있는 연설가, 저자, 교수, 지도자, 문인, 정치가 등이 자신의 잘못을 깨닫고 솔직히 인정하여 고치는 것이 성숙한 인물이 아닐까. 자기의 인격을 한층 더 승격하는 결과가 된다. 대학교수도 때로는 학생의 어려운 질문에 대해 솔직히 모른다고 인정한 후 다음 강의 시간에 답을 해 주겠다고 얘기하는 것이 성품을 고매하게 만든다. 적당히 얼버무리면 오히려 자신을 비하하는 결과가 되어 버린다. 가끔 학생이 미리 내용을 공부하여 충분한 지식을 가지고 질문하는 경우도 있기 때문이다. 『손자병법孫子兵法』에 "치자治者는 정치하는 과정에서 민중의 반란을 잊지 말아야 한다."라고 경고하지 않았던가!

프랑스의 수필가이자 모럴리스트였던 몽테뉴는 『수상록』을 1571년부터 쓰기 시작하여 죽기 직전까지 평생 동안 가필 수정한 것으로 유명하다. 그런데도 "나의 일생 동안 취한 행동 중에서 잘못을 인정하지 않았던 것이 가장 후회되는 비겁한 행위였다."라고 고백한 적이 있다. 이 얼마나 믿음직하고 고매하며, 지식인다운 명언인가! 문학가 오스카 와일드는 "우리에게 속죄를 해 주는 것은 사제가 아니라 고백 그 자체이다."라고 지적했다.

'맛있는 음식은 오늘 먹고, 화가 나는 것은 내일 말하라'는 일본 속담이 있다. 진수성찬도 날이 지나면 맛이 떨어지기 때문에 되도록 빨리 먹고, 화가 난다고 당장에 대들면 후회하는 행동을 하게 마련이라는 가르침이다. 하루가 지나면 마음이 잦아들고 혈압도 진정이 되어 상대에게 싫은 소리나 나쁜 말을 조심한다는 교훈이다. 반성은 완성의 별명이다.

아무리 높은 지위에 있을지라도 잘못을 시인하고, 수정하는 사람이 진실한 인격자이다.

노인의 독백 13

"우리는 칭찬, 감사, 격려에는 인색하면서 식당에서 밥값을 지불할 때에는 서로 다툴 만큼 적극적이다."

이미 없어진 것 같은 장유유서와 남존여비 등 유교적인 전통이 우리의 사고방식이나 일상생활에서 아직도 남아 있는 인상이다. 원만한 대인관계와 자녀들의 양육에 도움이 되는 몇 가지를 적어 본다.

첫째, 우리는 칭찬에 너무 인색하다. 오히려 비난이나 꾸지람이 앞선다. 언젠가 언급했지만 자녀나 남이 잘못했을 때 두 가지, 즉 화와 용서 중 어느 것이 먼저 입 밖으로 나오느냐에 따라 사람의 인격이 측정된다. 화를 내는 것이 우선순위를 차지하는 경우가 많은 듯하다.

어느 딸아이가 처음으로 케이크를 구웠다. 부엌은 지저분하고 케이크도 별로 맛이 없어서 가족 모두가 그녀의 수고는 고사하고 꾸중만 했다. 그 결과 그녀는 평생 다시는 케이크를 굽지 않았다고 한다. 어린 마음에 너무나 부정적인 정서를 심어 준 결과이다. 조금만 칭찬을 해 줬더라면 하는 마음이 아쉬움으로 남는다.

둘째, 감사의 부족이다. 미국에 이민 오면 영어에서 'Thank you'와 'Excuse me' 두 가지를 먼저 배우고 실천에 옮긴다. 우리나라는 감사가 주로 일방통행이다. 가난한 사람이 부자에게, 부하 직원이 상사에게, 때로는 여자가 남자에게 감사해한다. 눈에 보이지 않는 수직 관계가 존재한다. 하지만 미국에서는 도서관에 가서 부탁한 책이 없다는 답을 받고 실망해도 자기를 위해 수고한 점을 염두에 두고 감사 인사를 한다.

얼마 전 고국을 방문했을 때 아침에 첫 손님으로 상점에 가자 동생이 나더러 꼭 무엇이든 사고 나와야지 빈손으로 나오면 뒤통수를 향해 주인이 욕을 하는 수가 있다고 경고했다. 일본에서는 빈손으로 나와도 "우리 상점에 와 주셔서 감사합니다. 또 오십시오."라는 인사를 한다. 어느 방법이 단골손님을 만드는 것인지 명확하다.

셋째, 격려가 부족하다. 이것은 영어로 encourage인데 en은 명사나 형용사에 붙어서 '-을 넣다'라는 의미가 된다. 따라서 용기 courage를 불어넣어 주는 복합어이다. 격려는 남에게 용기를 부여하기 때문에 보람을 갖고 최선을 다하게 하는 효과가 생긴다. 미국인은 개성을 존중하기 때문에 어린이부터 어른에 이르기까지 하는 일의 성취감을 만끽하게 돕는다. 이런 격려가 우리에게는 부족하다. 꾸중 같은 소극적인 면이 적극적인 도움보다 항상 많다.

반면 누구나 목격하듯 식당에서 식사 후 몇몇이 종업원 앞에서 서로 다투면서 밥값을 지불하겠다고 적극성을 보여 준다. 소극적인 칭찬, 감사, 격려와 식후에 보여 주는 식비 지불의 적극성이 입장을 바꾸면 얼마나 좋으랴.

인색한 칭찬, 감사, 격려와 식후에 식비를 내겠다는 적극성이 입장을 바꾸면 좋겠다.

노인의 독백 14

"경험을 초월할 실수는 없다."

교회의 친교실에 물을 끓이는 전기포트에 불이 켜져 있었다. 어린아이가 지나가다가 전기포트를 무심코 손으로 만져 보았다. 아이는 뜨거운 감촉을 경험했고 엄마가 다시는 만지지 말라고 가르쳐 주었다. 그 후부터 아이는 "앗 뜨거!" 하면서 어른들에게도 뜨거운 경험을 하지 않게 가르쳐 주었다.

수십 년 전의 일이다. 우리보다 먼저 아기를 낳은 동료 교수 부인이 곧 해산을 앞두고 병원에 갈 준비를 하고 있는 아내를 도와주고 있었다. 동료 교수 부인이 다른 옷과 함께 평상시에 입는 잠옷을 가방에 넣자 아내가 "그건 작아서 입지 못합니다."라고 했다. 그러자 동료 교수 부인이 "해산하고 나면 입을 수 있답니다."라고 경험이 있는 조언을 했다.

일찍이 철학자 조지 산타야나는 "과거를 기억하지 못하면 같은 실수를 다시 반복하는 운명에 처한다."라고 강조했다. 동양에도 온고지신이라는 교훈이 있다. 선현들은 일상생활에서 얻은 경험을 바탕으로 후세들이 실수를 다시는 되풀이하지 않도록 좋은 가르침을 남겼다.

하지만 나쁜 줄 알면서도 호기심에 이끌려서 때로는 친구나 동료가 억지로 권하여 시작한 것이 어느새 좀처럼 빠져나오기가 심히 어려운 지경에 이른다. 술, 담배, 마약, 노름 등 모두가 잘 아는 현상이다.

우리나라에서는 술을 강제로 권하는 '주도酒道'가 있다. 친근미를 더해 주는 풍습이라고 하지만 술을 안 마시는 입장에서 보면 정말 고역이다. 그것도 자기가 마시던 술잔으로 강권하기 때문에 비위생적이다. 술의 낭비이다.

우리나라도 가난했을 때 보릿고개를 넘기기가 힘들었다. 굶주림의 역사였다. 옛날 어느 초등학교에서 수업 시간에 4학년 여자아이가 졸고 있었다. 그러자 선생님이 앞으로 나오라고 불렀다. 가까이 왔을 때 그 아이의 입에서 술 냄새가 났다. 담임 선생은 화가 나서 사정없이 아이를 때렸다. 아침부터 더구나 어린아이가 술을 마시고 학교에 왔다고! 그 아이는 한참이나 울다가 이유를 말했다. 집에 먹을 것이 없어 어머니가 양조장에 가서 얻어 온 술지게미로 요기를 했다는 설명이었다. 선생님과 그 아이는 서로 껴안고 울었다. 나머지 급우들도 울었다. 가난이 죄던가?

　우리는 실수를 통하여 다시는 반복하지 않는 심리가 있다. 따라서 옳지 않는 경험을 거울삼아 다시는 중독이 되지 않는 결심이 필요하다. 해롭기만 하고 아무런 유익이 없는 일은 단호히 끊고 고역을 피하는 지혜를 충분히 활용해야겠다. 행복을 누리자면 실수하지 않도록 처세하는 것이 삶의 슬기이다.

　중독으로 신음하는 것보다 아예 해로운 것은 피하고 유익한 것을 따르는 지혜가 필요하다.

노인의 독백 15

"줄 것이 있으면 주고, 가 보고 싶은 곳에는 가 보고, 하고 싶은 것은 실천하고, 잘못한 것이 있으면 사과하되, 다만 살 것이 있으면 사지 마시오."

이것은 어느 젊은이가 나에게 전해 준 노인들에게 권하는 교훈이다. 정말 귀담아듣고 실천해야 되는 좋은 말이다.

우선 노인이 될 때까지 받은 것, 여행에서 사 온 기념품, 퇴직하면 읽는다고 수집한 책들, 간단한 가구를 만들겠다고 모은 목재, 그림과 서예를 배우겠다고 결심하여 수집한 자료, 아내와 함께 수시로 사 둔 접시와 찻잔, 취미로 모은 각국 우표와 화폐 가운데 남에게 줘도 될 만한 물건들을 조금씩 주기 시작했다. 약간의 저금 중에서 손자 둘, 손녀 셋에게 장학금도 줄 수 있어서 흐뭇한 느낌이다. 아들과 딸은 매주 한 상자씩 쌓인 물건을 버리라는 조언도

한다. 매일!

건강할 때 가 보고 싶은 곳을 여행하는 것도 좋겠다. 그것도 친한 친구와 함께 동행하면 더욱 즐거움이 크리라. 얼마 전 친구 부부와 함께 처음으로 카리브해 지방까지 크루즈를 즐겼다. 매끼마다 풍족한 식사와 간식 덕분에 집에 돌아왔을 때 체중이 증가했음을 고백한다. 육지에 내려 처음 가 보는 나라들을 방문한 것도 좋은 추억이다. 퇴직 후에 하고 싶은 계획을 실천하는 것이 쉬운 일이 아님을 깨닫게 된다.

'부모님이 돌아가신 후에는 모두가 효자, 효녀가 된다'라는 교훈이 있다. 부모님이 살아 계실 때 한 번의 효도가 돌아가신 후에 백 번의 후회보다 낫다는 것을 깨닫게 된다. 옛날에 〈내일이면 늦으리〉라는 영화 제목이 있었다. 모든 일에는 때가 있는 법이다. 부모님 묘 앞에 가서 아무리 통곡을 해도 소용이 없다. 우리 모두가 후회하는 일들이 많을 것이다. 이제는 때가 지났기 때문에 자기 고문을 그치고 홀가분한 심정으로 앞을 향해 전진하는 것이 하늘에서 우리를 용서해 주시는 부모님을 추모하는 방법이다. 사과도 늦기 전에 해 두는 것이 예의이다.

하지만 언제나 사고 싶은 것이 수두룩하다. 살 만한 재정적 여유도 있는 나이이기에 사고 싶은 충동도 생긴다. 다만 누구나 이사하면서 경험하지만 짐을 쌀 때 가끔 같은 물건이 한 가지 이상씩 나타난다. 수십 년 살다 보면 집 안에 쌓아 둔 물건들이 왜 이렇게 많이 있는지 믿지 못할 만큼 발견하기도 한다. 젊을 때는 모으고 늙으면 버리는 사람이 행복하다. 100세 시대라 오래 살겠지만 1년에 한 번 입을까 말까 하는 옷부터 정리하여 무숙자들을 위해 기부하면 삶의 보람도 갖게 될 것이다.

젊을 때는 모으고 늙어서는 나눠 주는 아량이 즐거운 인생이고 삶의 보람을 안겨 준다.

노인의 독백 16

"생일이야말로 진정한 어머니날이다."

이것은 팔순이 지나도록 간직한 소신의 하나이다. 우리 모두가 태어날 때, 어머니들은 진통과 해산의 아픔을 겪으셨다. 어머니들은 출산 전에는 입덧이라는 고역을 겪었고 먹고 싶은 음식과 약물도 삼갔으며, 태아가 배 속에서 움직이기 시작할 무렵부터는 몸이 무거워 평상시와 같이 편히 잘 수도 없다. 옛날 우리나라에서는 유교적 전통으로 만삭이 가까워도 며느리는 잠자는 것부터 식사와 나들이 등을 비롯한 모든 자유를 잃었다. 시부모님 섬기는 일까지 겹쳐 있어 여간 고역이 아니었다. 때로는 산모가 아기를 분만하는 중에 생명까지 잃었다.

미국에서는 매년 5월 둘째 주일을 어머니날로 기념한다. 우리나라에서는 5월이 가정의 달이고 8일을 어버이날로 기념한다. 오래전 여러 나라에서 어머니날은 있는데 왜 아버지날이 없느냐는 질문에 1년 중 364일이 아버지날이라는 농담도 있었다. 미국에서는 어머니날에 자녀들이 감사함을 표하고 어머니의 수고를 기억한다. 딸은 첫 아기를 낳고 엄마가 되었을 때 어머니의 은덕과 수고를 더욱 절실히 체험한다. 아들도 마찬가지!

고국에서는 생일에 미역국과 함께 온 식구가 모여서 축하해 준다. 미국에서는 어릴 적부터 생일에 이웃이나 친구들을 초대하여 축하한다. 이때 생일 케이크와 초대한 친구들에게 줄 선물도 준비해야 하기 때문에 어머니들 사이에 경쟁심이 생긴다. 출산으로 고역을 겪으신 어머니가 오히려 태어난 자녀를 위해 수고가 많다. 엄마와 아빠의 생일에는 가족이 식당에 가서 외식으로 축하하기도 한다. 늙을수록 촛불 수도 늘어 가고 손자, 손녀들이 촛불을 같이 불면 침까지 튄다. 그래도 식구들은 케이크를 맛있게 나눠 먹는다. 위에 아이스크림까지 더해서!

나는 생일이야말로 진정한 어머니날이라고 주장하는 바이다. 우리가 출생하고 어머니의 희생으로 잘 자라서 엄마, 아빠, 할머니, 할아버지가 된 것도 어머니의 크신 사랑이 있었기에 이뤄진 결과이다. 정치가이자 문학가인 주요한 박사가 작사한 〈어머니의 넓은 사랑〉이 우리의 심정을 잘 표현했다.

1. 어머니의 넓은 사랑 귀하고도 귀하다.
   그 사랑이 언제든지 나를 감싸 줍니다.
   내가 울 때 어머니는 주께 기도드리고
   내가 기뻐 웃을 때에 찬송 부르십니다.
   (중략)
4. 온유하고 겸손하며 올바르고 굳세게
   어머니의 뜻을 받들어 보람 있게 살리라.
   풍파 많은 세상에서 선한 싸움 싸우다
   생명시내 흐르는 곳 길이 함께 살리라.

   － 새찬송가 579장

인간 최대의 고통인 진통과 해산의 아픔을 겪으시고 우리를 낳아
주신 날이 참된 어머니날이다.

노인의 독백 17

"늙으면 사람 만나는 것이 가장 즐거우니라."

인간은 고립되어 살 수가 없다. 한자로 사람 인ㅅ은 두 갈래의 사선이 정점에서 연결이 되어 서로 의지하고 있는 상징이다. 때로는 같은 한자가 한글의 시옷같이 왼편이 오른편보다 길다. 서로 기대어 있는 것을 보여 준다.

구약의 창세기에 하나님은 아담을 창조하신 후 "사람이 혼자 사는 것이 좋지 아니하니 내가 그를 위하여 돕는 배필을 지으리라."(창세기 2:18) 하시고 '하와'를 창조하신 후 아담에게 데려가서 아내가 되게 하셨다고 성경에 기록되어 있다.

미국에서 인사 카드가 잘 팔리는 것은 외로운 사람이 많다는 뜻이라고 한다. 우리나라도 2045년에 65세 이상의 고령 인구가 세계 1위를 차지한다는 통계가 나왔다. 이런 통계는 외로운 인구가 증가한다는 징조이다.

형벌 중에 독방 감금이 가장 무거운 실형이다. 누군가를 끊임없이 만나고 싶은 것이 인간의 본능이다. 나이가 들면 고독을 더욱 실감한다. 자녀들이 가족을 이루어 독립하면 여태껏 살던 집이 텅 빈 느낌이다. 손자 손녀가 더욱 보고 싶어진다.

자녀이건 남이건 사람들과 한자리에 모여 대화를 나누고 때로는 식사를 같이 하는 것이 노인들의 즐거움이다. 부모는 자녀들을 생각해서 "길도 멀고 교통도 복잡하니 명절에 찾아오지 않아도 좋다."라고 말을 해도 행여 찾아오지 않을까 하고 기다리는 것이 속마음이다.

가족 외에도 옛 친구들, 동창, 직장 동료, 사회단체에 소속이 되어 동일한 목표를 향해 협조하고 돕는 이들, 전우들, 교회의 지인들, 이웃이나 친지들을 비롯하여 만나고 싶은 사람은 너무나 많다.

누구나 사랑하는 애인을 만나면 가장 큰 기쁨을 느낀다. 남녀가 사랑하면 '만유인력은 수평적이다'라는 것이 나의 지론이다. 애인에게 걸어가는 발걸음이 어찌나 가벼운지 모른다! 시간 가는 줄도 모르게 즐겁기만 하다. 사랑은 국경과 시간을 초월한다. 남녀가 사랑을 했다가 헤어져도 상대가 남겨 준 배려는 평생토록 잊지 못할 추억으로 마음 한구석에 고이 간직하고 있으리라. 조물주가 왜 하와를 창조하여 아담에게 주셨는지 이해가 된다. 동서양을

막론하고 모든 문학과 예술은 사랑이 기초이고 대인관계가 으뜸
이다.

늙으면 누구든지 사람 만나는 것이 가장 즐겁고 삶의 보람과 인생의
참뜻을 맛보게 된다.

자살 1

어느 젊은 문학 지망생이 몇 차례 신춘문예에 응모했지만 매번 낙방했다. 이에 더하여 여자 친구마저 떠나가 버렸다. 너무나 실망하여 비장한 심정으로 잠자리에 눕기 전 일기장에 수없이 "자살 자살……."이라고 쓰다가 잠이 들었다. 다음 날 다시 일기장을 읽었을 때 우연히 한 자 띄어 읽자 자살이 "살자, 살자."로 되었다.

우리 모두가 자살을 방지하고 삶에 의욕을 일깨워 주는 범국민적 상호 협동이 필요하다. 이미 언급했지만 우리가 태어났을 때 어머니들이 진통과 해산의 고통을 겪으셨다. 뿐만 아니라 손발이 다 닳도록 온갖 희생을 감수하시면서 우리를 길러 주셨다. 이렇게 귀한 생명을 스스로가 끊어 버리는 것은 살인이며 범하지 말아야 한다. 우리나라 자살예방연맹에는 '자살할 용기가 있으면 그 용기로 살아라' 하는 표어가 있지만 자살 예방에 충분한 예산을 할당할 여유가 없는 것이 실정이다.

우리나라 통계청 등의 자료에 의하면 2010년에 10만 명당 자살률은 10~19세 5명, 20~29세 22.5명, 30~39세 23.5명, 40~49세 20명, 50~59세 20명, 60~69세 26.5명, 70~79세 48.5명, 80세 이상 83.1명으로 나이에 비례하여 자살률이 증가하는 현실이다. 특히 타인과 비교한 후 상대적 박탈감으로 생기는 과도한 경쟁심, 우울증, 충동 조절 장애가 자살의 주요 원인이라고 한다.

물론 사람에 따라서는 응당 이유가 있으리라. 역사상 삼천 궁녀가 낙화암에서 집단 투신자살한 것은 비극의 기록이다. 경우에 따라서는 집단 자살을 예방할 도리가 없는 것도 안타깝다. 요즘 소위 '인터넷 자살'이 새로이 등장했다. 전연 모르는 젊은이들이 인터넷을 통해 알게 된 후 한곳에 모여 자동차 안에서 배기가스를 틀어 집단 자살을 하는 것이 최신 현상이다. 이것은 정보화 시대에 부작용으로 생긴 인간 심리의 변화이다. 젊은이들은 대인관계가 단절되고 휴대폰 속 가상 현실에 사로잡힌다. 그 속에서 삶과 죽음의 경계가 모호해지고 자살 동지를 구한다는 광고까지 생겼다고 한다.

더욱 기가 막히는 것은 초등학생이 교실에서 부르는 노래의 후렴에 '대가리 박고 자살하자'는 구절이 있다는 사실이다. 선생님들은 청소년 사이에 자살, 자해를 언급하는 대중가요가 번지고 있는 사실을 한탄하고 있다. 2018년 9월 16일 교육부도 심각성을 인지하고 자살 및 자해를 언급한 가요 45곡을 선정해 관련 부처에 유통 금지 요청을 했다. 하지만 여러 매체를 전부 감시하기는 힘들다. 중앙자살예방센터가 2018년 7월 자살 유해 정보 1만 7천여 건과 영상 사진 8천여 건을 발견했지만 35퍼센트만 삭제하는 것에 그쳤다고 한다.

국회에서도 자살 유해 정보 유통에 대한 제재를 한층 더 강화하여 청소년들을 보호하자는 공감대가 형성되었다니 다행이다. 법적으로 얼마나 제동할 수 있는 강권력이 있는지 두고 볼 일이다. 이렇듯 정부와 민간의 상호 협조로 범국민적으로 자살 방지에 나서야겠다.

미국에서도 스탠퍼드대학교와 UC버클리대학교가 공동으로 연구하여 발표한 최근 자료에 따르면 한인 노인의 자살률이 미국 아시안계 중에서 가장 높은 수준이라고 한다. 65세 이상 한인 10만 명당 남성은 32.9명, 여성은 15.4명으로 다른 소수 민족보다 거의 두 배 이상을 차지하고 있다. 2003~2012년의 연구는 전체 한인 자살률이 10만 명당 남성이 13.9명, 여성은 6.5명으로 유달리 높은 숫자를 기록했다. 참고로 같은 기간에 중국계는 남성 10.7명, 여성 4.2명, 일본계는 남성 10.7명, 여성 4.2명, 베트남계 남성 7.6명, 여성 4.2명이다. 공통된 원인은 주로 우울증, 불안감, 상실감, 자포자기, 고립감 등이다.

일본에는 무사 시대에 '할복자살'이 있었다. 불명예스러운 행위를 저지른 사무라이가 단도로 자기 배를 갈라 스스로를 응징하는 제도였다. 1970년 소설가 미시마 유키오의 할복자살도 자의에 의한 행위였다. 사랑하는 두 남녀가 동시에 자살하는 것을 때로는 미화하기도 한다.

한 연구에 따르면 일본의 젊은이들이 휴대폰의 사용으로 현실에서 이탈된 사고방식이 늘어나고 정보화 시대의 부작용으로 가상 세계에 휘말려 든다고 한다. 여기에 약이 추가되면 중독성 때문에 환상에 이른다고 한다. 현실과의 괴리가 생기고 가상 현실이 실제 현실의 자리를 차지해 버린다. 온갖 종류의 정보 교환이 계속되면 삶의 실감이 희박해진다. 결과적으로 이런 경험을 한 젊은이들이 자살 동지를 공모하고 자살을 긍정하는 책까지 출간하여 반사회적 사고방식에 빠져 버린다. 이런 현상이 집단 자살과 자살 미수를 증가시키는 원인이 된다.

나폴레옹은 '자살자는 비겁한 사람'이라고 단정했다. 도로시 파커는 "총은 불법이요, 올가미는 숨을 쉴 수가 없게 하고 유독 가스는 냄새가 지독하므로 아예 자살을 단념하고 사는 것이 더 낫다."라고 했다. '아무도 삶의 길이는 바꿀 수가 없지만 너비와 깊이는 조정이 가능하다'라는 교훈도 있다. 우리의 목숨은 너무나 고귀하다.

자살 2: 미국의 제대 군인들

미국에서는 제1차 세계대전이 끝난 11월 11일을 재향군인의 날로 기념한다. 지방신문에 실린 미국 제대 군인성의 〈2019년 자살 방지 연차 보고〉를 보면 2017년 6천 2백 명의 제대 군인이 자살했고 2008~2017년 사이에 매년 6천 명 이상이 자살했다고 한다. 이것은 일반인 자살률에 비해서 1.5배나 많은 숫자이고 매년 증가한다. 일반인과 제대 군인 모두가 증가하는 경향이다.

미국의 성인 중 자살자는 매일 평균 2005년 86.6명에서 2017년 124.4명으로 늘어났다. 이것은 같은 기간 중 제대 군인의 하루 평균 자살자 15.9명과 16.8명이 각각 포함되어 있다. 이런 숫자는 무엇을 의미하는가? 전쟁에 직접 참여하지 않았던 사람들은 이해하지 못하는 이유가 존재한다는 것을 알 수 있다. 참혹한 전쟁은 상상외의 부작용이 있다는 것을 지각하게 된다.

미국 일간지 〈USA 투데이〉에 이라크전쟁에서 참전했던 데니

오니일이 자살 방지 및 정신 건강을 위한 기사에서 다음과 같이 말했다.

"전쟁의 생존자들은 영구적으로 심리적 상처를 받는다. 군용 정찰차에 눌어붙은 전우의 시신을 긁어내는 작업, 전사자의 차가운 군복을 가족에게 전하는 일, 물고문을 당한 전우를 건져 내는 일을 하면 지울 수 없는 정신적 상처가 영원히 남게 된다."

군인들은 이렇게 끔직하고 소름이 끼치는 일을 체험하면서 '도덕적 상처'를 입는다. 뉴욕시 소방국의 전속 목사 앤 칸스필드는 도덕적 상처란 우리들 마음속에 있는 도덕적 가치에 반하는 행동을 저지르거나 남을 구해 주지 못했다는 죄책감을 이른다고 한다. 이에 더하여 테러와 같은 심한 악행을 목격했을 때 우리들의 도덕적 가치가 동요되어 버린다.

이와 같은 심한 도덕적 상처가 제대 군인들에게 심리적인 타격을 입히고 끊임없는 자책감에 빠지게 한다. 자기 자신의 불가항력적인 잘못에 더욱 고민이 증가한다. 이러한 자기 고문의 마지막 선택은 자살로 이어진다. 조울증이 심해지면 도움을 청할 수가 있지만 나약함을 드러낸다는 생각에 도움을 청하지 않는다. 이러한 선입견을 버리고 각 지방에 있는 제대 군인 자살 방지 기관에 적극 도움을 청해야 한다.

자살 방지를 위해 정부는 필요한 정보를 수집하고 더욱 적극적인 정책을 시행하고 예산을 지원해야 한다. 그리고 우리 모두가 협력하여 자살 방지에 참여해야 한다. 11월 11일 재향군인의 날을 맞이하여 더욱 적극적인 동참을 호소하고 있다. 나라를 위해 희생한 제대 군인을 돌보는 것은 비단 미국만이 아니리라.

미국 대법관 홈즈는 "인생은 그림을 그리는 과정이지 숫자를 계산하는 것이 아니다."라고 했다. 하늘이 주신 각자의 능력과 소질을 충실히 발휘하여 보람 있는 삶을 만끽하기 위해 최선을 다하는 것이 우리의 사명이다. 우리는 남의 소질과 창조적 수고에 의존하여 광범위한 분야에서 생산된 물건과 지적소유권 덕분에 온갖 혜택을 마음껏 즐기고 있다.

현대 의학의 아버지 윌리엄 오슬러는 "우리가 이 세상에 온 것은 무엇을 가져가기 위해서가 아니라 인류의 삶에 조금이라도 보탬이 되는 공헌을 하기 위함이다."라고 가르쳐 주었다. 철학자 윌리엄 제임스는 "우리의 생애보다 더 길게 남을 공헌을 했다면 진정 값있는 삶이다."라고 격려해 준다.

자살 3

미국에서는 매년 9월이 '자살 방지 및 계몽의 달'이다. 자살이란 피했으면 하는 단어이지만, 삶을 즐겁고 아름답게 영위하자면 다루어야 할 과정이다. 내가 살고 있는 코네티컷주만 해도 22시간에 1명 꼴로 자살하며, 15세에서 34세까지 젊은 층의 자살자가 미국에서 두 번째로 많다. 한때 자살은 행동적 건강 문제나 주위 환경에 좌우된 것으로 여겼지만 지금은 공적 건강 문제로 변했다.

자살은 친구, 가족, 동료들에게 영향을 미치며 사후에 알게 되기 때문에 죄의식까지 느낀다고 한다. 스스로 귀한 목숨을 끊는 행동이라 안타까운 후유증만 남는다. 흔히 자살을 정신적 질병으로 다루기도 한다. 자살은 전문가에게만 맡길 일이 아닌 것도 잘 아는 바이다. 교육, 계몽, 온갖 방지책을 동원하여 범국민적으로 참여해서 방지해야 한다.

부리스톨 병원에서 사회복지사업자로 근무 중인 콜라산토 의

사는 자살을 시도했다가 생존한 사람들에 따르면 대부분 꼭 죽기를 바라지는 않았다고 한다. 자살을 시도한 이유는 지울 수 없는 정서적, 육체적 고통 때문이라고 했다. 자살 시도자들은 공적으로 도움을 청하는 것에 치욕을 느꼈고 주저한 것을 고백했다. 이러한 장벽을 허물자면 사회 전체가 자살을 방지할 수 있도록 계몽을 할 필요가 있다. 지금은 미국 전역에서 자살 방지 교육과 훈련을 시행 중이다. 그리고 미국에 자살방지재단이 있다는 것을 강조하고 있다. 자살을 시도할 심정이면 서슴지 말고 도움을 청하기를 권장한다. 자살은 방지할 수 있고 부끄러움 없이 도움을 받을 수 있다는 것을 홍보해야 한다.

미국의 지방신문 사설에 실린 '자살의 경종'에서 2016년에 10세 이상의 사람 중에서 거의 4만 5천 명이나 목숨을 끊었다고 한다. 자살 이유는 사회적 고립, 정신 건강의 치유 부족, 총기 소유, 마약, 알코올의 남용 등이다. 자살자의 반 이상은 정신적으로 이상이 없었다고 한다. 이들은 대인관계의 단절, 마약 사용, 재정 부족, 일상생활에서 겪는 스트레스 등을 이유로 들고 있다. 자살 방법은 주로 총기의 사용이다. 총기 단속의 입법을 주장하는 이유 중의 하나이다.

2018년에 유명 인사 2명이 자살했다. 주간지 〈피플〉 표지에 이들의 사진이 '두 사람의 재능과 비극'이라는 글과 함께 실렸다. 한 사람은 유명한 의류 디자이너 케이트 스페이드이며 다른 한 사람은 유명 요리사이자 탐험가였던 안소니 부르댕이었다. 안소니 부르댕의 여행과 탐험 기록은 사후에도 계속 방영되었다. 그의 탐험 프로그램은 2016년에 에미상Emmy Award도 받았다. 이 두 사람의 죽음으로 자살 추종자가 늘어나고 있는 현실이다.

미국에서 자살률의 증가는 사회적 경종이 아닐 수 없다. 자살률 증가의 원인으로 나이, 성별, 인종, 국민성을 들고 있다. 이제는 모든 자살에 범국민적인 계몽과 참여가 있어야 한다. 앞에서 지적했지만 '자살'을 거꾸로 읽어 '살자'로 바꿀 때가 되었다. 인생을 즐겁게 살기 위해서 온갖 장애를 없애고 더욱 보람 있는 삶을 만끽하며 하늘이 부여한 일생을 값있게 사는 것이 우리의 본분이 아닌가!

우리나라도 교통사고만큼 자살이 위험 수위에 도달했다. 우울증이나 자살 충동으로 도움을 찾는 어린이들이 늘어나고 있는 사실이 안타깝다. 청소년 사이에 고통과 불안도 증가한다고 보도가 되었다. 소아과 분야에 정신 건강 전문가와 입원 시설, 의사가 부족한 실정이다.

뿐만 아니라 미국에 이민 온 한국 노인의 자살률이 미국 내 아시안 가운데 최고 수준으로 보도가 되었다. 2003~2012년 사이에 65세 이상 한국 남성 노인의 자살은 10만 명당 32.9명으로 전체 평균인 13.9명보다 훨씬 높다. 미국 내 한인 사회에서 노인은 무관심과 소외 계층이 되어 버렸다. 노인은 언어, 문화, 제도가 다른 생활에서 적응이 어렵고 자신이 아무 소용도 없다는 무력감이 생긴다. 우울증과 함께 경제적 어려움, 건강 문제 등으로 불안감, 상실감이 심각해지면서 비극적 선택을 해 버린다. 가족을 비롯하여 교포 사회에서 포기하지 말고 노인을 위한 공부, 취미, 격려, 돌봄으로 자살을 방지하는 것이 젊은 세대의 사명이리라.

미국에서는 자살자 유가족들이 모여 서로 격려하고 도움을 주는 모임이 있다. 이들이 회합하여 정신적 고통을 나누고 위로와 새 희망을 안겨 주는 사실이 스트레스 해소에 큰 도움이 된다. 사회적 지탄을 받지 않고 떳떳하게 전진하는 모습도 아름다운 현상이다. 여러 방법으로 삶을 즐길 수 있다.

개성을 존중하며 누구나 하늘이 주신 생명이 다할 때까지 살 수 있는 세계가 되기를 간절히 소원한다. 핵무기의 경쟁적 생산을 방지하고 자살자의 심정을 이해하고 도와주어 평화스런 삶을 보람 있게 만끽하는 세상이 되기를 간절히 간구한다.

팔순 노인의 기도

주님, 저를 이 세상에 80여 년 전에 태어나게 하시고 이때까지 낙관적이요 적극적인 인생관으로 여생을 즐길 수 있는 삶의 기쁨과 은총을 주셔서 진심으로 감사드립니다.

중년이란 넓은 마음과 좁은 허리가 징소를 비꾸는 시기라고 하지만 부디 늙었어도 마음이 좁아지지 않게 저를 지켜 주시고, 허리도 가는 형태를 유지할 수 있게 도와주소서.

인생의 우여곡절을 겪었지만 그동안의 시행착오를 통하여 축적한 지식과 지혜를 보람 있게 이용하면서 자원봉사도 할 수 있는 열성을 주옵소서. 경험과 지식을 젊은이들에게 전할 때 겸손하며, 교만하지 않게 지켜 주시기를 기원합니다.

고집과 욕심에 사로잡히지 않게 자제할 수 있는 용기를 주옵소서. 탐욕 때문에 남에게 해가 되거나 말한 것을 번복하지 않기를 원하옵니다. 자식과 손자, 손녀들을 훈계할 때 꾸짖는 것과 화내는 것을 잘 구별할 줄 아는 지혜를 기원합니다.

남에게 재촉하지 않고, 듣기 싫거나 헐뜯는 소리, 군소리와 불평, 그리고 우는소리와 쓴소리는 항상 삼가는 성격이 되기를 비옵니다. 침착하고 인내하면서 경우에 따라서는 싫더라도 끝까지 상대방의 말을 잘 들어주는 아량도 갖게 하옵소서.

남의 배우자와 자녀, 집을 비롯한 모든 자산, 솜씨와 재능, 소득과 지위, 취미와 소질 등을 비교하는 유혹을 자제하며, 아내의 단점을 남에게 공개하지 않는 인격을 주시옵소서. 사랑으로 부족을 덮어 주고 용서하는 너그러움을 허락하여 주소서.

늙어서도 운동, 독서와 글 쓰는 일에 전념하여 영육 간의 건강을 유지하면서 삶을 값있고 즐길 수 있게 인도하소서. 심미성審美性을 주시사 주님의 아름답고 오묘한 창조의 신비를 음미하며 감사할 줄 알게 도와주소서. 이에 더하여 주님께 받은 축복을 헤아리면서 오늘 하루도 보람 있는 삶을 만끽했다는 사실을 일기장에 남기겠나이다.

모든 축복을 감사하고 저를 돌보아 준 이웃과 사회에 기꺼이 환원하여 주는 것이 받는 것보다 복된 진리임을 체험하게 하소서. 결심한 것은 항상 실천하게 인도하여 주소서. 유머 감각을 잃지 않고 심각한 상황에 처해도 삶을 슬기롭고 윤택하게 개척하여 계속 전진할 수 있는 능력까지 허락하여 주시기를 비옵니다.

여생을 즐기면서 가족과 후손, 그리고 인류에게 유익한 유산을 남기는 노력을 끝나는 날까지 완수하여 후회 없는 일생이 되게 항상 선도하여 주시옵기를 기도하옵니다. 아멘.

주님의 부르심을 받을 때 부끄러움이나 후회가 없고 후손들도 자랑하는 삶이 되기를 비옵니다.

난관의 극복

인생 행로에서 순탄과 역경이 지속된다. 험악한 실정에 부딪혔을 때 난관을 피하느냐, 아니면 항거하여 돌파하느냐는 각자의 수양과 결심에 달려 있다고 본다. 우선 한 가지 실화를 통해 길잡이를 찾기로 한다.

케네디 대통령의 동생이자 법무부 장관이었던 로버트 케네디가 컬럼비아대학교에서 특별 강연을 한 적이 있다. 연설이 끝난 후 질의 시간에 정장을 한 중년 신사가 청중 앞에서 큰 소리로 연사를 신랄하게 비판하고 심지어 형인 대통령까지 좋지 않게 평했다. 장내는 찬물을 끼얹은 것같이 냉랭해지고 긴장이 고조되었다. 과연 어떻게 회답을 하여 난관을 잘 수습할지 모두가 숨을 죽이고 손을 불끈 쥐고 있을 정도였다.

잠시 심호흡을 한 후 케네디 장관은 조용한 어조로 "우리들의 삶에는 언제나 오르막과 내리막이 반복되기 마련인데 지금 이 시간은 심한 내리막길 같습니다. 그러나 여러분, 부디 낙심하거나 포기하지 마시고 용기와 힘을 내어 더욱 굳세게 전진하는 것이 우리의 사명인 줄 압니다. 그럼 다음 분께서 질문하시기 바랍니다." 하고 조금도 당황하지 않고 아주 늠름하게 긴장된 분위기를 멋지게 잘 수습했다.

요즘 젊은이들은 바다에 가서 조금만 높은 파도를 만나도 수영하기를 싫어한다는 말을 들었다. 아무런 물결도 없는 평온한 수영장에서 헤엄치는 방법을 배웠기 때문이다. 한때 일본 해군에서 수영을 못하는 신병을 징집하여 훈련시킨 방법이 흥미롭다. 두 척의 군함에 큰 그물을 묶어서 가까이 정박하고 풋내기 신병을 모두 바다에 떠밀었다. 신병들은 얼마 동안 짠물을 마시면서 몸부림치면 두 배에 묶은 그물로 허우적거리는 군인을 뜨게 했다. 이런 과정을 수일간 반복하면서 신병들은 모든 난관을 극복하고 절로 헤엄치는 법을 터득했다고 한다.

누구나 자전거 타기를 배울 때 몇 번쯤 넘어지고 무릎에서 피가 날 정도의 고역을 체험했으리라. 고생을 겪어야 목적을 달성한다. 온실에서 자란 식물을 밖에 내놓으면 자연 속 온도에 적응하지 못하고 시들어 버리는 수가 있다. '초년고생은 은을 주고 산다'라는 속담이 우리에게 좋은 교훈이다.

학업에도 지름길이 없다. 일정한 과정을 배우고 시험을 치른 후 마지막 단계까지 거쳐야 비로소 소기의 학위를 딸 수 있다. 미국에 가서 박사 학위를 못 받으면 바보라고 하지만 일단 스스로가 한 번 해 보고 나서 평가하는 것이 어떨까? 남이 하는 일은 언제나 쉽게 보인다. 어떠한 난관에 직면하더라도 포기하지 않고 굳센 결심과 인내로 밀고 나가면 결국에는 성공이라는 보배를 찾아 자기 것으로 만들기 마련이다.

성공이란 인생에서 늘 직면하는 난관을 피하지 않고 정면으로 뚫고 전진할 때 성취한다.

늙어도 가진 것을 남에게 기꺼이 나눠 주는 고운 마음씨가 우리의 사명이 아닐까. 불우한 어린이부터 노인에 이르기까지 인류애의 온정이 언제나 지속되어 '인생을 헛되이 살지 않았다'라는 자부심을 갖고 실천하는 것이 생애의 공통분모라고 믿는다.

제4부
삶의 요철(凹凸)

세계화 시대의 대학생

컴퓨터와 인터넷에 이어 휴대폰, 아이패드 등 매일같이 새로운 고성능 전자제품이 쏟아져 나오며 우리의 일상생활도 빠른 속도로 바뀌고 있다. 이러한 문명의 이기利器와 각종 교통수단의 발전으로 세계는 계속 좁아지고, 하루가 다르게 변한다. 지금 우리는 가속도로 달리고 있는 세계화 시대의 삶을 감사히 영위하고 있다.

우리의 처세도 이에 알맞은 변화와 적응, 수용과 용기가 요구된다. 특히 소수 민족은 조금이라도 남보다 앞서서 전진해야 한다. 대학에서도 세계화 시대에 적합한 전공을 권장한다. 미국 대학에서 43년간 가르친 경험을 기초로 아래에 요약한 지침이 장래 계획에 조금이나마 도움이 되었으면 좋겠다.

1. 먼저 대학에서 국제 교육 담당자를 만나서 각종 국제 관계를

다루는 과목이나 자기가 나아갈 장래 계획을 상담하기를 권하고 싶다. 가능한 국제화 또는 세계화에 관련된 과목을 택하는 것을 추천한다. 거의 대부분의 대학에서는 카달로그에(지금은 컴퓨터로 되어 있지만) 관련 과목과 전공, 부전공을 명시한다. 동시에 대학에서 주최하는 각종 국제 관계 특강, 세미나, 회의 등에 참석하여 지식을 습득하는 것도 좋다. 대학마다 정해진 과목과 요구되는 학점을 상세히 검토하고, 담당 직원이나 선배의 조언을 받는 것이 상책이다.

2. 가능하면 최소한 한 학기 이상을 외국에 유학 가는 것도 좋겠다. 어느 대학이나 해외 대학과 '자매 협약'이 있다. 경우에 따라서는 여러 대학과 학생, 교수의 교환과 함께 상호 학점을 인정해 준다. 간혹 외국 대학에서 수강한 과목의 학점이 소속 대학에서 인정되지 않는 경우가 있으니 미리 확인하고 수강 신청을 하는 것이 현명하다.

3. 외국인이나 유학생들은 영어를 배워 사용하기 때문에 미국과 영국 대학생들은 외국어를 배우려는 의욕이 별로 없다. 하지만 세계화 시대에 최소한 외국어 하나는 필수 과목에 포함하는 추세이다. 일상생활에 별 어려움이 없을 정도의 실력이면 더욱 바람직하다. 오래전 프랑스 정부는 외국에서 자국으로 수출하는 각종 상

품의 인보이스invoice를 붙어로 제출하라는 결의를 시행했다. 만약 중국이 이것을 본받아 모든 서류를 중국어로 제출하라고 하면 그야말로 벌집을 쑤신 것처럼 요란한 결과가 되리라.

4. 일본 회사의 대표가 미국에 와서 무역 협상을 할 때 공용어는 영어, 식사도 양식, 토론 방법까지 미국식이었다. 하지만 미국 대표가 일본에 와서 협상을 할 때도 미국식이라서 "왜 일본말을 쓰지 않고 미국에서 하는 방식 그대로를 따라야 하느냐?"고 반문한 적이 있다. 일본에서도 영어 위주의 방식은 너무나 일방적이요 비용 부담도 크다고 지적했다. 우리도 한 번 생각해 볼 만한 발언이 아닐까?

5. 입대하여 외국에 주둔하는 부대에 지원해 보는 것은 어떨까? 국비로 여행을 하며, 외국에 있는 동안 그 나라의 언어, 풍속, 습관, 식사, 사회 제도 등을 배울 기회가 많다는 장점이 있다. 물론 평화 시대의 혜택이며, 전쟁 중이라면 이런 사치를 추구하기 힘들다.

6. 미국에서 공부하는 한국 유학생들은 부모의 희생으로 비싼 수업료를 지불했기에 부디 강의에 빠짐없이 출석하기를 강력히 권한다. 과목마다 수업 내용이 누적되기 때문에 한 번만 결석해도

따라가기가 힘들다. 마치 치아 하나가 빠져 음식을 씹을 때 부족함을 느끼는 것과 같다. 그리고 학기말 시험 공부는 미국 학생들과 함께 여럿이 모여 하는 것이 가장 좋은 방법임을 알리고 싶다. 자기가 모르던 것을 다른 학생이 보완해 주며 영어 단어의 가장 적합한 용법도 배울 수 있다는 것을 강조하고 싶다.

동시에 각자가 한국을 대표하는 문화 대사로 가능한 지식을 동원하여 외국 학생들에게 각종 정보를 제공해 주면서 보람을 느껴 보라고 권한다. 이런 사명을 위해 아주 적합한 책을 소개하고 싶다. 『Inside Korea: Discovering the People and Culture』(한림출판사, 한영대조)는 우리나라 지리, 역사, 정치, 남북 관계의 이해, 경제, 사회, 문화, 한미 문화 비교, 종교와 전통문화, 과학 기술과 산업을 다룬다. 부록으로 다방면의 풍부한 통계, 명절과 공휴일, 간단한 한영 회화, 주요 에티켓, 한국의 유네스코 세계유산, 역사 연표 등 한국의 전반을 총망라했고 2013년에 한국출판학회 기획 및 편집 부분 최우수상을 받았다.

7. 공부란 두뇌 발전만을 위한 것이 아님을 염두에 두고 여러 과외 활동과 운동에도 적극 참여하는 것을 강조하고 싶다. 운동 경기 관람뿐만 아니라 직접 참여하는 것이 심신의 건강에도 좋다. 또한 고국에 계시는 부모님과 가족, 친척에게 문안 편지를 자주 쓰도록 노력하는 것이 바람직하다. 효자 효녀 유학생은 입원 중에

도 "지금 저는 건강히 잘 지내고 있습니다."라는 편지를 올린다. 편지가 도착할 무렵에는 퇴원했을 때가 되리니. 요즘 이메일, 카톡, 휴대폰 등으로 간편하게 소식을 전할 수가 있다.

세계화 시대에 살고 있는 젊은이들이 시야를 넓히고 새로운 분야에서 더욱 객관적인 사고방식으로 최신 정보를 습득하여 자신을 비롯하여 남에게까지 봉사하는 인물이 되기를 바라는 마음이 간절하다. 부디 모두가 최선을 다해서 대학 생활이 보람 있고 값진 경험이 되기를 갈망하는 바이다. 그 결과로 고매한 인격자와 지도자가 되어 인류에게 평화를 안겨 주는 것이야말로 가장 고상한 진로라고 확신한다.

연습과 일류

한자로 연습은 演習과 練習의 두 가지 표현이 담겨 있다. 연습은 학문, 문화, 기예, 체육, 음악, 직업, 기술, 전문, 권위 등 일류一流가 되기 위해 되풀이하여 익히는 과정을 말한다.

다만 전자는 군대나 함대가 실전에 임한 경우를 가상하고 그에 따르는 여러 가지 군사 훈련이 포함된다. 때로는 연마(硏磨, 練磨, 鍊磨)와 동의어로 사용되며, 각 분야에서 능숙한 전문가가 되려면 비상한 결심과 꾸준한 노력이 필요하다.

비록 연약한 물방울이라도 바위에 계속 떨어지면 끝내 구멍을 뚫는 사실에서 배울 수 있다. 세계적 피겨 스케이팅선수 김연아는 소위 '만 번'에 달하는 연습을 했다고 한다. 올림픽에 출전하는 선수들은 4년 또는 그 이상 동안 맹연습을 계속하고 모국을 대표하여 무대에 오른다. 동메달인 3등과 석패의 4등 간에는 불과 1초 또는 그 이하밖에 차이가 안 나는 경우가 있다. 스키나 달리기 경기에서 결승점에 도달하기 직전 다리에 통증이 생겨 넘어지는 안타까운 경우도 목격한다.

2019년 4월 14일 미국 조지아주 오거스타에서 개최된 프로골프 선수권 대회에서 타이거 우즈가 우승했다. 그의 열다섯 번째 승리요, 11년 만에 이룬 쾌거의 복귀였다. 타이거 우즈는 2019년 4월 24일, 5월 5일자 〈타임〉 합병호에서 전 세계적으로 영향력 있는 인물 100명 중 한 사람으로 선정되었다. 타이거 우즈는 체육관과 골프장에서 꾸준한 연습을 실천한 결과라고 했다. 5월 초에는 트럼프 대통령에게 '자유의 훈장'을 받았다.

우리 모두가 수영을 배우기 위해 비자발적으로 물을 마시면서 얕은 곳에서 연습을 시작한다. 자전거 타기를 배우는 것도 전술한 바와 같다. 여러 번 넘어진다. 내가 아는 음악가 최훈차 교수는 하모니카를 배울 때 얼마나 지독하게 연습을 했는지 입술 양끝이 헐어서 상처가 났지만 인내로 고통을 극복하여 결국은 일류가 되었다. 그 후에는 하모니카를 2개, 때로는 4개나 들고 동시에 연주할 만큼 명수가 되었다. 동시에 그가 만든 대학 합창단의 지휘자로도 명성이 높다.

명필로 유명한 한석봉은 어머니의 가르침이 컸다. 때로는 어머니가 떡을 썰면서 아들에게 습자를 연습시켰다. 그것도 초롱불을 끄고 캄캄한 방에서 손수 떡을 썰며, 아들에게는 붓글씨 쓰기를 가르쳤다. 일본 대기업의 여직원은 어느 날 사장에게 글씨가 엉망이라는 평을 듣고 자나 깨나 맹연습을 하여 마침내 습자 책을 출판할 만큼 달필이 된 예도 있다. 아일랜드 태생의 작가 버나드 쇼는 그의 연극 원고를 일곱 번이나 수정했다고 한다.

뉴욕의 라디오 시티 뮤직 홀Radio City Music Hall에서 매년 한 치의 실수도 없이 멋진 단체 춤을 보여 주는 여성 무용가들이 있다. 우리나라 육해공군과 해병대가 각각 주기적으로 공개하는 의장대 시범은 질서 정연한 묘기를 보여 주는 행사이다. 북한에서는 어린이를 포함한 수천 명의 매스 게임으로 장관을 보여 주지만 연습 때 화장실도 못 가게 하여 많은 방광염 환자를 배출한다고 보도되었다. 대형 여객기의 조종사들은 처음에 공군에서 훈련하여 제대 후에는 민간 항공에 공헌한다. 어느 소년은 강가에서 낚시질을 하고 있을 때 비행기를 보며 조종사가 되는 것이 꿈이었다. 그러나 소원이 성취되어 큰 제트기의 조종사가 되자 강가에서 낚시질을 하고 있으면 얼마나 좋을까 하고 상상한다는 고백도 있다.

악대나 합창단도 계속 연습을 한다. 수십, 수백 명이 모여 연주할 때에 자기 소리에만 치중해서는 안 된다. 전체의 화음을 위해 지휘자의 지도에 따라야 하며, 육성이나 악기의 독불장군은 금물이다. 세계적으로 유명한 이태리 출신의 지휘자 토스카니니가 베토벤 교향곡을 연습하던 중의 일화이다. 제1 바이올린 부원이 틀린 음을 연주해서 다시 반복하라고 했다. 바이올린 연주자는 악보에 따라 그대로 연주했지만 여전히 음이 달랐다. 후에 알고 보니 연주자의 잘못이 아니라 출판사에서 틀린 악보를 인쇄한 것이 발견되었다고 한다. 토스카니니가 얼마나 연습을 했기에 비상한 기억력을 가지게 되었는지 알게 하는 일화이다.

허준이 펴낸 『동의보감東醫寶鑑』은 중국과 일본에서도 이름난 한의학의 명저이며 꾸준한 시행착오와 노력의 결정체이다. 우리 모두가 감사히 사용하고 있는 한글과 측우기, 첨성대 등 많은 과학적 업적을 남긴 세종대왕, 세계 최초의 철갑선으로 왜군을 물리친 이순신 장군 등은 우리나라를 빛낸 수많은 일류 대가들의 일부 예에 불과하다. 나아가서 세계적인 기술자, 전문가, 과학자 등은 지속적인 연습과 연구로 인류에게 무한한 혜택을 남겨 주었다. 수많은 위인들의 이름을 모두 열거할 지면도 부족함을 고백한다. 한가지 확실한 것은 그들의 수고로 우리는 일상생활에서 직접 그 결과를 체험하며 즐기고 있지 않은가!

2019년 6월 2일 미국의 텔레비전 방송국 WGBY에서 프랑스 시인이자 소설가 빅토르 위고의 『레미제라블』을 가극화한 대작을 공연 제25주년 기념으로 재방영 한 적이 있다. 수백 명의 가수와 교향악단과 합창단에 이어 광대한 무대 장치, 조명, 의상 등이 청중을 황홀하게 했다. 이렇게 무대에 오른 연주자들의 연습도 보통 성의가 아니라는 것은 능히 짐작할 수 있었다. 우리나라 군악대의 해외 공연도 주지하는 바이다.

역사적으로 유명한 군사 작전의 예는 허다하지만 여기서는 두

가지를 선택하여 연습의 결과를 이해하고자 한다. 하나는 제2차 세계대전 중 1944년 6월 6일에 펼쳐진 프랑스의 노르망디상륙작전을 잊을 수가 없다. 미국, 영국, 캐나다 연합군으로 구성된 대작전은 총 2백만 명, 139척의 군함, 221척의 전투함, 1천 척이 넘는 소해정掃海艇, 4천 대의 상륙정과 전투기 등이 동원되었다. 아이젠하워 장군의 지휘하에 6주간 계속된 역사상 최대 규모의 작전이었다.

다른 하나는 6·25 때 인천상륙작전이다. 당시 인민군의 기습작전으로 남한은 후퇴를 계속했고 낙동강 동쪽, 경상도 북쪽까지 겨우 남침을 면했다. 미국의 트루먼 대통령은 6월 27일에 미군의 한국 파견을 결정했고, 동시에 UN 안전보장이사회의 결의로 16개국으로 구성된 UN군의 한국 참전으로 전세는 반전되었다. 총사령관인 맥아더 장군이 주도하는 인천상륙작전은 성공했지만 미국에서는 반대가 있었다고 한다. 원래는 작전 시기를 10월로 계획했지만 맥아더 장군은 첫 질문으로 남한의 추수 시기를 물었다고 한다. 남한의 식량 문제를 으뜸으로 배려한 장군이었다. 그리하여 작전을 10월에서 9월로 급히 변경하여 밀물이 가장 높은 날을 택했다는 후일담이다. 우리는 9·28 서울 수복을 축하하며 장군의 특별한 결정이 있었다는 것을 명심할 일이다.

어떤 분야이건 누구든지 '제자' 지망생으로 배우기를 원하면 언제나 'Practice! Practice! Practice!'를 강조한다. 모든 과정에서

'연습, 연마, 수행'을 계속하여 마침내 도통道通의 경지에 이르기 때문이다. 목표의 선정, 실천, 노력, 인내, 성취, 회고, 검토, 확인 과정을 거쳐 권위자가 된다. 그리스의 철인 아리스토텔레스는 "교육의 뿌리는 쓰지만 그 열매는 달다."라고 격려했다. 나는 그를 모방하여 "연습과 훈련의 뿌리는 쓰지만 그 열매는 달다."라고 추가하는 바이다. 영어 표현에 'No gains, without pains'라는 교훈이 있다. 모든 면에서 고통이나 노력 없이는 지식이나 기술, 성공을 터득하지 못한다는 의미를 강조하고 있다.

지금은 세계무역기구를 통하여 지적소유권, 전매특허권 등이 국제적인 인정과 보호를 받고 있다. 인간 자본의 형성으로 일류 전문가가 되기 위한 연습의 보람과 참뜻을 알게 되려니!

어느 나라이건 연습과 학술의 연마를 사회적으로 인정을 해 주는 제도가 있다. 옛날에는 과거科擧 제도하에서 급제를 하면 벼슬을 따는 제도가 있었고 지금은 고등 고시가 있다. 시험에 합격하거나 일정한 수준에 도달하면 자격을 받게 되고 자격에 맞는 직위에 오른다.

사師자가 붙으면 존경을 받는 전문가이다. 의사, 교사, 사범, 법사, 대사大師, 목사 등이다. 사士는 사관, 사군자士君子, 사사士師, 계리사, 기사, 학사, 석사, 박사, 변호사, 신사, 열사이다. 사事가 붙은 사람은 판사, 검사, 지사, 집사 등이다. 사使는 대사, 공사, 사신, 특사 등이 있다.

자^者는 기자, 성자, 식자, 역자^{譯者}, 저자, 편집자, 학자, 과학자 등이다. 음악가, 소설가, 작가, 화가, 작곡가, 수필가, 전문가 등 가^家가 붙거나 시인은 사람 인^人자로 각종 직업이나 전공을 가리킨다.

이렇게 예를 들면 끝이 없지만 여러 사람들이 우리 주위에서 연습, 학습, 연마, 훈련을 통하여 인류를 위해 공헌하고 있다. 사람뿐만 아니라 훈련이나 연습이 잘 된 동물, 특히 경마에 동원되는 말, 맹도견, 서커스에서 특수한 연기를 하는 코끼리, 재롱을 부리는 원숭이나 새들은 그 값이 엄청나다는 사실을 알고 있다.

짧은 이야기, 긴 여운

우리 삶에서 교훈이 될 만한 일화들이 너무나 많다. 여기에 소개하는 것은 비록 짧지만 여운이 오래 지속되는 이야기이며 이미 발표된 것도 이 책에 적합하다 생각하여 약간 추가했다.

- 남을 돕는 일 1

두 친구가 스키를 즐기던 중 눈사태를 만나 급히 하산하고 있었다. 하지만 눈이 먼저 닥쳐와서 파묻히게 되었다. 서로를 격려하면서 장갑을 낀 손으로 눈구덩이를 파서 겨우 탈출하여 계속 내려왔다. 도중에 누군가가 '사람 살려!' 하고 외치는 소리를 들었다. 하지만 한 친구는 그 사람을 도와주다가는 자신까지 생명을 잃게 되겠다며 그대로 혼자 내려가 버렸다.

다른 친구는 있는 힘을 다해서 열심히 손으로 그를 눈 속에서 파내었다. 두 사람이 상호 의존하여 내려오던 중 다행히 구조대를 만나 무사히 구출되었다. 하지만 혼자 살겠다고 먼저 가 버린 친구는 눈 속에서 얼어 죽은 시체로 발견되었다. 남을 도운 사람은 그를 눈에서 파내는 동안 운동이 되어 몸이 따뜻해졌고 자신도 살았지만 혼자서 살겠다고 내려간 사람은 끝내 죽고 말았다는 실화이다. 남을 도와주는 것이 곧 자기 자신을 돕는 결과가 된다.

- 남을 돕는 일 2

6·25 참전 군인이 대학에서 한국을 주제로 특별 강연을 했었다. 나는 감명 깊게 강연을 듣고 난 후 감사 인사 겸 그 군인을 만났다. 그 후 그는 자기의 숙부인 워랜과 숙모를 소개해 주었다. 워랜 부부는 내가 독신이었을 때부터 결혼 후까지 너무나 친절하게 물심양면으로 나를 돌보아 주었다. 키가 큰 워랜은 나에게 자기 양복 한 벌을 주었고, 내 아내가 손으로 며칠 동안 줄인 뒤에 입을 수 있었다. 이 사실을 알게 된 워랜 부부는 휴가 가는 동안 재봉틀을 우리 집까지 싣고 와서 쓰게 해 주었다. 비싼 로스트비프를 요리했을 적에는 일부러 햄버거를 먹으러 오라고 해서 맛있는 요리를 대접받았다. 쓸 만한 가구, 일상용품, 식료품 등 분에 넘치는 도움을 받았다.

학위를 마치고 다른 대학에 취직하여 떠나기 직전 워랜 내외를 찾아가 감사 인사로 "이토록 과분하게 저희들을 항상 돌봐 주셔서 어떻게 갚아야 될지 모르겠습니다."라고 말씀드렸다. 워랜 부부는

"언젠가 불우한 처지에 있는 사람을 만나면 그들을 도와주는 것이 바로 우리에게 갚는 일."이라고 답했다!

지금은 유명을 달리한 워랜 부부이지만 그들이 준 교훈을 실천할 때마다 지금도 삶의 보람을 느낀다. 우리 모두가 이런 식으로 남을 돕는다면 진정 즐거운 세상, 가치 있는 삶이 되리라고 확신한다.

- 예의

일본 요코하마 근방에 보존되어 있는 옛집을 구경하고 우리 일행은 차를 타고 돌아오는 참이었다. 초등학교 1학년쯤 되는 여자아이 셋이 길을 건너가기 위해 길가에 서 있었다. 그러자 운전기사가 차를 세워 아이들이 무사히 건너가게 해 주었다. 그중 둘은 그대로 걸어갔지만 한 아이는 걸음을 멈추고 기사를 향해 정중히 감사 인사 하는 것을 목격했다. 가정교육이 얼마나 소중하고 예의 바른 훌륭한 어린이를 만드는지 감명 깊게 느꼈다.

- 정직 1

시골길을 지날 때 길가에 큰 탁자를 펴 놓고 수확한 농작물을 종류별로 팔고 있었다. 그런데 아무도 없고 그저 파는 물건 앞에 가격만 표시하고 큰 글자로 "돈은 여기 작은 통에 넣어 주십시오." 라고만 쓰여 있었다. 신용을 따르는 민심의 정직성을 실감했다.

누가 와서 돈이 든 박스를 송두리째 가져갈까 은근히 걱정도 했지만 그런 염려는 필요 없다고 안내자가 설명해 주었다. 몹시 부러웠다.

- 정직 2

먼 친척을 처음으로 만나기 위해 아내와 일본에 갔었다. 비행기와 버스, 택시를 타고 친척 집에 도착하니 밤 10시가 넘은 시간이었다. 급히 택시 요금을 지불하고 집에 들어갔다. 처음 만나는 친척이었지만 역시 피는 물보다 진한 것을 실감했다. 서로가 너무나 반가웠다. 늦은 시간이었지만 우리를 위해 준비한 음식을 맛있게 먹었다.

나는 "오늘 푸짐한 요리로 늦게까지 저희들을 후대해 주셔서 내일은 제가 한턱내겠습니다." 하면서 무심코 지갑을 넣은 바지 뒷주머니를 만졌다. 그 순간 앞이 캄캄했다. 지갑이 없었다! 분명히 택시비를 낼 때 손에 지갑을 들고 있었는데 짐을 비롯하여 집 안 구석구석까지 찾아보았지만 없었다. 터미널에 전화를 해 봤으나 자정이 가까운 시간이라 무답이었다. 친척과 아내가 위로를 해 주었지만 아무런 도움이 되지 않았다. 멀리 태평양을 건너간 여행과 시차로 몹시 피로했지만 불안이 앞섰다. 현금은 고사하고 미국으로 돌아갈 때까지 신용카드와 신분증이 걱정이었다.

다음 날 아침 6시경 초인종 소리에 모두 잠이 깼다. 현관에서 친척이 나를 불렀다. 옷을 입는 둥 마는 둥 하면서 아래층으로 내려갔다. 거기에 서 있는 사람은 어젯밤 우리를 이곳까지 데려다준 운전기사가 아닌가. 그의 손바닥에 놓여 있는 내 지갑을 봤을 때 꿈인지 생시인지 분간을 못할 만큼 눈시울이 뜨거움을 느꼈다. 이른 아침에 차를 타고 멀리까지 와서 지갑을 돌려준 정직한 기사!

그날은 기사가 쉬는 날이라 아침 일찍 일어나서 택시를 청소하려고 차 뒷문을 열었을 때 지갑이 마당에 떨어졌다고 한다. 만약 어젯밤 집으로 가는 길에 다른 승객을 태웠더라면 지갑은 영원히 '사요나라'가 될 뻔했다. 몇 번이나 사양하는 것을 후하게 사례했지만 평생 감사하고 잊을 수 없는 정직한 기사였다.

- 자격시험

한국에서 의과대학을 졸업하고 도미하여 미국의학협회가 주관하는 자격시험에 응시한 학생이 있었다. 분명히 합격하리라고 자신만만했는데 낙방 통지서를 받자 믿어지지 않았다. 분명히 뭔가 잘못되었다는 것을 느꼈다. 젊은이는 협회에서 자기 답안지 중 한 장을 빠뜨려서 점수가 낮아진 것이라고 믿었다. 곰곰이 생각 끝에 유대인 변호사를 찾아가서 의학협회를 상대로 고소할 것을 문의했다. 심사숙고한 늙은 변호사가 대답했다.

"여보게 젊은이, 고소를 하면 내 수입도 늘어나고 당신 마음도 후련하겠지. 기분이 나쁜 심정은 충분히 이해하네. 하지만 한마디

충고를 한다면 꾹 참고 다시 응시하는 것이 최상의 선택이라 생각하네. 나의 의견으로는 승산勝算 가망이 없고, 설혹 이긴들 후에 전개될 일을 생각해 보았는가? 의학협회에서 미국과 캐나다에 있는 각 병원에 당신 이름을 소개하면서 '이 사람은 까다로우니 참고하십시오.'라는 회보를 보낸다면 그 결과는 어떻겠는가?"

- 훈시

미국 대형 백화점에서 신입 사원의 출근 첫날 최고경영자의 훈시가 있었다.

첫째, 고객은 언제나 옳다. 다투지 말라.

둘째, 당신이 옳고 손님이 틀렸을 경우에 반드시 첫째 훈시를 따르라.

(위 지시와 유사한 일: 교통 신호가 청색으로 바뀌고 당당히 길을 건너갈 권리가 있더라도 음주운전자가 잘못하여 차를 몰고 지나가 불시의 교통사고를 당한다면 무슨 유익이 있겠는가?)

- 프란치스코 교황이 권하는 새해 십계명

1. 험담하지 마십시오.
2. 음식을 남기지 마십시오.
3. 다른 사람을 위해 시간을 내십시오.
4. 검소하게 사십시오.

5. 가난한 이들을 가까이 하십시오.

6. 사람들을 판단하지 마십시오.

7. 생각이 다른 사람들과 벗이 되십시오.

8. 맹세하는 것을 두려워 마십시오.

9. 기도하는 습관을 가지십시오.

10. 항상 즐겁게 사십시오.

- 과부의 잡담

어느 오후에 할머니들이 꽃이 만발한 아파트 화단에 앉아 대화하고 있었다. 예전에는 늙은 남편의 코 고는 소리가 그렇게도 듣기 싫고 잠이 들 수 없을 만큼 방해가 되었다고 했다.

하지만 막상 과부가 된 지금은 그 소리기 그립고 천국 이쪽에서 들을 수 있는 멋진 음악이라고 평하는 넋두리를 들었다.

- 보험

아파트를 빌려 수년 동안 살다가 큰마음을 먹고 내 집 마련을 위해 아내와 이곳저곳을 꽤 오래 다니면서 둘러보았다. 매일 저녁 때의 결론은 "이 집 거실과 주방, 저 집 정원과 차고를 합했으면 좋겠다."는 얘기였다.

마침 같은 교회에 다니는 교우가 집을 판다기에 값이나 위치, 구조 등이 마음에 들어 사기로 했다. 동료 교수의 소개로 은행 지점장을 만나 융자를 받고, 지점장이 추천하는 보험회사에 가서 보험도 들었다. 보험회사 직원은 집값이 10만 달러일 경우 혹시 불이 나서 전소全燒되어도 재건 비용으로 8만 달러만 보상한다고 설명했다. 왜 전액을 지불하지 않느냐는 내 질문에 직원이 조용히 답을 했다.

"집이 전소되어도 땅은 타지 않습니다."

- 집

처음 집을 살 때 친구의 조언이 좋은 참고가 되리라고 믿는다.

첫째, 직장 동쪽에 있는 집을 택하라. 서쪽에 살면 출근과 퇴근 때마다 항상 태양을 향하므로 운전하기에 짜증이 난다.

둘째, 마당이 경사진 집을 피하라. 잔디 깎기가 상당히 힘들다.

셋째, 집이 T 자 도로에서 두 길이 마주치는 곳에 서 있는 집을 피하라. 밤에 신호를 기다리는 차들의 헤드라이트가 수시로 집 안을 비춘다는 것을 명심해야 한다.

넷째, 옆집 나무들이 오래되어서 가지가 집 차고에서 도로까지 뻗어 있을 경우도 피하기를 권장한다. 여름철 바람이 세게 부는 날이면 잎과 작은 가지가 차를 덮거나 솔잎이 자동차 창문 사이에 끼면 유리창이 상할 수가 있다. 가을에 자기 집에 떨어진 옆집 낙엽을 치우는 일도 예삿일이 아니다.

- 할머니와 신부의 요리

할머니의 요리는 요리책이 필요 없다. 할머니는 평생을 두고 수없이 시행착오를 겪었고 자신감이 생겨 언제나 멋지고 맛있는 음식을 만들어 준다. 같은 고기, 채소, 재료를 사용해도 음식의 종류나 가짓수가 다양하다.

갓 결혼한 신부는 요리책을 참고하기 마련이다. 자신감과 경험이 부족하기 때문이다. 이것은 물론 모든 신부가 그렇다는 뜻은 결코 아니며, 상대적으로 할머니와 비교했을 경우를 뜻한다.

- 바람

1980년대의 이야기다. 미국에 오래 살던 총각과 한국에서 이민 온 지 얼마 안 된 처녀가 중매로 결혼했다. 그 뒤에 남편은 아내가 운전면허를 딸 수 있게 가르쳐 주었다. 한동안 행복하게 잘 사는 것 같더니 두 사람 사이가 원만치 않아 끝내 이혼을 했다. 이혼하면서 부인은 출퇴근을 위해 위자료의 하나로 중고차를 받았다.

얼마 후 그녀를 만났는데 자동차 타이어의 바람이 빠진 것도 모르고 계속 차를 몰고 있었다. 누구나 처음 차를 운전하면 자동차 정비 등 모르는 것이 많은 법이다. 나는 "타이어에 바람을 좀 넣어야겠습니다."라고 말했는데 그녀는 '타이어'라는 단어는 못 듣고 "어디에 바람을 넣어요?"라고 반문했다. 약간 오해를 한 어조였다. 그래도 나는 그녀와 같이 가까운 주유소에 가서 타이어에 적절한 공기를 넣어 주었다. 며칠 후 그녀가 "덕분에 운전할 때 핸들을 조종하기가 훨씬 부드러워졌어요." 하고 감사 인사를 했다.

- 필요와 게으름

'필요가 발명의 어머니'라는 영어 표현이 있다. 예컨대 칼로 일일이 감자 껍질을 깎으면 생산성이나 효과가 부족하다. 따라서 기계로 짧은 시간에 더 많은 감자 껍질을 벗기는 것이 효율적이다. 하지만 나는 '게으름이 발명의 어머니'라고 바꾸기를 주장한다. 텔레비전을 보다가 소파에서 일어나 채널을 바꾸기가 귀찮아 '리모트 컨트롤'을 발명했다고 한다. 미국 만화에서 아버지가 손에 리모컨을 들고 옆방에 있는 아들을 불러 재미있는 채널 버튼을 누르라고 하는 것을 읽은 적이 있다. 게으름의 극치이다. 지금 우리가 사용하고 있는 기계는 대부분 게으름 때문에 발명되었다.

주간동아 1192호에 실린 「마음껏 게으르게 사세요」라는 기사가 인간의 게으른 습성을 더욱 진지하게 설명해 준다.

집 앞 편의점에도 "배달해 주세요."라고 하며, 뜨거운 공기로 튀김 요리를 해 주는 에어프라이어, 의류건조기, 로봇청소기, 식기세척기 등이 인기라고 한다. 심지어 중국에서는 새우 껍질을 손님 대신 까 주는 직원을 채용하고 음식 배달과 마트 배송 등 O2O[Online to Offline] 서비스도 급증이라고 한다. 이같이 '게으름뱅이 경제'가 대두되고 있다. 한국의 경우, 배달 음식 이용자가 2013년 87만 명에서 2018년에는 2천 5백만 명으로 급격히 늘었다. 이제 앱으로 주문하지 못할 음식이 없을 정도라고 한다.

'속옷도 빨아서 말려 개켜 줍니다'라든지 '귀차니즘 상품'에 화장품도 포함되어 있다고 한다. 우리나라를 비롯하여 중국에서도 게으름뱅이의 책 듣기가 유행이다. '책으로부터 두 눈을 해방시켜 세상을 듣는다.'라는 슬로건을 사용해서 중국에 3억 2천만 회원이 있다는 자랑이다. "게으름뱅이는 시간이 남아도는데도 제 몸 움직이기가 귀찮아 쓸데없이 돈을 써 가며 필요를 충족하는 사람들일까?"라고 질문하면 "그렇지 않다."는 것이 대답이다. 간편함과 편의를 강조한 산업 흐름에 '게으르다'고 명명한 것부터가 구시대적이라고 대응한다. 뭐든지 집으로 빠르게 배달해 주는 서비스가 확대되면서 고객의 사생활 보호 문제, 배송 기사의 처우, 교통안전 문제도 나타난다고 한다.

- 소비 성향

1980년대 후반 일본에서 발행된 여성 월간지 〈하나코Hanako〉가 엄청난 인기를 끌었다. 이 잡지는 여성들이 교양을 향상하는 내용과는 전연 다르게 '먹고, 놀고, 사치품을 잘 사는 정보'만을 강조했는데 돌풍을 일으켰다. 어떻게 하면 맛있는 식사, 즐거운 놀이, 멋진 삶이 가능한가에 초점을 맞추었다. 어디에 가면 더 좋은 음식을 먹을 수 있는지, 어떤 명품과 의상들이 유행할까, 자기 성격에 꼭 맞는 남자를 식별하는 비결 등을 매월 특집으로 발행했다. 뿐만 아니라 돈에 구애 없이 기자들을 세계 각국에 파견하여 최신 유행 정보를 수집하여 현실감 있게 기사를 썼다. 그렇게 여성들의 구미를 자극하는 소비 선동에 성공했다. 오죽하면 '하나코 증후군'이라는 용어까지 생겼을까.

저축은 염두에도 없고 봉급을 타면 탕진하는 것을 예사로 여기며 쾌락적 생활을 추구하는 잡지이다. 모두가 세계적인 유명 상품을 모르는 사람이 없을 정도이며, 배우나 가수의 혈액형과 생일까지도 기억하고 있다니, 교양을 쌓는 일이 얼마나 거리가 멀어졌는가 능히 짐작할 수 있다. 해외여행, 쇼핑, 골프, 스키, 잠수, 고급 요트 등을 즐기는 황금만능주의가 널리 퍼졌다. 퇴직 후의 삶을 위해 일하는 것이 아니라 명품을 소유하기 위한 노동이 위주이다. 〈하나코〉는 최고로 인기 있는 월간지가 되어 출판계의 선망도 받았지만 우려스럽기도 하다.

게으름뱅이 생활 양식과 사치스럽고 과소비를 일삼는 소비 성향이 합쳐지면 장래에 투자라는 개념이 달라지겠다. 정신적, 영적 웰빙에 부정적 영향을 끼치고 과거 로마 제국처럼 그 귀추가 예측이 된다. '파산'이라는 단어가 눈앞에 어른거린다.

- 포옹

오래전에 친구가 영등포에서 보육원을 운영하고 있을 때 방문한 적이 있다. 가까이 와서 나를 유심히 바라보는 한 어린이를 미국식 인사로 껴안아 주었다. 그랬더니 다른 꼬마들도 줄을 지어 저마다 포옹해 달라고 기다리고 있지 않는가! 사랑에 굶주린 어린이들이었다.

매일 먹는 수제비가 당시에 그들의 주식이었다. 육신과 정신적으로 모든 것이 부족한 현실을 견디고 있는 꼬마들이 사랑에 굶주린 사실을 실감했다.

중년의 권태기에 처한 부부가 매일 싸운다면 부디 보육원에 가서 불우한 아이들을 껴안아 주라고 권하고 싶다. 크나큰 보람을 느끼리라고 확신한다.

- 숨은 인재

미국 작은 도시에 있는 교회의 피아노 위에 놓인 작은 종이에 "이 뚜껑을 열어 두십시오. 숨은 인재를 발굴할지 누가 압니까!"라고 쓰인 메시지를 읽은 적이 있다.

옛날 우리나라에서는 어린이들이 무작정 피아노를 치면 어른들이 "시끄럽다!" 하고 꾸중을 했었다. 어린 마음에 호기심으로 치는 것을 말리거나 금했다. 미국은 시끄러워도 좋으니 되도록 어린 마음을 북돋아 주는 적극적인 메시지가 부러웠다. 가끔 지나가면서 건반을 한두 번 치는 것도 장래의 음악가 발굴에 활용하도록 장려하는 마음씨가 얼마나 고상하고 큰 배려인지 감탄했다. 숨은 음악가를 위해 적극적으로 도움을 주려는 그 마음씨에 감탄하지 않을 수가 없었다.

- 담임 선생

제2차 세계대전이 끝나기 한 해 전의 이야기다. 당시에 나는 국민학교 6학년이었다. 중학에 진학하기 위해서는 담임 선생의 추천서가 필수 조건이었다. 한 번은 일본인 담임 선생이 교회에 나가는 학생은 손을 들라고 말했다. 그때 반에서 나 혼자만 손을 들었다. 그랬더니 선생님이 "천황의 신민이 교회에 나가다니!" 하고 심하게 꾸중을 했다. 집에 가서 어머니께 이 사실을 말씀드렸더니 정직한 것은 좋으나 장래가 걱정이라는 근심에 찬 반응이었다. 추천서에 좋지 않는 내용을 써 주면 중학교에도 못 가지만 동시에 징용 대상이 된다고 했다. 그 후 어머니는 매일같이 나를 위해 기도를 했다.

해가 바뀌고 3월 말에 담임이었던 일본 선생은 다른 학교로 전근 가고 한국 선생님이 후임으로 오셨다. 누구보다도 기뻐하신 분은 바로 어머니였다. 덕분에 중학교에 진학하는 길이 열렸다! 하나님이 한쪽 문을 닫으시면 더 좋은 다른 문을 열어 주신다는 교훈이 이때부터 내 좌우명이 되었다.

- 장님 1

서울발 부산행 새마을호는 순조롭게 정시에 출발했다. 우리 주위에 젊은 맹인이 한 사람 앉아 있어서 대화를 나누었다. 그는 서울에 있는 맹아학원에 입학 수속을 마치고 대전에 있는 집으로 돌아가는 길이라고 했다.

옆에 앉아 있던 중년 부인이 "그 복잡한 서울 거리를 어떻게 다녀왔느냐?"라고 모성애가 담긴 질문을 했다. 그런데 그는 "복잡이 뭐예요?"라고 반문했다. 그제야 모두가 '복잡'이란 눈 뜬 사람의 개념이지 맹인에게는 아무런 의미가 없다는 것을 알게 되었다.

- 장님 2

영국의 수도 런던은 안개로 유명하다. 특히 도시가 짙은 안개로 덮인 날에는 맹인들이 눈 뜬 사람들에게 길 안내를 해 준다고 한다.

- 장님 3

시각, 청각, 언어 장애를 가졌던 헬렌 켈러가 어느 지방 유지의 초청으로 점심 식사를 하고 있었다. 도중에 켈러는 주인에게 지금 시중들고 있는 가정부에게 무슨 일이 있는 듯하다고 전했다. 아니나 다를까 그녀의 삼촌이 갑자기 세상을 떠났는데 너무나 유명한 분이 손님으로 오셨기 때문에 맡은 일을 다하고 곧 가 봐야겠다고 답했다.

사람들은 아무도 모르는 사실을 보지도 못하는 여사가 알고 있어 신기해하여 물어보았다. 켈러는 가정부가 주방에서 식당 사이를 보통 때보다 급히 왔다 갔다 했기 때문에 공기의 파장이 자기 피부에 반사되어 평상시와 다른 일이 있으리라는 느낌이 있었다고 답했다.

- 창백 1

제2차 세계대전이 끝난 이후 세계대학봉사회는 미국 대학생들이 성금 등을 기부하여 개도국의 많은 대학생들이 학업을 계속할 수 있게 도와주었다. 6·25 당시 나도 그 혜택을 받았고 세계대학봉사회의 국제회의에 한국 대표로 방문하는 영광도 차지했었다.

1959년 서아프리카의 세 나라 시에라리온, 가나, 나이지리아에 방문하여 배운 바가 크다. 그중 하나가 통상 백인이나 황인종은 의학을 공부하지 않아도 "얼굴이 창백한데 어디 몸이 좋지 않습니까?"라고 판단할 수 있다. 하지만 살결이 검은 아프리카에서 창백이라는 개념이 없다는 것을 알았다. 의사가 검진을 해야 비로소 아픈 곳을 알게 된다고 한다.

- 창백 2

6·25 당시 고3이던 친구 집에 놀러 갔을 때마다 친구는 마당에 앉아서 태양 쪽으로 거울을 놓고 얼굴에 비치게 하고 우리와 대화를 나누었다. 이유를 궁금해하는 우리의 질문에 다음과 같이 답을 했다.

가끔 불시에 검문관들이 찾아와서 징집 연령에 해당하는 젊은 이들을 잡아가는데 얼굴이 너무 창백하면 지하에 숨어 다니는 인상을 주기 때문에 낮에는 햇볕을 쪼여서 탄 얼굴이 되게 적극 노력 중이라는 설명이었다.

- 인내

세계적인 피아니스트 루빈스타인은 팬들의 긴청에도 좀처럼 사인을 안 해 주기로 이름이 나 있었다. 그런데 한 번은 소녀가 연주 후 쉬고 있는 그를 찾아와서 사인을 부탁했다.

루빈스타인은 "나는 사인을 안 해 주는 것으로 잘 알려져 있을 터인데……." 하고 거절했다. 하지만 소녀는 "잘 알고 있습니다." 하면서도 휴게실에서 나가지 않고 버티고 있었다. 얼마 후 루빈스타인은 "내가 연주를 위해 연습을 계속했고 오늘도 최선을 다해서 공연했기 때문에 내 손가락이 몹시 피곤한 것을 모르겠느냐?" 하고 다시 주장했다.

소녀는 굽히지 않고 "저도 공연이 끝난 후 선생님의 멋진 연주에 열심히 박수를 쳤기 때문에 제 손가락도 피곤한 것을 모르시겠습니까?"라고 자기 의견을 말했다.

그 말을 듣고 루빈스타인은 사인을 해 주었다고 한다.

- 물약

아내가 시장에 갔다가 집에 와 보니 남편이 거실에서 물구나무를 서서 온몸을 흔들고 있었다. 아내는 남편에게 "여보, 도대체 무엇을 하고 있는 거요?"라고 물었다. 남편은 바로 서지도 않고 물구나무를 서서 "물약을 잘 흔들고 마시라고 했는데 그만 잊어버려 배 속에서 잘 섞이게 흔들고 있는 참이요!"라고 대답했다.

남자도 때로는 바보짓을 한다오.

- 얼굴 표정

젖먹이부터 어린이들은 어른의 얼굴 표정을 정확히 분간하는 비상한 능력이 있다. "당신의 얼굴을 보고 꼬마들이 반가이 달려드는 편입니까?"라는 질문이 있다. 어른들 중에는 아이들이 무서워서 피하거나, 빵긋 웃으면서 안기는 두 가지 부류가 있다. 모두들 자신의 얼굴 표정이 후자에 속하기를 바랄뿐이다.

- 변호사

미국 법원에서 재판 중 변호사의 질문에 유머가 있다.

① "피고는 계단이 지하실로 내려간다고 했지요?"

"네."

"그런데 위로 올라가는 계단은 없었습니까?"

② "피고는 몇 번이나 자살했습니까?"

③ "전쟁터에서 전사한 사람은 당신입니까, 아니면 당신 동생입니까?"

④ "두 자동차가 정면충돌했을 때 차끼리 거리는 얼마나 떨어져 있었습니까?"

⑤ "피고의 사진이 여기 있는데 이 사진을 촬영했을 때 그 자리에 있었습니까?"

- 결혼사진

아들이 4~5세쯤에 가르치던 학생이 결혼식을 올렸다. 우리 가족도 초대를 받아서 신랑 신부를 비롯하여 하객 모두가 단체 사진을 찍었다. 신혼여행에서 돌아온 부부는 단체 사진을 우리에게도 보내 주었다. 아들은 자기가 사진 속에 있는 것을 보고 몹시 기뻐했다.

어느 날 어린 아들이 아내와 나의 결혼식 사진 앨범을 보게 되었다. 아들은 몇 번이나 열심히 보다가 심각한 표정으로 내게 질문을 했다.

"다른 사람 결혼식 때는 나를 데리고 갔었는데 왜 엄마 아빠의

결혼식에는 내가 없어! 왜 나를 데리고 가지 않았어? 나를 어디에
두고 갔어? 누구한테 맡겼어?"

석양

고국 방문을 마치고 미국으로 돌아오기 하루 전날인 2013년 4월 18일의 일기.

저녁 식사의 때와 장소가 유달리 뜻깊었다. 셋째 처남 부부가 서울에서 경기도 양평까지 운전하여 한강 양안雨岸의 이름다움을 감상할 수 있는 기회를 마련해 주었다. 벚꽃, 개나리가 만발했고 서울보다 공기가 맑고 좋았다.

한식당 〈하늘정원〉에서 저녁 식사를 했다. 2층에서 내려다보는 한강 경치가 아름다웠다. 봄바람이 꽃나무와 잔물결을 가볍게 스쳐 갔다. 서산에 닿기만 하면 터질 듯 잘 익은 석양도 강물에 반사되어 눈부시게 우리를 비추었다. 차림표에 있는 산해진미를 한 가지씩 갖다주어 맛을 진지하게 음미할 수 있었고 음식도 깔끔했다.

식사를 마치고 아래층에 내려가서 후식으로 음료와 과일을 즐겼다. 밖으로는 식당 이름에 알맞은 정원이 잘 꾸며져 있었다. 시간이 있으면 마음껏 산책하고 싶은 곳이었으며, 소화도 잘 될 것 같은 좋은 분위기였다.

석양은 무대의 주인공처럼 관심을 끌었다. 화가라면 멋진 한 폭의 그림으로 표현할 만한 고전적 자연 경치였다. 내가 좋아하는 인상파 그림처럼 우아하고 포근하여 안에서 밖으로 빛을 발산하는 인상이었다. 감동을 자아내는 절경이었다. 정신과 의사인 이시형 박사는 감동하는 사람들은 세로토닌 호르몬이 분비되어 온몸이 밝아진다고 설명했다. 이 사실을 실감하는 귀중한 시간이었다. 지구의 자전을 피부로 느낄 만큼 서서히 그리고 말없이 서산에 가까워지는 태양이 얼마 안 되는 구름을 아름답게 물들였다. 산천초목을 잔조殘照로 에워싸는 자연 현상은 감동을 고조시켜 주었다.

그날이 뜻깊었던 이유는 11일 전 100세에 10개월을 사시고 소천하신 어머니의 모습이 석양을 통해 비쳤기 때문이다. 운명하신 4월 7일 미국에서 비보를 받았지만 당일은 주일이라 여행사는 닫혀 있고 인터넷으로도 적당한 항공편을 찾을 수 없었다. 다음 날 부랴부랴 항공기를 예약하고 아내와 함께 미국에서 밤중에 출발했다. 인천 도착은 10일 새벽 4시였다. 상주가 되어 임종에도 못 있었고 자칫 장례식마저 참석 못할 만큼 시간이 흘렀다.

그간 동생 가족들은 대구에서 오전에 발인 예배와 화장을 하고 정오에 서울로 출발하여 곤지암에서 마지막 안장 예배를 하는 것으로 장례식 순서를 짜 두었다. 나는 도착 당일 새벽에 KTX로 대구에 간들 모두 집에 없을 텐데 어떻게 연락을 해야 할지 막막했다(때를 놓친 전날의 입관 예배는 첫째 질녀가 스마트폰으로 찍어서 후에 보여 주었다).

시차로 피곤함과 동시에 불안감을 안고 막연하게 출구를 나왔을 때였다. 뜻밖에도 조카딸이 우리를 기다리고 있지 않는가! 너무나 반가웠고 감사했다. 후에 알았지만 그녀는 대구에 서 혼자 서울로 올라와 막차를 타고 인천공항에 도착하여 인기척도 없는 대합실에서 잠도 못 자고 4시간이나 기다렸다고 한다. 우리를 대구로 안내해 주기 위해! 진정 피는 물보다 진하다는 것을 실감했고 가족들의 마음씨에 감명했다.

나는 서울발 첫 KTX로 대구에 도착하여 영남대학 부속병원 영안실에서 발인 예배에 참석할 수가 있었다. 이윽고 10시에 화장터로 갔다. 그곳에서 말을 하지 않아도 수많은 유가족들끼리 서로가 통하는 무언의 상호문상이 있었다. 그중에서도 특히 아들을 먼저 보낸 노모의 구슬픈 통곡은 너무나 비장했고 화장터 분위기를 더욱 애처롭게 했다. 우리 모두의 동정과 공감으로 가득 찼다.

오동나무함에 담긴 어머니의 재를 모시고 우리는 바로 서울로 출발해 곤지암의 '소망교회 성도의 묘'에 도착했다. '나는 부활이요 생명이니'라고 새긴 비석 앞에서 마지막 예배를 드렸고 이어서 흰 장갑을 끼고 가족 모두 목사님을 따라 어머니의 재를 한 줌씩

비석 주위에 뿌렸다. 4월이지만 때아닌 눈이 내렸다. 눈에 들어간 눈으로 두 가지 눈물이 하나가 되었다. 많은 교우들이 와서 위로해 주었고 진심으로 감사드렸다. '며칠 후, 며칠 후 요단강 건너가 만나리'라는 찬송가 구절에서 전에 느끼지 못한 감명을 받았다. 바야흐로 서산에 얼굴을 숨기는 석양을 볼 때 마치 어머니의 임종 같은 심정이었다.

돌아가시기 전 지난 1월, 미국에서 대구로 문안 전화를 했을 때 "아비야 오늘이 네 생일이구나."라고 100세에도 기억력이 비상하셨던 어머니. 여운처럼 지는 태양이 어머니가 "금년에는 언제 고국에 오느냐?"고 물으셨던 것을 회상시켜 주었다.

나이 80에 나는 고아가 되었다.

음악

아리랑, 도라지타령, 흥타령 등 우리나라 고전 민요는 모두 5음계로 되어 있고 반음이 없으며 3박자 형식이다. 국악은 빅자와 악보가 더욱 다양하고 복잡하다. 피아노의 검은건반은 반음을 내지만 5개씩 되어 있는 검은건반만으로 우리 민요의 연주가 가능하다.

1882년 조미수호통상조약이 체결되고 2년 후인 1884년 미국에서 개신교 선교사가 처음으로 입국하여 복음 전파와 함께 학교를 세우고 현대식 교육 과목도 소개했다. 특히 개신교가 음악에 끼친 영향은 크다. 찬송가를 부르면서 파와 시의 반음이 있는 7음계가 도입되었다. 해방 후에는 흑백 건반 모두를 사용하는 12음계까지 알게 되었다. 한 가지 추가할 점은 성경과 찬송가를 우리말로 번역하면서 남존여비로 소외되었던 부녀자들도 교회에서 한글을 배울 수 있었다.

1894년 김홍집 등의 개화파에 의한 갑오개혁은 정치 제도를 비롯하여 다방면에 걸친 근대화를 이루었고 음악도 예외가 아니었다. 찬송가에 이어 소위 창가唱歌까지 반음이 추가되어 외국의 명곡까지 더 넓은 범위에서 아름다운 노래를 부를 수 있게 되었다. 현대 기술의 발달은 멜로디, 화음, 심지어 불협화음과 당김음을 비롯하여 이탈리아어로 된 음악 용어, 오페라, 불후의 명곡들을 어디서든 스테레오음으로 즐길 수 있게 한다. 비행기로 여행 중에는 앞자리 의자에 설치된 스크린에서 영화, 연극, 명곡과 유행가, 재즈 등을 선택하여 감상할 수 있는 시대가 되었다.

한자로 음악音樂은 즐거운 소리라는 뜻으로 '사람의 생각이나 감정을 목소리나 악기를 통해서 나타내는 예술'이라고 정의해 준다. 영국의 극작가 콩그리브는 음악을 "야만인의 마음도 누그러뜨리고 바위도 부드럽게 만들며, 굽은 나무도 곧게 해 준다."라고 표현했다. 셰익스피어는 "음악이나 감미로운 노래가 없으면 반역자, 책략자, 폐인에 속한다."라고 단언했다.

임신 중에는 태교가 중요하다는 것은 잘 아는 바이다. 특히 멜로디의 왕인 모차르트의 음악이 최적이라고 한다. 그의 소나타는 '어린이들에게는 아주 쉽고, 전문가에게는 너무 어렵다'라는 표현도 있다. 6·25 당시 서울대 음대생들이 일선의 장병들을 위문하고자 순회공연을 한 적이 있다. 하지만 명곡과 고전 음악을 선보였더니 별 반응이 없었다. 지휘자가 머리를 써서 당시의 유행가를 불렀을 때 비로소 신이 난 반응을 보였다고 한다. 오페라나 교향악단의 연주가 끝나면 청중이 기립 박수와 함께 큰 소리로 '브라보!'를 외치며 환희에 찬 반응을 보인다. 얽힌 뇌의 주파수가 음악으로 질서 정연하게 잘 정돈된 상태일 것이다. 이토록 음악은 인간의 영혼을 승화시킨다. 우리 민족은 함께 모이면 노래로 단결심을 보여 준다.

부활절에 들려주는 헨델의 〈할렐루야〉 합창은 백합화의 그윽한 향기와 함께 우리의 마음을 사로잡는다. 미국에서는 〈할렐루야〉를 부를 때마다 청중들이 모두 기립해서 듣는다. 베토벤의 웅장한 교향곡 5번과 9번은 우리의 흉금를 울린다. 그가 비엔나의 숲을 자주 산보했다는데 아무도 가지 않았던 숲에서 태고적 산소를 호흡하면서 숨겨진 멜로디를 찾아내었는지도 모른다. 나도 여행 중에 비엔나 숲을 지나갔는데 감개무량했다.

1994년 11월 추수감사절 직전 코네티컷주의 10개 도시에서 선발된 26명의 합창단이 오스트리아 비엔나에서 열린 대림절Advent 국제 음악제에 참석한 적이 있다. 음악제에 참석하기 위해 같은 호텔에 머문 각국 대표단 200여 명이 저녁 식사 후 큰 강당에서 가사는 달라도 멜로디는 같은 크리스마스 캐럴을 화음으로 다 함께 불렀을 때는 눈시울이 정말 뜨거웠다.

비엔나는 문자 그대로 음악의 도시, 예술의 도시였다. 여러 악성들의 동상이 공원마다 있었고 어디서든 왈츠를 들을 수 있었다.

거리에서 사 먹은 군밤은 향수에 젖게 했다. 한국도 각종 드라마, 영화, 음식, 특히 노래를 통하여 전 세계에 한류 열풍을 일으키고 있는데 이 또한 자랑스럽다. 꽃과 함께 음악은 기쁠 때나 슬플 때나 없어서는 안 되는 요소이다.

음악은 멜로디와 화음으로 우리의 마음을 단결한다. 공연이 끝나도 그 여운은 여전히 남아 있다. 멋진 연주는 명랑성, 적극성, 지속성, 열성, 자신감, 상호 이해를 생각하게 한다. 또한 모든 문학과 예술을 창조할 수 있는 심미성을 일깨워 준다. 음악은 인종, 종교, 피부색, 국경을 초월하며 미소와 함께 누구나 이해할 수 있는 만국 공통어로 변한다. 크리스마스가 되면 높은 곳에서는 하나님께 영광이요, 땅에서는 기뻐하심을 입은 사람들이 평화를 만끽한다. 입술 양끝은 하늘을 향하고 행복감을 보여 준다. 즐거운 콧노래가 그치지 않고 춤도 추며, 각양각색의 꽃향기에 도취된다. 음치가 노래를 불러도 인내로 내 귀가 잘 들린다는 사실에 감사하게 된다.

사랑과 행복이 음악을 통해 피라미드 밑바닥의 '사색당쟁'의 상징인 네 모퉁이를 뿌리치고 다 함께 위로 올라가는 화음을 즐긴다. 우리 모두가 갈망하는 세계 평화의 정점에 도달하면 하나로 통일되는 지름길이 아닌가! 진정 인생은 즐겁고 아름답다.

노스탤지어

노스탤지어nostalgia는 우리말에 '향수鄕愁, 고향을 그리워하는 마음'이라고 번역이 되어 있다. 6·25 당시 우리말을 배운 미군이 home은 '집', sick는 '아프다'라고 단어를 암기했다. 그는 향수병homesick으로 십 생각이 날 때마다 우리에게 "집이 아파!"라고 하소연을 했었다. 집을 떠나 타향 또는 타국에 머물게 되면 누구나 체험하는 심정이다. 특히 몸이 아프면 집 생각과 함께 어머니의 맛있는 음식까지 그리워진다.

얼마 전 고국을 방문했을 때 처남 부부와 함께 경기도 파주를 방문한 적이 있다. 그중에서도 뇌리에서 좀처럼 지워지지 않는 곳이 헤이리 예술마을에 있는 한국 근현대사 박물관이다. '1910년대부터 현재까지 풍물, 정치, 문화, 생활, 오락 등의 근현대 생활자료 7만여 점을 집대성하여 전시한 박물관'이라고 안내서가 설명했다. 서울을 지나 파주로 가는 동안 한강 양안의 경비와 일선을 방불케 하는 시설이 눈에 띄었다. 역시 휴전선에 가까이 가고 있음을 실감했다.

수치스러운 한일합병의 1910년부터 우리나라 근대와 현대 100년의 현실을 그대로 잘 반영하는 온갖 자료 수집과 노고에 우선 감사했다. 이 많은 자료를 분류하여 1층과 2층은 문화관, 3층은 역사관, 지하 1층은 풍물관으로 좁은 공간을 최대한 활용한 배치에 찬사를 아끼지 않았다. 사진과 실물, 더러는 그림 등으로 한 세기의 역사를 한꺼번에 견학할 수 있는 것이 특색이었다. 더욱이 1960년대 전후의 도시를 통째로 옮겨 놓은 전시장은 당시 생활모습이 고스란히 실현되어 다 같이 고생하던 고난의 역사가 떠올랐다.

그 당시 어느 남선생은 여섯 식구의 먹거리가 없어서 밤에 부잣집에 들어가 쌀을 훔치다가 불행히도 집주인에게 붙잡혔다. 온 가족이 자다가 깨어서 보니 범인은 아들의 담임 선생이었다. 그리하여 집주인은 선생에게 후하게 먹거리를 주어 보냈다. 그러나 바로 그날 선생의 온 식구가 동반자살한 비극적인 사건도 있었다.

중학교에 다니는 두 딸을 둔 어떤 가족은 너무나 가난하여 교복을 한 벌밖에 살 수 없는 형편이라 두 아이가 하루씩 교대로 교복을 입고 학교에 갔었다. 전시 물품 중 교과서와 책가방, 모자, 교복을 보자 눈시울이 뜨거웠다.

대학 시절 전쟁으로 부산 가교사에서 2년, 9·28 수복 후 서울에서 대학교를 2년 다녔지만 하숙집에서 군불은 아예 생각도 못했다. 방 안에 둔 달걀이 얼어서 돌같이 되기도 했다. 밤에 잠자리에 누우면 냉기가 온몸에 스며들었지만 그래도 감사하는 삶이었다. 공부를 할 수가 있었으니! 교복은 미군이 빼돌린 것을 검은색으로 염색해서 입었다. 하루는 미 헌병들이 시내 상점을 불시 검문하여 염색소에 맡긴 군복까지 모두 몰수하여 염색소가 파산한 적도 있다. 그 당시 우리나라에서는 콜게이트Colgate 치약이 유명했는데 어느 기업이 College라는 상표로 붉은 색깔 박스의 디자인을 똑같이 하여 미 헌병들이 가짜 치약까지 압수한 사건도 있었다.

20세기를 돌아보면 우리는 격동과 고난의 역사를 반복하며 수난과 비애를 겪었다. 아직도 해결을 고대하는 위안부 문제는 일본이 독일의 역사성을 배워야겠나. 종전 후 독일은 이성에 입각하여 전쟁 중의 범죄를 진정으로 사과하고 보상했다. 역사책도 이웃 나라와 상의하여 새로 편찬하여 발행했다. 하지만 일본은 역사를 미화하고 범행을 부정하며 버티고 있다. 남북이 휴전선으로 분단되어 있지만 이산가족 상봉, 나아가서는 남북통일을 바라는 마음은 우리 백의민족의 공통된 염원이다.

팔순이 되어 '참 대한민국입니다'라는 안내서를 따라 견학 후 몇십 년 전의 향수에 젖었다가 현실로 돌아오기까지는 약간의 시간이 걸렸다. 기회가 있으면 부디 경기도 파주에 있는 살아 있는 근현대사 박물관을 꼭 방문하기를 권하는 바이다. 우리는 산 역사를 박물관에서 관찰하고 마음에 되새기어 공정, 책임 완수, 베풂, 인권 옹호, 개성 존중과 상호 이해가 절실하다. 그리하여 더욱 참신한 각오와 심정으로 통일과 평화를 만끽하는 우리 민족이 되기를 간절히 기원한다.

노인

노인이 된 지도 어언 10년 하고도 반 이상이 지났고 이 책이 출판될 무렵에는 미수*¥가 될 시기이다. 지금은 100세 시대라 회갑이나 고희는 뒷전으로 갔고, 80세가 되어야 '노인'이라는 칭호를 받는다고 한다. 오그덴 나시는 "후손이 친구보다 너 많아지는 날 당신은 노인이 된다."고 했다. "당신은 늙는 것이 아니라 포도주처럼 더욱 가치 있는 존재가 된다."는 격려도 있다.

6·25 시절에 회갑을 맞이하신 분들은 상당히 늙은 인상이었다. 그 후 줄곧 평균 수명이 늘어나서 고령화 시대가 되었다. 고국에서는 늙은이들을 '귀차니스트'라고 한다니 현대판 고려장 같은 어감이다. 하지만 젊은이들이 노인을 '귀차니스트'라고 손가락질을 하면 나머지 세 손가락은 누구를 향하고 있는지 살펴보라고 하고 싶다.

나는 늙은이를 '고마우니스트'라고 예우하도록 제안한 적이 있다. 노인들은 산전수전의 온갖 고욕을 겪었다. 일제강점기 민족 말살의 식민 정책을 비롯, 해방 후의 과도기와 민족상잔의 비극인 6·25 등 모든 고초를 인내로 살아오신 분들이다. 우리가 혜택을 받고 있는 모든 문화, 지식과 발명, 생필품의 제조와 사회간접자본 등 선현들의 수고와 희생으로 성취된 공헌을 인식한다면 감사하지 않을 수가 없으리라. 우리나라 경제 역사상 최대 업적의 35퍼센트는 60~70대, 25퍼센트는 70~80대 어른들이 남겨 준 수고 덕분이라고 한다.

계속되는 연구 및 개발로 의학이 일취월장하여 눈부신 발전을 보여 주고 있다. 세계화 시대에 인터넷을 통하여 순식간에 세계 어디서나 사진을 비롯하여 최신 정보가 전파된다. 질병의 치유는 물론, 적극적 예방도 가능하다. 신체 장기의 이식은 항다반사가 되었다. 얼마 전 드라마에서 꽃다운 나이에 교통사고로 숨진 딸의 장기를 부모가 기증하기로 결심하는 장면이 나왔다. 심장을 이식받은 젊은이가 기증자의 부모에게 청진기로 자기 가슴 속에 뛰고 있는 딸의 심장 소리를 듣게 해 주는 모습이 정말 감격스러웠다.

노인이 되면 자기도 모르게 몸과 마음이 옛날과 달라지는 것을 실감한다. 회갑 이후에는 건망증이 두드러진다. 혹자는 이것을 치매의 전조인 양 걱정을 하는데 전문가들은 치매와는 무관하다고 위로해 준다. 집 안의 첫 계단은 기억을 지우는 구실을 하여 왜 왔는가 깜빡하기 일쑤이다. '제자리에 돌아오면 다시 기억이 난다(김기훈 법칙)'고 생각한다. 노인이 되면 했던 말과 질문을 되풀이하고 귀와 눈도 멀어진다. 의사를 만나 정기 진찰을 하면 "금년에 넘어진 적이 있습니까?"라는 질문도 받는다. 젊을 때 맞던 바지가 길어진다. 고희가 되면 평균 2~3센티미터씩 키가 줄어든다. 미국 세탁소에서 바지 하나를 줄이는 데 15달러씩 요구한다. 얼마를 더 보태면 새것을 살 수 있는 비용이다.

식사 양이 줄어들고 먹는 속도와 소화도 느리다. 밤에는 두세 번 화장실에 가야 하고 돌아올 때 발가락이 침대나 의자에 부딪힌다. 뼛속까지 아픔을 느낀다. 비 또는 눈이 내리는 날과 밤에 운전하는 것이 어려워지며, 각종 행사와 모임 등을 사양한다. 오래 살기를 원하면서 늙었다는 평은 듣기 싫어한다. 미국에서는 70세가 되면 배심원 의무Jury Duty가 면제되어 한 가지 시름이 숙어든다.

늙으면 예상외로 광고 우편물이 늘어난다. 우선 상당히 비싼 보청기를 권한다. 보청기를 사용하는 사람들의 목소리는 으레 크다. 잘 안 들린다고 하여 목소리를 높이면 "왜 화를 내느냐?"는 반응도 듣는다. 확성 장치가 있는 전화기도 권한다. 뿐만 아니라 묘지를 미리 사 두고 장례식 비용을 적금하라는 권유, 안경과 돋보기 광고, 잘 넘어지니 가볍고 접을 수 있는 지팡이의 권고, 집 안의 계단을 쉽게 오르내리는 의자승강기, 목욕할 때 넘나들기가 힘드니 옆으로 문이 열리는 욕조, 바퀴가 달린 축전지 의자, 독거노인의 응급 상황을 알리는 경보기, 큰 글씨로 인쇄된 잡지, 생명 보험의 가입과 상당히 비싼 유언장 작성 등등 정말 늙었구나 하는 마음을 안겨 주는 광고 우편물이 계속 온다. 하지만 해마다 동료나 친구가 세상을 떠나기 때문에 크리스마스카드와 연하장의 수는 줄어든다.

고국에서는 노인을 상대로 사기 치는 악한들도 있다고 한다. 그리고 일흔이 넘도록 일을 해야 하는 불우한 노인들, 매년 4천 명 가까이 실종되는 노인들, 돈이나 돌보는 사람 없이 자살하는 노인들, 2040년에는 노인 인구가 40퍼센트를 넘는다는 통계 등이 예삿일이 아니다. 출생은 줄고 부양 인구는 증가하는 것이 우리나라만의 문제는 아니다. 고령화 시대에 정부와 민간이 부담해야 되는 물심양면의 비용이 이만저만이 아니며, 우리 모두의 임무와 책임도 크다.

일찍 앙드레 지드는 "우리가 늙기는 쉽지만 아름답게 늙는 것은 어렵다."라고 했다. 이것은 품위와 도덕성, 지도자의 자질, 고매한 심신의 성숙한 인격이 내포되어 있다. 새로운 도전에 잘 적응하는 긍정적 태도와 낙관적인 인생관이 필요함을 말한다. 잘난 체, 아는 체, 가진 체 하지 않아도 된다. 고목에 꽃이 피듯, 향기 나는 보람을 남들도 느끼게 한다. 세계적으로 유명한 예술가 피카소는 "오랜 세월이 지나야 젊어질 수 있다."라고 강조했다. 평생토록 온갖 경험과 시행착오를 통해 몸에 지닌 지식의 힘이 크다는 사실을 잘 설명했다.

아들과 딸, 손자들을 훈계는 하되 화는 내지 말고, 쌓아 둔 지식을 가르칠 때 교만해서는 안 된다. 벼는 익을수록 고개를 숙이지 않는가! 감사와 격려를 아끼지 말고 숨은 잠재력을 찾아서 최선을 다하여 선도해 주는 것이 참지식인이요, 교양인이자, 아름다운 노인이다. 늙었어도 가진 것을 남에게 기꺼이 나눠 주는 고운 마음씨가 우리의 사명이 아닐까. 불우한 어린이부터 노인에 이르기까지 인류애의 온정이 언제나 지속되어 '인생을 헛되이 살지 않았다'라는 자부심을 갖고 실천하는 것이 생애의 공통분모라고 믿는다.

모든 발명 중 최악은 전쟁

인류의 시조 아담과 하와에게서 태어난 장자 카인은 동생 아벨을 시기하여 살인죄를 범했다. 사람을 죽이는 행위로 역사가 시작되었다. 이것을 효시로 인간은 모든 문제를 해결하기 위해 불행히도 전쟁을 발명했다. 두 번의 세계대전을 겪었지만 지금도 세계 도처에서 분쟁은 그칠 줄 모르고 있다. 하지만 술과 함께 모든 전쟁이 문제를 해결했던가? 전쟁은 전쟁으로, 술은 패가망신으로 이어지고 수명을 단축시킨다. "전쟁 포고는 늙은 세대가 하지만 실제로 참전하고 전사하는 것은 젊은 세대의 몫이다."라고 후버 대통령이 1944년 공화당 전당대회에서 연설했다.

전쟁은 꽃다운 생명을 앗아 가고 수많은 묘와, 상이군인, 과부와 홀아비, 고아와 피란민, 이산가족, 전쟁 포로를 남긴다. 그리고 선조들이 최선을 다하여 쌓아 올린 각종 문화재와 유산을 무차별하게 파괴해 버리는 잔인성을 목격한다. 한정된 자연 자원과 인적

자원의 낭비가 어마어마하다. 자연이 파괴한 것은 아름다움이 남지만 인간이 파괴한 것은 추한 결과뿐이다. 전쟁하는 나라는 국민을 세 가지로 분류한다. 하나는 불구자가 된 군인들, 둘째는 장례를 치러야 하는 유가족들, 셋째는 도적을 일삼는 사람들이라고 전한다.

중남미 파나마공화국 북쪽에 위치한 코스타리카를 2010년에 방문했다. 인구가 5백만 명이 채 안되었고 서쪽은 태평양, 동쪽은 대서양에 인접한 작은 나라이다. 특기할 점은 정규군이 없고 약 1만 명 정도의 방위병만 있었다. 대신 국방비 예산을 경제 발전에 사용하여 국민의 후생 증진에 활용하고 있었다. 우리 모두가 부러워하는 정책이 아닌가! 나는 '각국의 방위 예산은 이웃 나라를 믿지 않는 인간의 본성을 돈으로 측정하는 척도'라고 정의하는 바이다.

제2차 세계대전은 하늘이 주신 귀중한 생명을 총과 폭탄으로 빼앗고 대량 살상의 원자탄을 발명하여 종식되었다. 그리고 그 규모는 상상을 초월했다. 그 후 집권자들은 서로 다투어 핵무기 개발과 생산을 추진하여 정권 유지의 수단으로 사용하고 있다. 이에 따른 피지배자들의 희생이 너무나 크다. 북한에서는 200만 명 이상의 동족이 굶어 죽었고 한참 성장하는 어린이들이 영양실조로 발육이 비정상이다. 많은 나라들이 핵무기 소유를 경쟁적으로 다투고 있으며 전 인류를 몇 번이나 살육할 만큼 방대하고 잠재적

위력을 보유하고 있다. UN에서 이성에 입각한 정책으로 더 이상의 핵무기 생산은 막아야 하며, 한반도의 비핵화도 절실하다. 나아가서는 전 인류의 자멸을 막기 위해!

6·25 당시 미군 군목에게 직접 들은 내용 중에 일선에 가까울수록 예배에 참석하는 군인이 많다고 했다. 역설적이지만 전쟁터에서 싸우는 군인일수록 평화를 절실히 갈망한다. "평화 시에는 아들이 아버지의 장례를 지내지만 전쟁 때에는 아버지가 아들을 묻게 된다."라고 베이컨이 말했다. 루이 14세는 죽기 전에 "나는 생전에 전쟁을 너무 좋아했었다."라고 고백한 적이 있다. 후회한들 무슨 소용이 있으랴.

스페인 내란은 프랑코 장군이 거느린 반란군과 인민전선 정부 사이에 일어난 싸움이었다. 내란에서 승리한 프랑코는 1975년 사망할 때까지 독재자로 군림했다. 내란은 50~100만 명이 사망한 참사였다. 특히 1937년 4월 독일의 무차별 폭격으로 스페인 북쪽의 작은 도시 게르니카가 괴멸되어 버렸다. 이것을 목격한 피카소는 '표현주의Expressionism'에 입각하여 그해 〈게르니카Guernica〉를 그려 세계에 전쟁의 참혹과 비참한 실정을 보여 주었다. 전쟁의 몸서리나는 사실을 여러 가지 상징으로 묘사한 명작이다. 그는 1952년에 〈전쟁과 평화〉라는 그림도 그렸다. 지금도 시리아를 비롯하여 중동과 아프리카 등지에서 이런 참사가 계속되고 있다.

사랑과 비폭력을 주장했고 채식주의자였던 문호 톨스토이의 대하소설 『전쟁과 평화』는 세계에 잘 알려진 명작이다. 주로 1805~1820년대의 러시아, 특히 1812년 나폴레옹 군대가 러시아를 침략했던 시기도 잘 서술했다. 무려 500명이 넘는 인물이 등장한다. 역사에 대한 톨스토이의 철학과 평화관이 내포되어 있다.

많은 명사들이 전쟁에 관한 관찰을 잘 피력했다. 프랑스 정치가이자 수상 클레망소는 "전쟁이 평화 시의 막간인지, 평화가 전쟁 시의 막간인지 구별을 못하겠다."라고 말했다. 영국 수상 처칠은 "전쟁은 인간의 모든 실수와 불행의 집대성이다."라고 할 만큼 그 본질을 잘 묘사했다. 포스딕에 의하면 "전쟁의 비극은 가장 우수한 인재를 인간의 최악을 위해 남용하는 사실이다."라고 한탄했다. 영국 총리였던 체임벌린은 "전쟁을 치르면 승리자라고 하더라도 이긴 쪽은 없고 오로지 망한 쪽만 있을 뿐이다."라고 했다. 프랭클린은 "인류의 역사에서 선한 전쟁이나 나쁜 평화는 존재하지 않았다."고 했다.

케네디 대통령은 "인류는 전쟁을 그쳐야 한다. 아니면 전쟁이 인류를 멸망시킨다."라고 충고했다. 지금도 일부 위정자들은 핵무기 생산에 급급하고 있다. 부디 일본의 히로시마와 나가사키에 투하된 원자탄이 최초이자 마지막이기를 빈다.

'문文은 무武보다 강하다'라는 선현의 교훈이 있다. 우리의 사명은 인간 최악의 발명인 전쟁을 버리고 누구나 천명天命 그대로 행복을 추구하여 보람 있는 생애를 마치는 것이다. 이를 위해서 평화 속에서 축복받는 세상이 되기를 바라는 마음이 간절하다.

파블로 피카소 <게르니카>, 1937년

두뇌의 활용

미국 보험회사인 유나이티드헬스케어United Healthcare에서 2019년 〈리뉴Renew〉 회보에 발표한 '두뇌의 활용'에 기존 교훈을 추가해 보았다.

1. 항상 새로운 것을 배우라

『좋은 두뇌를 더 위대하게 만드는 법Making a Good Brain Great』이라는 책을 펴낸 대니얼 에이맨 박사에 의하면 "두뇌는 근육과 같아서 쓰면 쓸수록 그 효과가 커진다."라고 했다. 매번 새로운 것을 배우면 두뇌는 새롭게 연결되어 혈액의 흐름과 활동을 촉진하며, 배우지 않으면 기억이 감소된다는 연구이다. 그는 '사용 아니면 상실'이라는 이론을 세웠고 배움은 이념 창출에도 도움이 된다고 했다.

옛날 노인들이 '골이 비었다'라는 말을 자주 했다. 뇌가 축소된 상태를 두고 하는 말인 것 같다. 익숙한 행동을 떠나 새로운 영역으로 들어가면 두뇌의 융통성과 능력이 강화된다는 결론이다. '나이는 새로운 것을 접했을 때 느끼는 고통으로 측정할 수 있다'라는 교훈이 있다.

2. 산보를 하라

매일 산보를 하면 신체와 두뇌의 운동과 함께 정신적 건강도 이루어진다고 한다. 따라서 정서의 장기적 경험과 지식에 기초를 둔 인지력認知力의 증가로 더 좋은 기억과 집중력이 생긴다. 우선 4천 보, 약 3.2킬로미터를 기본으로 시작하는 것을 권장한다. 내 경험으로는 만보계를 차고 산보를 하면 만 보가 약 8킬로미터 정도이며 기분도 좋다. 그때 좋은 생각이 떠오르면 메모지에 간단히 적어 두었다가 후일 이용도 한다.

3. 사회적 나비가 되라

텔레비전을 끄면 앉아 있는 것과 고립을 막는 효과가 있다. 캘리포니아주립대학교에서 연구한 결과 실제로 텔레비전을 너무 장시간 보면 알츠하이머병에 걸릴 위험이 있다고 한다. 텔레비전에서 떠나면 남과 말하기, 듣기, 접촉, 사교 시간이 늘어나고 정신 건강에 도움이 된다. 남과의 대화를 통해 두뇌에도 자극이 되고 집중력이 늘어나며, 기억의 상실도 감소된다. 나비처럼 이곳저곳을 날아다니면서 사고, 산보, 대화를 하면 장수의 혜택도 있다. 따라서 새로운 우정을 쌓고 자원봉사를 자주 하며, 단체에 가입하여 지적 자극을 증가시켜야 한다.

4. 두뇌 발전을 위한 먹거리

데일 브레데센 박사는 우리가 먹는 음식이 중요하다고 강조했다. 인지력을 위협하고 염증이 생기며, 영양소가 부족하거나 독성이 있는 음식은 가급적 빨리 피해야 한다고 권고한다. 유제품, 글루텐, 가공식품, 설탕을 피하고 대신 블루베리를 권한다. 이것은 산화 또는 노화를 예방하는 효과가 크다. 특히 콜리플라워, 브로콜리, 그리고 잎이 많은 채소와 저지방 올리브오일, 아보카도, 오메가3가 많이 들어 있는 생선과 호두를 권상한다. 늦은 시간의 밤참이나 간식을 삼가라고 추가한다.

5. 견과

하루에 한 줌, 약 13그램의 호두는 두뇌와 심장 건강을 위한 가장 쉬운 먹거리이다. 2015년 캘리포니아대학교 레노르 아랍 박사의 연구에 의하면 호두는 비타민과 철분이 잘 섞여 있고 알파리놀레산이 풍부한 견과이다. 이는 식물에서 얻는 유일한 오메가3 지방산이 있어 두뇌와 심장에 두루 좋다는 연구가 있다.

6. 걸음을 멈추고 로즈메리^{rosemary} 향기를 맡으라

우리는 후각을 활용하면 많은 추억과 정서를 촉발하는 경험을 한다. 2018년 하버드대학교 의과대학에서 환자들에게 냄새를 맡게 한 결과 후각이 두뇌를 자극하여 기억이 잘 회상된다는 연구를 발표했다. 다른 많은 향기도 과거의 사건들을 떠오르게 하지만 특별히 로즈메리는 기억에 큰 도움이 되는 것을 발견했다. 영국 심리학회의 연구에 따르면 싱싱한 로즈메리 향기를 맡거나 로즈메리로 요리를 하면 많은 기억이 빨리 되살아나고 인지 기능이 향상된다고 한다. 로즈메리는 충실과 기억의 상징이기도 하다.

7. 낮잠을 자라

수면은 두뇌의 기억력 향상을 촉진하는 기본이다. 우리는 하룻밤 평균 8시간을 자는 것이 정설이다. 하지만 미국 국립건강연구소는 낮잠의 힘을 강조한다. 2014년 연구에 의하면 약 40분의 낮잠은 측두엽의 기억을 장기적 기억으로 이전하여 뇌 피질에 보존을 가능하게 만든다. 낮잠은 학습과 기억력 향상에 큰 도움이 된다.

8. 즐거운 방법으로 자신에게 도전하라

87세의 여배우 리타 모레노는 기억력 보존의 비밀을 공개한 적이 있다. 그녀는 춤을 출 때 가끔씩 반대로 추며 기억을 보존한다고 했다. 오른손잡이지만 때로는 왼손으로 글씨를 쓰고 손자들과 게임기로 하키 게임을 한다고 했다. 양치질도 때로는 왼손으로 하고 다리도 반대쪽을 이용하여 뛴다. 춤을 출 때 일부러 반대 발을 이용해 본다고 한다. 마음의 운동을 위해! 영국에서는 뒤로 걷기가 기억력 발전에 도움이 되며, 다른 행동과 연관시켜서 기억력을 증진한다는 연구도 나왔다.

통역

세계화 시대를 맞이하여 국제적 교류가 더욱 활발해졌다. 컴퓨터와 스마트폰의 눈부신 발전과 교통수단의 급격한 진보로 우리는 하루가 다르게 수많은 정보를 접하고 있다. 동시에 국제 무역이 급진적으로 발달하면서 상품이 표준화되었고 세계 여러 나라와 거래가 증가했다. 언어, 문화, 풍속, 관례 등의 차이가 있지만 이 모든 것을 초월하는 교류는 너무나 빠르게 파급되고 있다. 따라서 가장 두드러지게 필요한 것이 통역자들이다.

6·25 당시 군에는 통역장교 제도가 있었다. 일정한 자격이 되면 중위로 임관하여 크게 활약했다. UN군의 결성으로 다양성을 경험하기도 했다. 하지만 교과서에서 배운 영어는 문학적이었고 같은 단어라도 군대 용어는 민간 용어와 다른 점이 많았다. 한때 미군 장교가 국군에게 지뢰mine에 대해 설명을 했었다. 우리나라 통역장교는 그 단어의 뜻을 줄곧 '광산'으로만 알고 있었기 때문

에 가장 중요한 단어를 다르게 통역해 버린 예도 있다.

헤리스와 모란이 쓴 『문화 차이의 관리Managing Cultural Difference』에서 특히 무역 거래 시에 통역의 임무가 중요하다고 강조했다. '통역의 이용법'이라는 항목으로 다음과 같이 말했다.

1. 통역에게 미리 주제에 관해 설명을 해 주십시오. 가능하면 상품에 대한 지식이 풍부한 사람을 택하십시오.

2. 똑똑히 그리고 천천히 말하십시오.

3. 잘 알려지지 않는 단어를 피하는 것이 좋습니다.

4. 주요 내용을 두세 가지 다른 방법으로 설명하는 것을 권합니다. 한 가지만 말하면 요점을 상실하는 경우가 있기 때문입니다.

5. 통역에게 말할 기회를 주기 위해 1~2분 이상 이야기하지 마십시오.

6. 말하는 동안 통역이 메모를 할 수 있는 시간을 주십시오.

7. 통역이 사전을 참고하더라도 자신을 잃지 마십시오.

8. 말하고자 하는 요점을 명확히 전달할 수 있는 시간적 여유를 주는 것이 현명합니다.

9. 통역이 말하는 동안 가로막지 말기를 부탁합니다. 이것은 오해를 부르기 쉽습니다.

10. 긴 문장, 중복 부정, 소극적인 표현 등은 피하고 되도록 구

체적인 내용을 권장합니다.

11. 불필요한 말이나 막연한 내용을 삼가십시오.

12. 얼굴 표정이나 손짓도 추가하면 효과적입니다.

13. 토의할 내용의 주요점을 미리 적어 두십시오. 이것은 쌍방이 충분한 이해와 동의가 있었다는 것을 확인할 수 있습니다.

14. 회의가 끝나고 합의된 사항은 글로 써서 보관하십시오.

15. 통역에게 2시간 이상 일을 시키지 마십시오.

16. 만약 회의가 온종일 때로는 밤까지 계속되는 경우, 통역을 두 사람으로 써서 교대하여 피곤하지 않게 해 주는 것을 권합니다.

17. 혹시 5분 동안 한 이야기를 통역이 1분도 되지 않게 말하더라도 이해하시기 바랍니다.

18. 설혹 통역이 실수를 하더라도 너그럽게 봐주십시오.

19. 통역에게 문제가 있을 경우 조언을 하는 것도 권합니다.

나도 언제나 경험하지만 식사를 하면서 통역을 하면 통역자는 먹을 시간이 없다. 따라서 통역은 미리 식사를 하면 더욱 좋겠다. 때로는 긴장해서 영어를 다른 말로 옮기지 않고 다시 영어로 통역하기도 한다. 그럴 때는 옆에서 조용히 타일러 주도록 한다. 이런 경우 유머를 더하면 분위기를 살리는 효과가 있다. 통역을 할 때

말하는 사람이 언급하지 않은 단어를 표현하는 것은 절대 금물
이다. 통역하는 사람을 불신하는 결과가 된다.

창조의 신비 1

거의 대부분의 꽃은 수꽃술과 암꽃술이 불과 몇 밀리미터도 안 되는 거리에 공존한다. 그 안쪽에 꿀이 들어 있다. 조물주는 미술에서 말하는 청색, 황색, 적색의 삼원색을 배합하여 수많은 색깔로 우리의 심미성을 충족시킨다. 인터넷은 항상 색다른 각종 꽃을 음미하게 해 준다. 각국의 우표도 다양한 꽃을 보여 준다. 향기도 그윽하리라. 하지만 꽃의 수정은 절로 되지 않는다. 꿀벌과 나비, 경우에 따라서는 바람 덕분에 수정이 된다. 수정은 곡식이나 과일을 맺게 해 준다. 꿀을 가져가는 꿀벌이나 나비의 발에 묻은 꽃가루가 수정의 결실을 맺게 해 주는 자연의 신비이다. 동물계에서 암탉이 낳은 달걀 중 무정란은 품에 안아도 병아리로 부화가 안 된다.

동양의 산수화를 보면 사람은 극히 작게 그리고 자연에 복종하며 중간에 안개나 구름을 넣어 여백이 있다. 보는 사람들로 하여금 신비함을 상상하게 유도해 준다. 자연 앞에 겸손해지고 그 섭리에 순응하는 것을 표현한다. 서양화는 여백이 없고 사람을 크게 그린다. 이는 자연을 정복하려는 심리가 담겨 있다. 인류와 자연이 조화를 이루어 상부상조하는 사상은 창조 때부터 끊이지 않았다. 과일을 예로 들자면(씨가 바깥에 있는 딸기 등의 예외가 있지만) 부드럽고 달콤한 과육 속에 씨가 나란히 들어 있으며 태고 적부터 지금까지 계속 반복되고 있다. 심지어 번갯불과 전기에도 플러스와 마이너스가 상호 공존한다.

하지만 요즘에는 많은 곡식을 수확하려고 독한 살충제를 과하게 사용하여 해충뿐만 아니라 꿀벌과 나비까지도 없애 버려 농사의 장래에 심각함과 큰 우려를 낳고 있다. 미국에서도 환경과 생태계의 보호가 큰 관심사이다. 기후 변화와 온난화로 평균 온도가 상승하고 북극과 남극의 빙산이 녹아서 바닷물이 증가하여 해변의 낮은 지역이 해수에 잠기고 있다. 조물주가 인류에게 부여한 무공해의 환경이 인간의 욕망으로 파괴되면 온 인류에게 미칠 영향이 너무나 크다.

2019년 8월에 브라질에서 지구의 허파로 불리는 아마존의 열대 우림에서 대형 화재가 발생하여 전 세계가 걱정했다. 브라질 정부는 4만 4천 명의 군인을 소방 작업에 투입했고 G7에서는 2천만 달러를 지원했다. 그리고 세계 각국에서도 도움을 주었다. 아마존 밀림의 나무들은 지구의 이산화탄소를 흡수하고 총 20퍼센트의 산소를 공급하는 큰 역할을 맡고 있다. 화재가 계속되면 온 인류에게 크나큰 영향을 초래한다. 2018년에 비해 전 세계의 화재는 62퍼센트나 증가하여 4만 1천 회나 된다.

두말할 나위도 없지만 아마존의 존재가 너무나 귀중하다. 우리가 필요로 하는 산소뿐만 아니라 의학 약재까지 제공하기 때문이다. 지구를 과열시키는 탄소를 흡수하고 온난화를 낮춘다. 국제화 시대에 각국 지도자들은 상호 협력하여 우리 모두의 삶에 영향을 미치는 과제를 공동으로 해결해야 한다.

하지만 각국에서 인류를 전멸시킬 수 있는 핵무기의 개발로 국제 사회의 긴장이 늘고 있다. 한반도에서 대량 살상 무기의 생산을 중지하기 위한 협상이 계속되고 있는데 하루빨리 성취해야 할 과제이다. 또한 이란에서 진행하는 우라늄의 개발을 강 건너 불 보듯 방관해서는 안 된다. 인간의 지혜가 인류의 복지를 위해 유익하게 쓰여야 하는데 일부에서는 오히려 창조의 신비를 남용하여 권력의 신장에 악용하고 있는 인상이다.

인류의 앞날을 위해 핵무기의 생산을 중지하느냐 아니면 불안 속에서 치정자들의 욕망을 충족시키느냐의 질문은 당연히 전자가 되어야 한다. 창조의 신비성을 지속하여 즐거운 인생, 보람 있는 삶이 더욱 시급하다. 이 문제는 단순히 한 나라만의 문제가 아니다. 인류의 장래를 위해서 지구를 보존해야 할 임무가 있다. 우리의 공통된 사명이다.

창조의 신비 2

6·25 전쟁으로 부산 피난 시절 대학에 입학한 나와 두 친구는 방이 3개 있는 건물에서 방을 하나 빌려 썼다. 낮은 책상과 요를 3개 깔면 좁은 방이 다 덮이는 면적이었다. 나머지 방과 부엌은 2대의 가족이 세 들어 있었다. 당시 중석 회사에서 일하는 남편과 임신한 아내가 방 하나, 중간의 큰 방은 어머니와 여동생 둘 그리고 식모가 함께 지냈다.

남편은 언제나 하나님이 없다고 주장하는 무신론자였고 아내와 여동생들은 독실한 크리스천이었다. 출산일이 가까워지자 아내 배 속에 있는 아기가 꿈틀거리기 시작했다. 그러자 자리에 누워 있던 아내가 태동으로 벌떡 일어났다. 남편도 손으로 태동을 느낀 후 정말 신기하다는 반응을 보였다. 다음 날 온 식구가 아침 식사를 같이 하던 중에 남편이 "아무래도 하나님이 계시는가 보다."라고 고백했다. 아기를 낳아 병원에서 데리고 왔을 때 3대로 늘어난 가족을 두루 축하해 주었다. 할머니가 가장 기뻐하셨다.

무신론자가 하나님의 존재를 확인한 출생이 신기하다. 더 시야를 넓히면 인간은 누구나 눈과 귀는 둘, 코와 입은 각각 하나씩 가졌다. 인류 역사를 살펴보면 과거나 현재 그리고 미래에도 수백억이 넘는 사람의 얼굴이 계속 다르게 태어난다는 사실을 어렵지 않게 생각할 수 있다. 쌍둥이도 다른 점이 있고 일란성 쌍둥이라도 부모 눈에는 구분이 된다고 한다.

민족이나 국가를 막론하고 얼굴이 다르다는 것 자체가 신기하지 않은가? 결과적으로 사진사에게 직업도 부여해 준다. 학교나 회사 등 많은 사람을 다루는 직업인도 각자 다르기 때문에 임무의 수행이 가능하다.

뿐만 아니라 사람마다 지문과 DNA까지 달라서 범죄자의 범행을 증명할 과학적 근거를 찾아서 유죄와 무죄까지 결정할 수 있다. 따라서 '완전한 범죄는 없다'는 것이 형사들의 신조이다. 우리가 여권 신청을 할 때나 외국에 입국할 때, 경우에 따라서는 은행에서 돈을 찾을 때 지문을 이용한다. 하늘에서 내리는 눈송이도 꼭 같지 않다는 것이 전문가의 연구이다.

미대 교수는 사람 얼굴을 조각할 때 코는 크게, 입은 작게 시작하라고 가르친다. 다듬는 과정에서 코를 작게 하고 입은 크게 할 수 있기 때문이다. 이와 반대의 경우에는 고역이고 조화롭지 않는 결과가 되어 버린다. 이렇게 인간이 하나의 작품을 만들 경우에도 세심한 노력이 필요하다. 심지어 수십 억의 인간을 창조하는 과정에서 우리가 모르는 신비가 존재한다는 것을 알 수 있다.

지구의 자전과 공전으로 북반구와 남반구에 규칙적으로 사계절이 있다(물론 적도 아래 있는 민족에게는 여름, 남북의 양극에서는 추운 겨울이 지배적이지만). 자전이 전해 주는 또 하나의 사실은 목욕을 마치고 욕조의 마개를 빼면 물이 북반구는 반시계 방향으로, 남반구는 시계 방향으로 소용돌이치면서 빠져나간다. 자연법칙이 태고부터 지금까지 지속되고 있는 사실도 간과할 수 없다. 초자연적 현상과 증명해야 납득이 되는 과학적 분석 가운데 종교의 자유에 따라 선택의 특권을 만끽하는 것이 우리의 삶이 아닌가?

갈색으로 된 나뭇잎을 예외로 제외하면 세계 어느 곳에 가도 나무와 풀은 엽록소chlorophyll 때문에 초록색이다. 건강을 위해서 많은 사람들이 등산을 좋아하고 실천한다. 정상에서 바라보는 나무들은 초록색으로 마음과 기분이 상쾌해진다. 거기서 마시는 약수는 천하일품이다. 동시에 등산가들은 자연에 대한 경건함, 숙연함과 장엄함으로 창조의 신비를 체험한다.

영국에서 출간된 『6천 가지 놀라운 사실6000 Amazing Facts』이라는 책이 좋은 참고가 되겠다. 마일즈켈리Miles Kelly 출판사가 사진 및 그림과 함께 우주, 지구, 대양, 공룡, 야생동물, 곤충의 각각 1천 가지 놀라운 사실을 뽑아 총 6천 가지를 소개하여 창조의 신비를 알기 쉽게 설명했다. 대형 미술책 크기로 360쪽에 달하는 분량이다. 역사적 고찰부터 최신 정보까지 포함되어 있다.

매일 하루를 시작하고 끝맺는 세 가지

우리는 물, 이름, 숫자로 하루를 시작하고 끝맺는다.

1. 물

누구나 아침에 일어나면 물로 하루를 시삭한다. 인산이 동물과 다른 점은 세수와 함께 소금이나 치약으로 이를 닦고 양치질을 하는 것이다. 사람에 따라서는 아침에 목욕 또는 샤워를 한다. 공중 목욕탕이나 온천에서는 이 두 가지를 모두 할 수 있다. 씻는 것은 타인과의 일상생활에서 기본이다. 아침 식사는 밥과 국, 반찬이 으뜸이다. 지금은 양식화되어 토스트, 달걀프라이와 함께 커피가 없어서는 안 된다. 숭늉이나 차를 마시기도 한다.

출근 후에 2~3시간이 지나면 회사에서는 차나 커피를 마신다. 경우에 따라서는 커피 자판기로 자급자족하여 휴식 시간을 갖는다. 미국의 고속도로 표지판에는 피곤하면 쉬어 가라고 권한다.

황진이가 짝사랑하던 벽계수에게 자기의 호를 인용하여 "명월이 만공산하니 쉬어간들 어떠리."라는 시조도 읊었다.

외국인이 본 한국인은 '기뻐도 술, 슬퍼도 술' 하면서 기분에 따라서 과음을 일삼는다고 한다. 1884년 처음으로 한국에 온 개신교 선교사들은 백의민족이 술을 과음하는 현실을 보고 기독교인들은 술과 담배를 금할 것을 제안하여 지금도 그 전통이 이어지고 있다. 6·25 당시 군목 제도가 도입되어 불교, 개신교, 가톨릭 등 종교 지도자가 군인을 돕기 시작했다. 다만 가톨릭 군목은 술과 담배를 허용했다. 개신교와 달리 독신 생활을 배려한 셈이다.

하루의 일이 끝나면 퇴근하기 전에 다시 '물'로 돌아간다. 바로 술이다. 때로는 2차, 3차까지 계속된다. 술은 돈의 낭비뿐만 아니라 하나밖에 없는 간장을 너무나 혹사한다. 집에서 기다리는 아내와 자녀들도 고역이다. 일본에서는 아버지를 '세븐일레븐 아버지'라고 부른다. 아침 7시에 출근하여 밤 11시에 퇴근하기 때문에 아이들이 깨어 있을 때 볼 수 없음을 뜻한다. 술에 취한 남편이 밤 늦게 귀가하면 아내는 꿀물을 마련한다. 잠자기 전에 물로 끝맺는다.

옛날에 어느 아버지가 술을 워낙 좋아하여 아들이 신령에게 자기 집 샘물이 술이 되도록 간곡히 기도를 했는데 그 효심에 감동하여 소원이 이뤄졌다고 한다. 매일 술을 마음껏 마시던 아버지가 하루는 만취하여 목이 말라서 물을 원했는데 샘물이 술이라 "여기에서 물을 마실 수 있으면 얼마나 좋을까."라고 했다는 이야기가 있다. 효자가 되기도 힘들다.

물은 우리에게 좋은 교훈을 준다. 우선 섭씨 0도 이하이면 얼음으로 고체가 되고 0~99도까지는 액체, 100도가 되면 비등점으로 수증기, 즉 기체가 된다. 삼위일체를 이해하는 데 큰 도움이 된다. 그리고 물은 언제나 낮은 곳으로 힘차게 내려간다. 세계적으로 유명한 폭포를 방문하면 웅장하고 힘차게 내려가는 모습을 볼 수 있다. 대신 위로 올라갈 경우에는 수증기가 되어 소리 없이 상승한다. 겸손의 교훈이다. 수증기는 자연 현상으로 구름이 되어 일정한 거리 위에서 자유로이 떠돌아다닌다. 제트기로 깊은 구름 사이를 지나가면 기창에 잔잔한 물방울이 맺힌다. 비 없는 구름도 존재한다. 물로 시작한 하루가 물로 끝난다.

2. 이름

우리는 태어날 때 각각 이름이 정해지고 평생 따라다닌다. 더러는 개명을 하기도 한다. 매일 회사에 출근하면 우선 자기 이름이 있는 카드로 출근 시간을 입력한다. 일을 시작하면 수시로 전화가 오고 자기 이름을 말한다. 컴퓨터로 메일을 주고받을 때도 수신자와 발신자의 이름을 사용한다. 상사는 부하 직원의 이름을 부르고 부하 직원은 상사를 부를 때 이름 대신 직명에 '님' 자를 붙인다. 일본에서는 외부인과 통화하면서 소속 회사의 상사를 가리킬 때 '님' 자를 붙이지 않는다고 한다. 유교적 전통으로 자기편을 낮추는 관습이리라.

또한 생산되는 상품의 이름까지 잘 알아야 한다. 특히 제약 회사의 직원들은 외국어로 된 많은 약 이름까지 알아야 한다. 고국에서는 아파트나 빌라 이름을 외국어로 표시하는 경우가 많다. 그것도 상당히 길다. 시어머니가 발음을 제대로 못하여 찾아오기 어렵게 하기 위함이라는 농담도 들었다. 요즘은 고국의 주소 이름도 바뀌어서 외국에서는 시대의 흐름에 따라가기가 힘들다.

소비자나 판매원은 매일 상점에서 사고파는 물건 이름도 옳게 말해야 하고 어디에 진열되어 있는지 알아야 한다. 때로는 고객이 상점에 가서도 왜 왔는지 잊어버리는 경우가 있다. 학생과 선생, 교수는 상호 간의 이름과 강의, 그리고 강의실 이름도 기억해야 한다.

집에서 기르는 개도 이름이 다양하다. 우리말 이름과 외국어 이름이 두루 쓰인다. 한국에서 애완견을 '메리'라고 부르다가 미국에 와 보니 가톨릭에서 성모 마리아를 지칭하는 말이라는 것을 알게 되었다는 얘기가 있다. 경마들에 붙이는 이름도 예상외로 기발한 것이 많다.

나이가 들면 사람 이름을 외우기도 힘들고 전에는 알았던 것까지 깜빡한다. 가끔 다른 이름을 부르기도 한다. 대명사 '거시기'를 사용하게 마련이다. 어느 미국 노인이 잠꼬대를 하다가 모르는 여자의 이름을 불러서 아침에 잠이 깼을 때 부인에게 고문을 당했다고 한다. 하기야 남편의 와이셔츠에 붉은 입술연지가 묻어 있어도 고문이다. 남편도 아내에게 "당신은 밍크코트가 몹시 탐이 나는지요 며칠 동안 매일 밤마다 밍크코트라고 잠꼬대를 한다."고 말했다. 의식적인 잠꼬대이려니 싶다.

가나에서 워크캠프에 참가했을 때 매일 서로가 거의 같은 이름을 부르기에 호기심이 나서 물어보았다. 전국적인 것은 아니지만 신생아의 이름이 태어난 요일에 따라 이미 정해져 있다고 했다. 아들과 딸 이름이 요일에 따라 각각 일곱 가지가 있는 것이다. 1960년대 가나를 통치한 은크루마 대통령의 이름이 '콰매Kwame'였다. 이것은 토요일에 태어난 남자 이름이다.

역사를 전공하는 대학생은 과거부터 시금까지 많은 위인 이름을 외워야 한다. 음악 전공자는 음악가 이름과 곡명, 작곡 번호도 알아야 된다. 미술 전공자는 그림 제목과 화가 이름도 알아야 한다. 화학 전공자는 각종 원소 이름과 약자를, 목사나 신부는 성경에 나오는 인물 이름도 잘 알아야 한다. 특히 신학 박사는 신약의 첫 번째 복음인 마태복음, 마가복음, 누가복음, 요한복음을 모두 기억해야 한다. 자격시험에 '어느 복음 몇 장 몇 절부터 몇 절까지의 신학을 분석하고 평하라' 하는 문제가 출제되기 때문이다. 목사가 되어 설교 할 때에도 66권의 성경 중 어느 것을 택했는지 이름을 명시해야 된다.

셰익스피어는 "우리들이 장미라고 부르는 이름에 무엇이 내포되어 있나요? 장미는 아무 이름으로 불러도 언제나 달콤한 향기가 난다."라고 칭찬했다. 헬리버턴은 "별명은 사람들에게 붙어 다니지만 괴상한 것은 더욱 끈질기게 따라다닌다."라고 말했다. 아기가 태어나면 우리나라에서는 종종 집안의 항렬을 따르지만 서양에서는 성경에 나오는 이름을 택하는 경우가 많다. 미국에서는 여배우가 결혼을 하더라도 남편 성씨를 곧바로 따르지 않는다고 한다. 결혼해서 부부가 되어도 오래가지 못하기 때문이라고.

3. 숫자

숫자 역시 우리네 삶에 항상 따라다닌다. 아침에 일어나는 순간부터 숫자의 연속이다. 7시에 일어나서 8시에 아침을 먹는다. 출근 할 때 지정된 숫자의 주차장에 세워 둔 차를 운전하고 회사에 가면 직위에 따라 지정해 준 번호의 주차 장소까지 있다. 출퇴근 시간에는 라디오와 텔레비전에서 기온을 말해 주며 도로마다 교통 상황도 알려 준다.

출근하면 책상 위에는 상대방의 전화번호를 적어 둔 것이 수두룩하다. 해외에 전화를 걸려면 최소 12~14개의 번호를 눌러야 되는데 도중에서 맞게 번호를 눌렀는지 확인하고 다시 누르는 경우도 많다. 팩스로 메시지를 보낼 때 통화 번호와 혼동해서도 안된다. 요즘은 집 전화와 함께 휴대폰 전화번호가 추가되었다.

군에 복무했으면 군번, 대학에 진학하면 학번이 있다. 입대일과 제대일 또는 입학 및 졸업 연도와 날짜, 해외여행 시에는 수시로 여권 번호를 기입한다. 미국에 정착하면 사회 보장 번호Social Securiy Number가 자주 쓰인다. 매년 4월 15일 소득세 신고 마감일에 부부가 같이 보고를 하면 아내의 사회 보장 번호까지 온갖 숫자를 써야 한다.

아이들이 초등학교에 다니면 사친회 모임 일과 자원봉사 날짜를 기억해야 한다. 특히 담임 선생의 보조로 자원봉사를 하는 날짜와 시간을 정확히 적어 놓아야 한다. 때로는 한 달 뒤 또는 하루 전이나 후로 잘못 기입하는 수도 있다. 아이들의 나이와 생년월일도 기억해야 되고 크리스마스가 가까워지면 카드와 연하장을 보내는 일, 선물 사는 일, 아이늘 생일 파티 등 주부의 할 일이 숫자와 밀접하게 연결되어 있다.

신용카드 결제일, 매월 지불하는 온갖 공과금 납부일, 도서관에서 책을 빌려 왔으면 반납 날짜도 잘 지켜야 한다. 늦으면 벌금이 부과된다. 자동차의 가스 배출 검사와 운전면허증의 갱신은 하루만 지나도 과태료를 지불한다. 교회에 매주 내는 헌금 외에 특별 헌금의 제출 날짜와 교통 위반 벌금을 지불하는 날짜도 알아야 한다. 언젠가 우체국 직원이 속도위반 청구서의 주소를 보더니 "이 도시의 예산이 적자인 모양이군. 많은 사람들에게 벌금 고지서를 보내고 있으니⋯⋯." 하고 평을 했다.

증권 시장에서는 주가의 변화와 숫자를 항상 살펴야 한다. 갑부가 된 사람들은 주가의 변화를 분석하고 알아맞혀서 '쌀 때 사고 비쌀 때 파는 투기'를 멋지게 하는 재능의 소유자이다. 이제는 국제화 시대라 투자는 국경을 초월한다. 신문에는 매일 금융 시장의 시세를 숫자로 발표해 준다. 상업에 종사하는 사람들은 도매와 소매상의 가격, 물가 변동에 예민하다. 때로는 각국 화폐 간의 환율로도 상당한 이익 또는 손해를 얻는 수가 있다. 많은 나라를 여행하면 각국의 환율이 달라 기억하기도 힘들다. 여행이 끝나면 남은 동전과 지폐가 주머니에서 나온다.

대학생들은 강의에 따라 사야 되는 책 제목과 ISBN, 출판 연도를 주문서에 적어야 한다. 시험 성적이 나오면 숫자에 따라 그날의 기분이 좌우된다. 이때 두 가지 부류로 나뉜다. 하나는 '만약' 내가 이런 답을 썼더라면 하고 후회하는 부류, 다른 하나는 '요다음에는!' 하고 분발하여 적극적 태도로 공부하는 부류이다. 가끔 여학생들은 성적이 낮을 때 '눈물 작전'을 쓰지만 교수들은 이에 면역이 생겨 좀처럼 좌우되지 않는다는 점을 명심하기 바란다.

매월 한 번씩 받는 각종 청구서의 숫자도 만만치가 않다. 집세, 전기세, 전화와 수도 요금(수도 요금은 반년에 한 번씩 청구되며 지역에 따라서는 하수도 사용료까지 포함), 겨울에는 기름이나 가스 요금도 상당히 비싸다. 텔레비전 수신료, 신용카드 사용료 등 미국에서 받는 청구서는 한 가지 공통점이 있다. 숫자로 표시된 청구서의 계좌번호는 어찌나 긴지 요금을 내려고 수표에 기입할 때 절실히 느낀다.

정기 검진을 할 때 담당 의사의 전화번호, 약속 날짜와 시간도 중요하다. 혈액 검사를 해서 혈압, 혈당, 콜레스테롤, 그리고 당화혈색소의 숫자가 높으면 여러 가지 걱정이 뒤따른다. 이들 수치를 낮추는 약을 처방받는데 나이가 들수록 하루에 복용하는 약의 종류도 많아진다. 의사가 "이 약은 위, 머리, 발을 위한 것입니다."라고 했더니 환자가 "약들이 제 갈 곳을 압니까?"라고 물었다는 이야기도 있다.

음식의 칼로리도 알아야 하고 먹고 싶은 것을 삼가야 하는 경우도 많다. 가령 혈당 수치가 높으면 '흰색 먹거리'를 피해야 되기에 국수, 감자, 쌀밥, 빵 등을 멀리하라는 충고도 듣는다. 미국의 슈퍼마켓이나 대형 백화점에서 파는 각종 통조림이나 식품에는 반드시 지방, 각종 영양분, 당분, 칼로리 등의 숫자를 명시하는 것이 법으로 정해져 있다.

9·28 서울 수복 이후 한국은행에서 있었던 이야기이다. 아주 옛날 컴퓨터는커녕 계산기도 나오기 전 주판을 사용해서 대차대조표를 손으로 기입했다. 그때 자산 중 자본과 부채에서 9전의 차이가 나서 담당 직원들이 거의 밤을 새우다시피 머리를 싸매고 몇 번이나 계산을 했는데 도저히 좌우가 맞지 않았다고 한다. 드디어 동이 틀 무렵 직원 한 사람이 찾아냈다. 장부 사이에 끼여 죽

은 모기의 다리 하나가 0 위에 놓여서 9로 변한 것을 발견했다고 한다. 오호, 숫자여!

각종 운동 경기에서 숫자는 필수 불가결이다. 선수들이 입는 유니폼에는 각자의 번호가 크게 적혀 있다. 야구는 스트라이크와 볼을 세고 수비와 공격 팀이 겨룬다. 축구, 미식축구, 농구 등은 점수가 높을수록 좋다. 하지만 골프는 다른 경기와 달리 심판이 없고 타수가 낮을수록 좋다. 야구, 정구, 축구, 미식축구, 골프 등의 결승전은 때로 외국에까지 방송된다. 이때 집으로 전화를 걸면 틀림없이 통화가 된다고 한다. 경기를 보기 위해 누군가 반드시 집에 있기 때문이다. 그리고 우승을 하면 선수들이 받는 보수는 어마어마하며, 소속 도시에서 시가행진을 하고 대통령 초청까지 받는다.

글 쓰는 사람들은 200자 원고지 몇 장으로, 컴퓨터는 1과 0으로 구성된 이진법으로 표현한다. 은행에서 돈을 찾을 때 비밀번호를 기입한다. 고속도로와 각 도시 사이를 지나가면 장소에 따라 시속 제한이 갑자기 변하기도 한다. 명심할 일이다. 교통순경이 종종 요소에 숨어 있기 때문이다. 미터법을 쓰는 캐나다에서 미국인이 운전을 하면 단위의 차이로 속도를 착각한다. 늙을수록 건망증이 심해져 복잡한 숫자를 기억하기가 더욱 까다롭고 어려워진다.

각국에서는 정부 예산에 도움이 되도록 돈내기, 노름을 허용한다. 호텔 내에 도박장이나 카지노 등 다양하다. 요즘 손쉽게 로또를 살 수 있다. 이때 당첨 번호를 예상하여 행운을 빌면서 로또를 산다. 이 모든 과정에서 숫자가 왕이다. 본인이 정하는 번호와 기계가 정해 주는 번호, 두 가지가 있다. 당첨 번호에서 불과 숫자가 몇 개 다를 때 후회도 한다. 미국에서는 당첨자가 없으면 당첨금이 누적된다. 이때 억 달러가 넘으면 로또를 사는 사람이 급격히 증가한다. 하지만 이런 행운은 불로소득이므로 마구 돈을 낭비해서 때로는 파산이라는 종지부를 찍는 수가 많다.

일상생활에서 물, 각종 이름과 숫자는 눈을 뜨는 시점부터 잠자리에 누울 때까지 온종일, 그리고 평생토록 끊을 수가 없다.

잔소리

심리학에는 문외한이지만 지금까지 여러모로 체험하고 관찰하여 잔소리를 분석해 보았다. 잔소리는 '필요 이상으로 듣기 싫게 꾸짖거나 참견하는 말'이라고 사전은 설명해 준다. '소문난 잔소리꾼'이라는 표현을 보면 말이 많은 사람이 있는 것 같다.

1. 자신自信이 없는 사람일수록 잔소리가 많다

자기의 능력이나 가치를 확신하지 못하는 성격의 소유자로 잠재의식 속에 부족한 것이 있음을 알 수 있다. 주장을 자기도 모르게 계속 반복한다. 상대가 말하는 것을 듣지도 않고 성난 어조로 자기 주장만 늘어놓는다. 말했던 것을 되풀이하는 성격이거나 남이 말한 것을 이해하지 못했을 경우가 포함된다. 이해하려고 노력도 하지 않는다. 듣는 상대가 그만하라고 요구해도 끈질기게 같은 말을 계속한다. 역경에 처하면 더욱 자신을 잃어버린다.

할아버지와 할머니들은 손자 손녀가 이 세상에서 둘도 없는 천재요, 잘생겼다는 자부심으로 늘 자랑을 그치지 않는다. 이런 경우 잔소리라고 정의하기는 약간 힘들겠다. 다만 듣는 사람은 계속 같은 이야기를 귀담아듣지 않는다는 점을 알아야 한다. 자신이 없는 사람은 무슨 일을 부탁해도 정말 해 줄까 하는 의심이 있어 확인할 때까지 다짐을 받는다.

늙으면 건망증이 생겨서 자기가 산 것, 말한 것, 옮겨 둔 것, 숨겨 둔 것, 남이 말한 것 등을 잊어버리고 따지는 성격으로 바뀐다. 나는 이런 성격의 소유자를 '따쟁이'라고 부른다. 어떤 집사는 교회 모임에서 자기 장모가 출석하면 인정을 받기 위해 발언권을 남용하여 사사건건 별 의미도 없는 것까지 꼬치꼬치 따진다. 이런 행동이 별 의미도 없다는 것을 모르고 따쟁이 노릇을 끈질기게 계속하여 시간을 낭비하고 독점하여 회의와 예산 통과가 지연된다. 공적 모임에서 잔소리도 한도가 있는 법이다.

2. 우월감이 있는 성격

남을 지도하려는 성격은 우월감을 생기게 한다. 잔소리는 우월감에서 기인되는 것을 알 수 있다. 내가 당신보다 잘 아노라 하는 잠재의식 때문이다. 남편이 어설프게 빨래를 널거나 설거지를 하면 아내가 잔소리로 교정한다. 아내가 망치로 못을 박으면 남편도 잔소리를 한다.

오래전 신인 문예 작품 모집에서 당선자 발표와 심사 과정을 설명한 시인의 평이 아직도 뇌리에서 사라지지 않는다. 심사를 맡은 시인은 마치 자기가 나면서부터 시인이었던 것처럼 응모자들을 평했다. 점잖게 말해서 평이지 실제는 잔소리였다. 개구리가 올챙이 시절을 망각한 우월감의 표현이다. 신인이 기성 시인의 경지에 이르기는 어렵다. 기성 시인은 신인들에게 격려와 조언, 그리고 선도率導를 해 줘야 하지만 그는 설교조로 자기가 유일의 권위자처럼 강의(잔소리)했다. 그리고 시인은 심사평에서 그 경지에 이른 신인이 아무도 없다고 결론 내렸다. 우월감과 함께 자아도취에 빠진 인상이었다. 맙소사.

반장은 졸업한 후에도, 장교는 제대를 해도, 회장은 임기가 끝나도 같은 '직책'을 수행하려는 경향이 있다. 남들 위에 서서 잔소리를 계속하는 부류이다. 지도자라는 우월감이 잠재되어 있어서 포기하지 않기 때문이다. 권력의 맛을 보면 좀처럼 단념할 줄 모른다. 어느 나라이건 일단 최고 자리에 오르면 임기가 끝나도 물러나지 않고, 심지어 개헌까지 감행하여 독재자로 종신토록 버티려고 한다. 주위에는 소위 '예스맨'들이 포진하고, 진언하는 사람들을 숙청한다. 작고한 쿠바의 카스트로 수상은 연설을 시작하면 2~3시간을 계속하는 것으로 유명했다.

기독교에서 부흥회를 하면 흔히 1~2시간 동안 계속 '설교'하는 목사가 있다. 어느 장로는 기도를 시작하면 구약의 창세기부터 시

작하여 성경 전체를 거친다고 한다. 장로의 기도가 끝나면 교인들
은 모두가 집에 가고 목사만 남아 있다고. 어찌된 일인지 목사에
게 물으면 "벌써 창세기 시절에 다 가고 없다."는 답을 듣는다는
이야기도 있다. 기도가 잔소리로 바뀐 셈이다.

3. 남과 비교하는 경향

비교는 혐오감이나 불쾌감이 담겨 있다고 한다. 따라서 재산
이나 남의 소질, 특기, 솜씨, 능력, 지위, 학벌, 소득 등을 비교하는
행위는 되도록 피하라는 가르침을 명심해야 한다.

예를 들면 상속으로 부를 이룬 부자의 초대로 즐거운 시간을
보낸 후 집에 오면 주로 아내가 그 집의 자산이나 가족들을 비교
하는 경향이 있다. "그 집 아빠는 큰 회사의 부장인데 당신은 겨
우 과장밖에……."라는 넋두리를 시작한다. 그러면 남편은 "그 집
부인의 요리는 천하일품으로 맛있는데 당신 요리 솜씨는……."
하고 서로가 비교하는 심보가 생긴다. 이것은 상호 간의 비하 작
전이다. 가정불화를 피하기 위해 가장 중요한 것은 비교와 잔소
리와 언쟁을 하지 말아야 한다.

남의 자녀와 비교도 삼가야 한다. 자기 아이들의 기를 죽이며,
어린 마음에 열등감을 심어 줄 수 있다. 격려와 자부심으로 잠재
적 소질이나 재능을 일깨워 주고 개성을 존중해 주는 것이 중요하
다. 이것이 삶의 슬기이다. 매일처럼 잔소리나 부정적인 평만 들

는 자녀는 창의성이나 진취성이 위축되고 주장을 세우지 못하는 성품으로 성장한다. 부모에게 원하는 바가 있어도 겁이 나서 말하지 못한다. 어른이 되어서도 남을 이끄는 것보다 피동적이고 남을 추종하는 성격이 된다.

남의 집에 있는 수입 가구, 최신 가전제품과 컴퓨터, 그랜드피아노, 실내 장식, 책장을 꽉 채운 많은 책, 여러 대의 고급 자동차, 고급 신발과 많은 방 등을 보면 보통 수준이 아님을 느낀다. 이 모든 것들이 집에 오면 비교 대상이 된다. 뭔지 모르게 열등감을 느끼며 아내는 절로 잔소리를 한다. 가진 자산과 욕심을 비교하면 불행밖에 남는 것이 없다. 때로는 남편이 방을 나가도 아내는 혼잣말로 잔소리가 그칠 줄 모른다.

4. 질투

'사촌이 땅을 사면 배가 아프다'라는 속담이 있다. 질투심이 생긴다는 뜻이다. 질투란 시새우는 성격을 내포한다. 남이 잘 되거나 자기보다 나은 경우 공연히 미워하고 싫어하며 부러워하기 때문에 지지 않으려는 마음보가 있어 잔소리가 나오기 마련이다. '가벼운 질투는 남편과 가까워지지만 심한 질투는 멀어지는 수가 있다'라는 교훈이 있다. 같이 살면서 매일 너무 과도한 잔소리를 견디기 힘들다는 완곡어법euphemism이리라.

'사랑은 죽음같이 강하고 투기는 음부같이 잔혹하며…….'(아가 8:6)라는 교훈이 있다(영어 성경에는 '사랑은 죽음같이 강하고 질투는 무덤처럼 잔인하다'라고 번역이 되어 이해하기가 쉽다). 이 표현은 한 번 사랑하게 되면 어떤 것도 부부를 뗄 수도 막을 수도 없다는 뜻이다. 사랑은 따사한 말로 행복과 즐거움을 주지만 질투는 심한 잔소리를 부르며 잔인함을 준다. 잔소리는 말에 가시가 있고 부정적이다.

5. 의심이 많은 사람

좀처럼 남을 믿지 못하는 성격일수록 잔소리가 많다. 이미 말했거나 질문한 것을 반복하는 것이 예사이다. 무슨 부탁을 하거나 맡길 경우 한 번 이상을 다짐해야 비로소 마음이 후련해지는 것 같다. 이런 사람은 잘 때 문을 잠근 후 잠자리에 누웠다가 또다시 일어나서 확인하고 잔다.

미국의 CIA에서 근무했던 동료는 퇴근할 때 자기 책상 서랍을 잠근 후 몇 번이나 확인했다. 그리고 연구실을 나가면서 내가 안에 있어도 밖에서 문손잡이를 두세 번 흔들어 보는 성격이었다. CIA에서 잠시라도 방을 비울 때 문을 잠그지 않고 나가면 상사에게 꾸중을 들었다고 한다. 누가 와서 비밀문서를 훔쳐 갈지 모르니 조심하라는 가르침이라고 했다.

사랑이 식으면 부부 간에 잔소리가 악순환된다. 한 여론 조사에 따르면 남편들의 70퍼센트가 잔소리를 싫어한다고 한다. 동시에 아내는 남편이 자기를 비하하고 무시하기 때문에 잔소리로 대응한다고 한다. 서로가 경쟁적인 심보에 꽉 차 있어서 미움과 불신이 쌓이고 심한 잔소리, 빈정거리는 태도와 비꼬는 말투로 냉전이 계속된다. 도가 지나치면 의처증 또는 의부증에 걸린다고 한다. 정상적인 배우자의 고생도 이만저만이 아니다. 행복이 깃들 마음의 여유가 없다. 무슨 일을 하든 상대방을 항상 감시하고 의심하면 부정적 삶에 사로잡혀 버린다. 이는 곧 잔소리로 연결된다.

6. 기타

이외에도 불만, 불평, 비난, 과장, 겁이 많은 성격, 소극적 견해와 오해, 지나간 일을 끈질게 들추어 따지고, 용서를 모르는 성격 등 각종 잔소리의 종류가 많다.

창조주는 우리에게 입은 하나, 귀는 둘을 주셨다. 듣는 것은 두 배로, 말하는 것은 반으로 줄이라는 암시이다. 그리고 전화를 거는 시늉을 했을 때 중간의 세 손가락은 접고 굵은 엄지손가락은 귀를, 작은 새끼손가락은 입을 향한다. 역시 두 배로 듣고, 말하는 것은 반으로 하라는 본능적 상징이다.

처세술

우리는 고립해 살 수 없고 원만한 인간관계를 유지하려면 온갖 처세술이 필요하다. 몇 가지 예를 들어 본다.

1. 실수

일을 하다가 비록 실수를 해도 내색하지 않은 것이 처세에 좋은 경우가 있다. 미국의 치과대학에서 새 학기 첫날 교수님이 신입생들에게 지금부터 평생 동안 "Oops!"라는 표현을 쓰지 말라고 가르친다. 시술을 하다가 실수를 했을 경우 무심코 말한 것을 환자가 들을 수 있기 때문이다. 뭔가 잘못된 것을 감지할 수 있는 표현이기에 의사 스스로 엉터리라고 고백하는 결과가 된다는 충고이다. '의사의 실수는 흙으로 덮는다'라는 영국 속담도 있다.

미국에서는 교통사고가 났을 때 실수를 해도 상대방이나 경찰 앞에서 '나의 실수'라고 고백하지 말라는 불문율이 있다. 신중한 조사와 목격자의 증언을 토대로 잘못이 객관적으로 결정되면 보험회사에서 처리한다. 하지만 지불하는 보험금이 올라가기 마련이다.

2. 준비

신학교에서 교수님은 신입생에게 설교와 성경 공부의 준비를 충분히 하지 못했어도 교인들 앞에서 고백하지 말라고 한다. 그런 말을 미리 하면 교인들이 설교를 잘 귀담아듣지 않는다는 충고이다. 설교 제목에 최선을 다해서 노력하는 것이 상수라고 가르친다. 성경 공부를 인도할 때도 마찬가지이다.

성경에 관한 지식이 풍부한 평신도가 많다는 것도 명심할 일이다. 교인이 질문했을 때 잘 모르는 내용은 아는 척 하지 말고 "다음에 잘 연구하여 알려 드리겠습니다."라고 솔직히 답하는 것이 현명하다. 이태백李太白이 '하늘 천' 자를 망각하는 수도 있다는 교훈이 있지 않은가.

교인들은 시간이 있을 때 목사님을 집에 초대하고 싶어 한다. 다만 한 가지 노파심에서 추가하고 싶은 사항은 설교와 성경 공부 준비로 심히 바쁜 주말은 가능한 피하라는 것이다. 목사의 입장에서 교인들의 초대를 거절하기가 힘드므로 초대에 응하지만 실은 시간이 귀중하므로 주일이 지난 직후가 좋다. 교역자들은 월요일이 안식일이다. 다만 제7일 안식교의 경우는 예외이다.

3. 변호사

법과대학에서 신입생들에게 "만약 법에 약하면 이론을 강조하고 이론에 약하면 법을 강조하라."고 권한다. 변호사는 법정에서 피고인의 처지를 해명하고 옹호하여 배심원과 판사를 설득해 소송에서 이기거나 형량을 줄이는 역할을 담당한다. 변호사가 법원에서 공소公訴를 제기한 검사檢事와 대응하는 것을 영화나 드라마에서 자주 볼 수 있다. 변호사는 말주변이 뛰어난 사람일수록 선호된다.

미국에서는 변호사가 일상생활에서도 필요하다. 주로 유언장 작성에서 다양한 임무를 맡는다. 후손들에게 재산을 상속하려면 반드시 살아 있을 때 구체적인 내용으로 명시해 두는 것이 좋다. 물론 비용도 만만치가 않다. 나는 유언장을 작성한 변호사가 먼저 별세하여 추가로 새것을 보충하여 작성해야 했다. 위임장Power of Attorney이라는 조항도 있다. 긴급 시의 일을 변호사가 맡아서 결정하는 내용이다. 부모와 자녀, 손자, 손녀까지 빈틈없이 구체적으로 내용을 기록해야 한다. 변호사와 미리 상의하지 않았던 예금 잔고는 각 주에서 결정하게 되고 받으려면 까다로운 절차를 거쳐야 한다. 상당한 액수와 시간을 빼앗길 수 있다.

4. 기타 사항

처음에는 깨와 꿀이 쏟아지는 결혼 생활도 일정 기간이 지나면 권태기를 겪는다. 앞에서 언급했지만 잔소리와 온갖 간섭이 늘어나고 결국에는 이혼에 이르기도 한다. 우리나라도 젊은 층의 이혼이 증가하여 두 쌍 중 한 쌍은 법으로 헤어진다고 한다. 자식들이 어리면 부모의 이혼이 자기들의 잘못이라고 책임을 느끼는 경우가 많다고 심리학자들은 설명한다. 어린 자녀에게 원치 않는 마음의 부담과 상처를 주게 된다.

요즘은 이혼 소송을 하면 숙려 기간을 갖고 서로가 심사숙고해 보는 제도가 있다. 정말 좋은 일이다. 이런 과도기를 겪고 견딘 부부가 환갑잔치 때 "여보 우리가 이혼을 하지 않았던 것이 정말 다행이구려." 하고 자축했다는 이야기도 있다. 이같이 상호 이해가 깨질 뻔했던 부부가 관계를 회복한다면 얼마나 좋으랴.

하지만 소위 '황혼이혼'이 증가하고 있어서 우리에게 슬픔을 준다. 늙어서는 고립을 견디기가 힘들기 때문에 의지 할 수 있는 배우자가 절실하다. 고령으로 누구나 하나 이상씩 심신의 고통이나 병이 있는 법이다. 특히 약을 계속 복용해야 되는 나이에 건망증이 있다면 언제나 깨우쳐 주는 동반자가 필요하다.

늙어서 헤어지는 실정은 너무나 안타깝다. 남이 모르는 딱한 사정이 있겠지만 최선을 다하여 서로 이해, 용서, 인내, 양보로 견디는 것이 상수가 아닐까? 존경의 표현인 '님' 자에 필요 없는 점을 찍어 '남'이 되지 않게 조심하라는 교훈이 새롭다.

정신적으로 건강한 사람들이 하지 않는 열세 가지

에이미 모린이 쓴 『정신적으로 건강한 사람들이 하지 않는 열세 가지13 Things Mentally Strong People Don't Do』는 우리들의 정신 건강과 삶에 좋은 지침이 되기에 소개한다.

1. 자기 자신을 가련하다고 생각하며 시간을 낭비하지 않는다.
2. 우리들이 가진 권능을 남에게 넘겨주지 않는다.
3. 변화를 기피하지 않는다.
4. 통제할 수 없는 일에는 신경을 쓰지 않는다.
5. 모든 사람들의 비위를 맞추느라고 부질없는 걱정을 하지 않는다.
6. 위험한 모험을 겁내지 않는다.
7. 과거에 집착하지 않는다.
8. 같은 실수를 반복하지 않는다.

9. 남의 성공에 화를 내지 않는다.

10. 첫 실패로 포기하지 않는다.

11. 홀로 있는 시간을 겁내지 않는다.

12. 세상이 당신에게 뭔가 해 줘야 된다고 기대하지 않는다.

13. 하는 일이 곧바로 성취되리라고 바라지 않는다.

말 한마디

나라마다 언어, 표현 방식, 뉘앙스가 다르다. 우리 속담에도 '말 한마디에 천 냥 빚도 갚는다'고 선조들이 훈시했다. 여기에 몇 가지 말 한마디를 뽑아서 분석해 보기로 한다.

1. "사랑해요."

이 말처럼 연인, 부모와 자식, 친구, 사제 사이에 아름다운 의미를 불어넣어 주는 말도 없는 것 같다. 정신분석가들이 공통적으로 지적하는 정신 이상의 가장 큰 원인은 사랑의 결핍이라고 한다. 전혀 모르는 젊은 남녀가 우연히, 또는 친구의 소개로 알게 되어 "사랑해요."라는 고백으로 부부가 되고 자식을 낳는다. 그리고 사회인으로 맡은 바 책임을 다하며, 삶의 보람을 만끽하고 평생의 반려가 된다. 영어 표현을 빌린다면 '더 좋은 반쪽better half'으로 단란한 가정을 이룬다.

나는 사랑에 대해 두 가지 지론이 있다. 첫째, 사랑이 움트면 만유인력이 수평적으로 작용한다고 본다. 애인을 만나러 갈 때면 발걸음이 가벼워지고 서로의 눈이 마주치면 시간이 가는 줄도 모르게 사랑을 속삭인다. 거의 모든 노래 가사는 사랑이 주제이다. 영국 왕이었던 에드워드 8세는 이혼한 미국인 심슨 여사와 결혼하기 위해 왕관도 포기했다. 때로는 목숨까지 아끼지 않는다. 일찍 로덴바흐는 "사랑과 죽음은 높은 산의 양쪽 기슭과 같아서 궁극에 도달하면 일치한다."라고 읊었다. 로미오와 줄리엣이 그러했고 예수님의 일생도 인류를 극진히 사랑하여 죽음으로 끝맺었다. 다만 예수님은 부활했기에 더욱 의의가 크다.

둘째, 인간의 모든 행동은 사랑이라는 교차점을 지나가기 마련이다. 물을 전기 분석하면 산소와 수소로 갈라지는 것이 신기하다. 사랑도 다음과 같은 구성 요소로 분석된다고 본다. 희생, 양보, 이해, 도움, 협조, 봉사, 온유, 열성, 진실, 화목, 행복, 존경, 인내, 용서, 고운 말이 오가는 대화, 다시 만나고 싶은 상대, 무엇을 주어도 아깝지 않는 존재, 아름다운 성품, 고매한 인격, 포근한 마음씨와 행동, 언제나 그치지 않는 미소, 젖먹이 같은 순진함, 모성애와 부성애로 인생을 즐기는 낙관적인 태도 등 다양한 요소로 구성된다. 진정 사랑은 끝이 없다.

사도 바울은 사랑에 관한 유명한 명언을 남겼다.

"사랑은 오래 참고 사랑은 온유하며 시기하지 아니하며 사랑은 자랑하지 아니하며 교만하지 아니하며 무례히 행하지 아니하며 자기의 유익을 구하지 아니하며 성내지 아니하며 악한 것을 생각하지 아니하며 불의를 기뻐하지 아니하며 진리와 함께 기뻐하고 모든 것을 참으며 모든 것을 믿으며 모든 것을 바라며 모든 것을 견디느니라……. (중략) 그런즉 믿음, 소망, 사랑, 이 세 가지는 항상 있을 것인데 그중의 제일은 사랑이라."(고린도전서 13:4-7, 13)

2. "저도요."

"사랑해요."에 이어 "저도요."라는 표현만큼 인간관계에서 아름다운 결과를 가져오는 말도 없으리라. 우선 상대방을 존경하는 마음씨와 아무런 조건 없이 모든 행동과 말에 부드러운 심정으로 동의하는 뉘앙스가 담뿍 담겨 있다. 사회생활에서 모든 문제를 순조롭게 해결하는 결과를 불러온다.

부부 싸움에서 먼저 "내가 잘못 했어."라고 사과했을 때 상대방이 "저도요."라고 대답하면 냉랭한 분위기가 봄의 훈풍으로 소리 없이 녹을 것이다. 애인을 만났을 때 "저도요."라고 말한다면 상대를 꼬옥 껴안아 주는 무언의 반응도 보여 준다. 진정 "저도요."는 '사랑의 별명'이라고 주장하고 싶다.

3. "해 봤어?"

정주영 회장이 사원에게 주는 교훈이다. 정주영 회장은 어려운 문제에 직면했을 때 직원들이 소극적인 반응을 보이면 으레 이렇게 질문을 했다. 무슨 일이든 일단 시도해 보고 결론을 내려야지 시도해 보기도 전에 포기하는 직원에게는 너무나 당연한 지도자적인 격려이다. 온갖 경험을 겪었기에 만사를 '하면 된다'라는 신념으로 대했던 능숙한 경영자의 귀중한 교훈이다.

4. "너는 이혼감이다."

어느 여자고등학교에 아무리 주의를 줘도 듣지 않고 매일같이 애를 먹이는 말괄량이 학생이 있었다. 담임 선생은 그 학생에게 무심코 "너는 장래에 이혼감이다."라고 말해 버렸다.

그 학생은 졸업 후에 결혼을 하고 행복하게 가정을 꾸려 나갔다. 하지만 늘 담임 선생의 말이 마음에 남아 자신을 비관했고 다른 사람의 실수로 일이 잘못되어도 자책했다. 잘나가던 결혼 생활이 뭔가 빗나가는 느낌에 사로잡혀 끝내 이혼했고 스스로를 파멸로 이끌어 버렸다는 실화가 있다.

5. "당신도 무척 외로웠군요."

약간 수줍고 주저하는 성격인 한국 남학생이 미국 대학에 유학 왔다. 남학생은 1년이 넘게 지나도 집 생각이 났고 고독을 느꼈다. 같은 반의 배려심 깊은 미국 여학생이 주말에 데이트를 하자고 했다. 남학생은 외로운 참에 용기를 내어 기꺼이 응했다. 둘은 그동안의 마음을 서로 얘기하면서 즐거운 시간을 가졌다. 다음에 또 만나기를 약속하고 여학생이 기쁜 마음으로 기숙사에 돌아가며 "당신도 그동안 무척 외로웠군요."라고 말했다. 남학생은 눈물이 핑 돌았고 어느새 여학생의 손을 꼭 잡고 있는 자신을 발견했다. 처음으로 이성 간의 사랑을 온몸으로 느꼈다고 한다. 남학생의 미국 룸메이트도 느낄 만큼 행복한 모습이었다는 후일담이었다. 그는 밤새 웃는 얼굴로 그녀의 생각에 잠겨 사랑과 애정이 화산처럼 터지는 것을 느꼈다고 한다. 사려 깊고 고마운 미국 여학생!

6. "행복은 나눠 가져야지요."

미국 친구의 소개로 맨하트 가족을 만났다. 넉넉하지 못한 살림이었지만 딸 둘, 아들 셋을 둔 부부였다. 가끔 유학 중인 나를 초청하여 식사도 나누었다.

어느 날 맨하트 부부가 한국 여자아이를 입양하게 되었으니 보증인이 되어 달라고 청했다. 기꺼이 응했지만 맨하트 가족에게 경제적 여유가 별로 없음을 알고 있었기에 약간 주저스러운 생각도 들었다. 맨하트 부부는 이러한 기우를 통찰한 것처럼 조용히 나에게 "행복은 나눠 가져야지요."라고 말했다. 정말 그 부부의 인류애, 사려 깊은 결정과 실천에 존경과 경의를 표하지 않을 수가 없었다.

입양 과정도 그리 쉬운 일이 아니며, 집안 사정, 양부모가 영육이 건전하며 아이를 잘 키울 수 있는가 배경 조사도 했다고 한다.

드디어 미국에 온 새 딸을 환영하는 날, 나도 초대받았는데 온 식구가 아이를 진정으로 사랑하고 받아 주는 마음씨에 참사랑을 실감했고 나에게도 정말 좋은 교훈이었다. 인생은 즐겁다!

7. "음식 솜씨가 보통이 아니군요."

가까이 지내는 친구 집에서 아기의 돌잔치에 우리 부부도 초대해 주었다. 상당히 많은 손님이 모였다. 젊은 아기 엄마의 요리 솜씨는 보통이 아니었고 손님들 모두 칭찬이 자자했다. 산해진미로 상다리가 부러질 만큼 양도 푸짐했고 맛도 있었다. 돌잔치를 마친 후 너무나 푸짐하게 잘 먹었기에 "아기 엄마의 요리 솜씨는 천하일품입니다. 정말 잘 먹었습니다. 너무 감사합니다."라고 진심에서 우러나는 인사를 했다. 우리는 미국 교회에 나가는데 가끔씩 한인 교회 사모님이 아기 엄마가 점심 대접을 맡은 주일에는 한인 교회에 초대를 하는 이유도 알게 되었다.

아내가 감기를 앓았을 적에 아기 엄마가 몇 가지 맛있는 음식과 집에서 키운 배추로 담근 김치를 우리 집까지 배달해 주어 특별한 배려에 정말 감사했었다. 뿐만 아니라 음식에 정성이 들어 있어서 아내의 감기가 쉬 치유된 것을 실감했다.

8. "발가락이 차가우면 어루만져 드릴게요."

사랑하는 애인에게 편지를 받고 남자는 너무나 감동하여 그녀를 꼭 껴안아 주고 싶은 느낌이었다고 자랑이다. 멀리 떨어져 있는 대학에서 공부 중인 젊은이들끼리 나누는 애정에는 예기치 않게 마음씨를 전해 받는 과정이 존재한다. 사랑은 무엇을 해 주어도 아깝지 않다. 먼 거리에서 편지만 읽어도 발이 따사해지는 경험을 한다. 사랑은 순수하며, 서로에게 힘이 되고 삶의 보람까지 실감하게 해 준다. 감사할 일이다.

9. "마른 떡 한 조각만 있고도 화목한 것이 제육이 집에 가득하고도 다투는 것보다 나으니라."(잠언 17:1)

이 교훈은 화목과 다툼의 대조를 명확히 가르치는 내용이다. 비록 가난하여도 가족끼리 화목하고 사랑하는 것이 돈이 많아도 다투는 것보다 낫다는 말씀이다. 지금 우리는 물질문명에 휩쓸려 황금만능주의에 중독되어 있다. 대기업의 창립자들은 온갖 고초와 시련, 그리고 희생과 인내로 재벌이 되었다. 하지만 후세들은 그 열매만 상속받아 안위한 삶에 만족하지 못하고 천문학적 금액을 두고 가족 간에 소송을 한다. 또한 남이 보아도 너무한 집안 싸움을 매번 반복하고 있다. 상속 문제를 두고 참지 못하여 부모를 살해하는 패륜아를 목격했고, 수백억 대의 자산을 두고 형제끼리 싸우는 것이 신문의 사회면과 텔레비전 뉴스를 메우고 있다.

대학에서는 문사철 과목을 기피하고 돈벌이가 위주인 전공을 택하는 것이 유행인 세상이 되었다. 육신이 부자는 되었어도 정신은 너무나 빈곤한 불균형의 사회상이다. 불교에서는 탐욕이 번뇌의 근본이며 절제를 교훈한다. 인간의 욕망은 무한하며, 부의 축적이 경제 활동의 주목적이 되어 버렸다. 그래도 이성에 입각하여 이타적 정신이 강한 자선가들이 수익을 기꺼이 사회에 환원하는 것이 한 가닥 희망을 안겨 준다.

엄상익 변호사는 임대 아파트에서 폐암으로 사경을 헤매던 강태기 시인의 말을 인용하여 블로그에 글을 썼다.

"세상이 너무나 아름다워요. 동네 초등학교에서 남은 밥도 가져다주고 성당에서 반찬도 가져다줘요. 일주일에 한 번씩 봉사하는 분이 와서 목욕도 시켜 줘요. 감사하고 또 감사한 세상입니다."

진정 마른 떡 한 조각만으로도 만족하고 감사하는 것이 행복과 보람을 느끼게 한다.

10. "너를 위해 기도하고 있어."

이 얼마나 갸륵하고 우정이 넘치는 처세관인가! 남을 위해 기도하는 마음씨는 대인관계에서 으뜸이 되는 요소이다. 남이 잘되기를 바라며 기도해 주는 태도는 자기도 모르게 기쁨과 감사를 가져오며 용기와 실천을 일삼게 한다.

자신을 위해서 기도하는 것도 힘들고 시간적 여유가 없는 현대 생활에서 격려와 넘치는 사랑이 삶에 용기를 불어넣어 준다. "너를 위해 기도하고 있어."는 우애와 배려, 보람을 갖게 해 주는 말이다. 원만한 대인관계가 유지되고 사회생활의 보람을 실감한다. 날마다 웃음이 가득 차고 즐거움을 안겨 주는 삶으로 인도해 준다.

11. "오래전에 이미 용서했어."

죄책감에 시달리며 밤잠도 못 자는 잘못을 범했지만 상대방이 이미 용서하여 기억도 하지 않고 있다는 사실을 알게 되는 것처럼 마음이 홀가분한 일도 드물다.

"용서했어."는 양심이 살아 있는 한 크게 위로가 되며 홀가분한 기분을 안겨 주는 말 한마디이다. 잘못한 사람이 용서를 받은 사실을 알게 된다면 끝없는 감사함을 느끼고 용서해 주는 사람도 마음이 슬거워진다. 천 냥 빚을 탕감해 준 사실을 감사와 기쁨으로 체험한다. 주기도문에서 더러는 '죄'로 표현되는 단어를 영어에서는 "우리가 우리에게 빚진 자를 사하여 준 것같이 우리의 '빚'을 탕감하여 주소서."라고 외우는 교파도 있다.

12. "웃음은 산울림처럼 되돌아온다."

'웃는 얼굴에 침 못 뱉는다'는 표현이 있다. 이 책의 서두에 웃음처럼 좋은 것이 없다는 선현들의 가르침을 소개했었다. 적극적이고 기쁨의 웃음으로 하루를 시작한다면 자신을 비롯하여 남에게까지 웃음이 산울림처럼 번진다. 웃음은 화평과 우애를 넓히며,

기쁨을 더하는 결과가 된다. 그 효과는 기회가 확장되고 이해와 평화가 더욱 널리 퍼진다. 웃음은 가까이 있는 사람과 사람 사이를 더욱 원만하게 이어 준다. '가는 말이 고와야 오는 말이 곱다'라고 선현들은 강조했다.

뇌졸중

이 책의 원고를 거의 마무리할 때쯤 뜻하지 않는 일이 생겼다. 약 일주일 전부터 아내가 젓가락질을 할 때 오른손에 힘이 좀 빠지고 입술이 약간 비틀어져 말을 더듬는 것 같았다. 그저 그런가 하고 지내다가 잘 아는 목사님 내외를 비롯하여 여남은 친구들에게 식당에서 저녁 대접을 하고 밤 9시쯤 헤어졌다. 하지만 간호사인 사모님이 뭔가 심상치 않음을 느끼고 다시 차를 돌려 우리 집 벨을 눌렀다.

"보아하니 부인께서 큰 병원 응급실에 가 보셔야 되겠습니다." 라며 우리를 급히 종합병원으로 데려다주었다. 과연 사모님의 판단이 옳았다. 아내가 좌편에 뇌졸중 stroke 진단을 받았다. 두 번이나 증세가 일어나서 말까지 못하는 언어 장애가 생겼고 오른손과 다리가 부자유스럽게 되었다. 뇌졸중이란 뇌가 갑작스런 혈액 순환 장애를 받아 의식을 잃고 몸을 가눌 수 없게 되는 병이라고 하는데 간호사인 사모님의 예리한 판단으로 일찍 병원에 간 것이 여간 다행이 아니다. 망설이다가 독자 여러분에게 조금이라도 도움이 되었으면 하는 염원에서 이 내용을 추가한다.

누구든 나이가 들면 당할 수 있는 일이기에 배우자의 상태를 잘 관찰하여 평상시보다 좀 다른 점이 있으면 즉시 응급실에 가 보는 것이 좋다. 아내가 갑자기 입원을 하여 답답함에 짜증을 내고 더구나 말을 못하여 의사소통이 안 되기 때문에 본인의 좌절감은 이만저만이 아니다. 문병을 가면 옷을 입고 집에 같이 가겠다며 떼를 쓴다. 아내는 뜨문뜨문 이해하지 못하는 '소리'를 하고 상대방이 알아듣지 못하면 그저 울어 버린다. 우선 종합병원에서 일주일 동안 엑스선 체축단층촬영CAT Scanning과 자기공명촬영MRI을 하여 뇌졸중 판명을 받았다. 8일째 되는 날 시내에 있는 특수 병원으로 옮겼다. 그것도 빈자리가 생겨야 되며 노인의료보험제도medicare와 보험회사의 혜택이 있어야 결정이 된다. 입원 수속도 간단하지는 않았다.

특수 병원으로 옮긴 후 세 가지 치료를 시작했다. 언어, 몸 움직임, 일상생활에 필요한 요법을 위한 치료를 매일 전문의가 담당했고 간호사들의 수고가 컸다. 언어 치료는 시간이 걸리며 두 달째가 되어도 의사소통이 잘 되지 않았다. 오른쪽이 부자유스러워서 연필, 펜, 매직, 마커 등 온갖 도구를 사용해도 글을 쓰지 못했다. 남이 말하는 것은 거의 잘 알아듣기 때문에 '예'와 '아니요'로 대답할 수 있는 질문을 해야 된다. 게다가 오른눈에 트라코마 수술을 하여 오른쪽 시야가 제한적이라 침대에서 일어난 후 걷는 것이 부자유스럽고 병실을 나가다가 문에 받치어 오른손에 멍이 들기도 했다.

이에 더하여 병원 음식은 양식이라 별로 구미가 당기지 않아 했다. 가끔 문병 오는 분들이 갖다준 호박죽, 팥죽, 전복죽, 잣죽 등은 잘 먹었다. 그 후 닭고기를 갈아서 먹기 쉽게 주었지만 그것도 별로였다. 간호사에게 배운 대로 닭고기를 애플소스와 섞어서 주기도 했다. 한 번은 아내에게 들켜서 안 먹는다기에 딸이 문병 왔을 때 몰래 잘 먹는 것과 섞어서 먹게 했다. 그 후 부드러운 것에서 샌드위치로 승격한 식단이 제공되었다.

빨래는 세탁기와 건조기 덕분에 나음 날 살아입게 할 수 있었다. 아내는 빨래 보따리를 보면 그것을 붙잡고 집에 가겠다고 큰 소리로 소동을 일으켰기 때문에 간호사 2~3명이 와서 진정시키는 것이 일상화되었다. 미안하기 그지없었다. 둘째 주일 말에 1인 실에서 2인실로 옮겼다. 하지만 큰 소리로 자주 떼를 써서 같은 병실에 있는 환자에게 미안했고 진정시키는 데 힘이 들었다. 무슨 말을 해도 듣지를 않으니 더욱 안타까웠다.

입원한 지 32일 만에, 완쾌되어서가 아니라 보험회사와 국가의 지원이 한도에 도달하여 아내의 소원대로 퇴원해서 집에 왔다. 아들과 사위가 2층에 있던 침대를 아래층으로 옮기고 아내가 걸어

갈 통로에 있는 물건들을 모두 버렸다. 넘어지는 것을 피하라는 담당 의사의 권고 때문이었다. 집에 있는 꽤 많은 것을 버리고 나니 속도 시원했다. 아들은 매일 박스 하나 만큼 '쓸모없는 물건'을 버리라고 했다.

처음에는 24시간 상주하는 케냐 출신의 63세 여성 간병인을 구했다. 그리고 새로운 침구, 베개, 담요, 수건 등을 사서 쓰게 했다. 그 여성은 도시의 수돗물을 불신하여 병에 든 물을 애용했다. 나는 내가 사는 도시의 수도관리위원으로 7년간 봉사한 적이 있어서 안심해도 된다고 보여 주었지만 설득하지 못했다. 간병인은 우유, 달걀, 국수, 생선 등 못 먹는 음식도 많아 식사 대접이 어려웠으며, 24시간의 계약인데 아내와 다른 방에서 자겠다고 하여 기대가 어긋나 버렸다. 나흘째 되던 날, 간병인 회사에서 낮에는 매일 두 사람을 보내 주었고 밤에는 내가 아내를 돌보는 것으로 바꾸었다. 쉬운 임무는 아니며 비용이 만만치가 않았지만 우선 해결은 되었다.

입원과 퇴원 후에도 많은 분들의 꾸준한 문병과 물심양면의 도움이 큰 위로와 격려가 되었다. (이하 존칭 생략)특히 왕복 8시간의 먼 거리에서 문병을 와 준 이재삼 목사와 사모, 뉴브리튼 사우스 연합교회의 시무 제인 로우Jane Rowe 목사와 교우들, 하트포드 감리교회의 최운돈 목사와 사모, 교우들, 특히 홍성휘 장로 부부, 전중태 장로 부부, 여러 권사(김연주, 박청자, 이용재 부부, 김홍심, 변도연 부부), 전마리아 전도사, 오아시스 선교교회의 노무홍 목사와 사모, 김학준 교수 부부, 신동국 교수 부부, 햄든 장로교회의 한태국 목사와 정명애 사모(아내의 뇌졸중을 정확히 관찰하여 조기 입원하게 한 공로자)와 교우들(특히 김병수, 배문영, 김종진, 김귀자)에게 감사드린다.

또 조성국 장로 부부, 아가페 무숙자 교회의 유시영 장로와 유은주 선교사, 홍명수 사장 내외와 가족, 황준혁 집사 부부, 황은희 교우와 권계향 집사 등등 너무나 많은 분들의 깊은 온정과 특별 배려, 지속적인 기도에 진심으로 감사드린다(출판사에 원고 제출한 날짜를 기준으로 했기 때문에 그 후 문병객들의 성함을 모두 적지 못한 점을 사과합니다).

동시에 요리 솜씨가 뛰어난 분들이 맛있는 음식을 수시로 갖다 주어 할 일을 덜어 주었다. 정말 고마운 도움과 사랑이다. 이 중에서 특히 왕복 2시간 거리의 이용재, 이옥자 부부와 서울식당의 문종팔 사장, 전규영 부부, 그리고 양순덕 집사와 이경숙 교우 등 모든 분들의 정성과 수고는 잊을 수가 없다. 많은 분들이 전화와 회복 카드로 위로와 격려를 해 주었고 그치지 않는 동포애에 항상 감사하고 있다.

도미하기 전 아내가 경북여고에서 음악을 가르쳤는데 1960년 졸업한 제31회 학생 중 박대선 동문(현재 미국에서 권위 있는 의사로 봉사 중)이 동창생들에게 아내의 실정을 전달한 듯했다. 그

뒤 미국에 있는 17명의 동기생들이 문병 메시지와 함께 옛 선생에 대한 사랑과 정성을 담아 모금한 봉투를 전해 주었을 때 어찌 감사해야 할지 모르는 심정이었다. 특히 이차희 여사의 특별 배려와 격려, 육정혜 박사가 두 박스나 보내 준 귀한 약은 두고두고 감사하다.

아내가 언어 장애로 좌절감도 있지만 언젠가는 나아지리라는 희망을 갖는다. 많은 교포들의 격려와 기도가 삶의 보람을 안겨 준다. 결혼한 지 55년이 되었는데 그동안 나를 위해 수고한 아내에게 이제는 내가 간병하며 모든 것을 갚으라는 지시 같아서 최선을 다하고 있다.

아내가 입원 후 53일이 지난 시점에서 이 원고를 보냈는데 상당히 차도가 있고 식사도 잘하며, 가끔 새로운 단어를 말하기에 큰 위로를 받고 있다. 이 글이 책으로 나올 무렵에는 아내의 건강도 회복이 되었으리라고 믿으며, 여러분께도 너무 늦기 전에 조금이라도 참고가 되기를 기원하면서…….

맺는말

인내와 기대로 저의 졸저를 여기까지 애독해 주신 독자 여러분께 진심으로 감사드립니다. 단 한 가지라도 도움이 되는 여운이 남아 있다면 큰 영광이며 그 이상 바랄 것이 없습니다.

우리에게 주어진 선택의 자유를 최대한 이용하여 미움 대신 사랑을, 의심 대신 신뢰를, 소극 아닌 적극을, 비관 아닌 낙관을 택하시고 삶의 보람을 만끽하시기를 기원합니다. 어려운 난관이 있을지라도 굳세게 모든 일을 디딤돌로 극복하여 어두움의 자녀를 탈피하고 빛의 자녀가 되십시오. 이러한 우여곡절과 시련을 겪어 '하면 된다'는 신념으로 날마다 축복받은 것을 헤아리고 감사하며 가진 것을 남에게까지 기꺼이 나눠 주는 미덕을 가지시리라 믿습니다. 비록 연약한 물방울일지라도 바위에 계속 떨어지면 끝내 구멍을 뚫을 만큼 위력을 발휘한다는 것은 모두가 아는 사실입니다.

포도주는 나이가 들수록 좋아지는 것같이 '당신은 늙는 것이 아니라 더 가치 있는 존재가 된다'라는 격려가 있습니다. 주름살은 하늘이 주신 훈장이요, 멋진 조각으로 생각합니다. 백발은 지혜와 인격을 보여 주는 왕관입니다. 백발을 염색하면 젊게 보일지는 모르지만 나이는 염색을 할 수가 없다고 봅니다. 스트레스를 어떻게 극복하느냐를 보여 주는 증거라고 생각합니다.

주먹을 쥐고 태어나서 손을 펴고 세상을 하직하는 우리의 삶이 후세에게 유익한 유산을 남기고 보람 있게 살았다는 인생이기를 믿어 의심치 않습니다. 나의 대학 1년 선배인 천상병 시인은 「귀천」에서 "나 하늘로 돌아가리라 / 아름다운 이 세상 소풍 끝내는 날 / 가서, 아름다웠더라고 말하리라." 했습니다.

동감입니다.

끝으로 여러분의 건승을 빌며, 모든 일이 항상 성취되고 아름다운 삶을 잘 살았다는 자부심을 가지시리라고 믿습니다. 늙었어도 낙천적이고 적극적인 마음, 쾌활, 기쁨이 넘치는 보금자리의 주인공이 되시기를 기원합니다. 이해는 사랑을 벗 삼고 사랑은 창조력을 잉태하며, 창조력은 실천하는 구체성을 낳아 삶의 행복이라는 열매를 만끽하는 생애가 되소서.

아쉽지만 여기서 조용히 책을 덮기로 하겠습니다.

감사합니다.

즐거운 인생,
보람 있는 삶

2020년 8월 24일 초판 1쇄 발행

글   김기훈

펴낸이   임상백
편집   박미나
디자인   김지은
제작   이호철
독자감동   이명천 장재혁 김태운
경영지원   남재연

ISBN 978-89-7094-067-0 03810

• 값은 뒤표지에 있습니다.
• 잘못 만든 책은 구입하신 곳에서 바꾸어 드립니다.

펴낸곳 한림출판사 | 주소 (03190) 서울특별시 종로구 종로12길 15
등록 1963년 1월 18일 제 300-1963-1호 | 전화 02-735-7551~4 | 전송 02-730-5149
전자우편 contact@hollym.co.kr | 홈페이지 www.hollym.co.kr
페이스북 facebook.com/hollymbook | 인스타그램 instagram.com/hollymbook